ANDRÉ IBELS

LA MAISON DE L'ENFER

— ROMAN —

PARIS
BIBLIOTHÈQUE-CHARPENTIER
EUGÈNE FASQUELLE, ÉDITEUR
11, RUE DE GRENELLE, 11

1926

Extrait du Catalogue de la BIBLIOTHÈQUE-CHARPENTIER

EUGÈNE FASQUELLE, ÉDITEUR, 11, RUE DE GRENELLE

DERNIÈRES PUBLICATIONS

ANDRÉ BARRE
Au Pays de la Faim . . . . 1 vol.

ALBÉRIC CAHUET
Régine Romani . . . . 1 vol.

JEHAN CENDRIEUX
Al-Ghâdir ou le Sexe-Dieu . . . . 1 vol.

RAYMOND CLAUZEL
La Colline des Amants . . . . 1 vol.

GABRIEL FAURE
Ames et décors romanesques . . . . 1 vol.

ROSEMONDE GÉRARD
Les Pipeaux. *Ouvrage couronné par l'Académie française* . 1 vol.

E. GOMEZ CARRILLO
Le Mystère de la Vie et de la Mort de Mata Hari . 1 vol.

JULES HOCHE
Florina, orpheline de guerre . . . . 1 vol.

GUSTAVE KAHN
Contes juifs . . . . 1 vol.

ADRIENNE LAUTÈRE
Le Corrupteur . . . . 1 vol.

GEORGES LECOMTE
Le Mort saisit le Vif . . . . 1 vol.

PAUL LÉON
Art et Artistes d'aujourd'hui . . . . 1 vol.

MAURICE MAETERLINCK
Le Grand Secret . . . . 1 vol.

CATULLE MENDÈS
Choix de Poésies . . . . 1 vol.

GEORGES RIVOLLET
Les Trois Grâces . . . . 1 vol.

EDMOND ROSTAND
Choix de Poésies . . . . 1 vol.

JEAN ROSTAND
De la Vanité et de quelques autres sujets . . . . 1 vol.

NICOLAS SÉGUR
Conversations avec Anatole France . . . . 1 vol.

DOCTEUR TOULOUSE
L'Art de Vivre . . . . 1 vol.

MARCELLE VIOUX
Marie-du-Peuple . . . . 1 vol.

ÉMILE ZOLA
Poèmes Lyriques . . . . 1 vol.

28972 — L. MARETHEUX, imp., 1, rue Cassette, Paris. — 1925.

LA MAISON DE L'ENFER

DU MÊME AUTEUR

Les Chansons colorées (vers) . . . . 1 vol. (épuisé)
Les Cités futures (poème) . . . . 1 vol.
Les Demi-Cabots (dessins de H.-G. Ibels)
    (Fasquelle, éditeur) . . . . 1 vol.
Il Neige ! . . . . 1 vol.
La Traite des chanteuses . . . . 1 vol. (épuisé)
Le Sonnet . . . . 1 vol. (épuisé)
Le Livre du soleil (poème) . . . . 1 vol. (épuisé)
Talentiers (dessins d'Ernest La Jeunesse). 1 vol. (épuisé)
L'Arantelle (en coll.), roman . . . . . . 1 vol. (épuisé)
Gamliel au temps de Jésus . . . . 1 vol. (épuisé)
La Page blanche, roman anténuptial.
    (Fasquelle, éditeur) . . . . 1 vol.

IL A ÉTÉ TIRÉ DE CET OUVRAGE :

10 exemplaires numérotés sur papier de Hollande.

ANDRÉ IBELS

LA MAISON DE L'ENFER

Tu ne découvriras pas la nudité de la femme de ton Père; c'est la nudité de ton Père.

LÉVITIQUE, XVIII, 8.

ROMAN DE L'ACTUELLE DÉCADENCE

PARIS
BIBLIOTHÈQUE-CHARPENTIER
EUGÈNE FASQUELLE, ÉDITEUR
11, RUE DE GRENELLE, 11

1926

A Henri DUVERNOIS

bien amicalement.

A. I.

PREMIÈRE PARTIE

LA VILLA DES SEPT PÉCHÉS

> HÉLÈNE : Nous devrions être courtisées, nous n'avons pas été faites pour faire la cour. Je veux vous suivre et faire de mon enfer un ciel, en mourant sur la main que j'aime si tendrement.
>
> OBÉRON (*invisible*) : Console-toi. Avant que je quitte ces bosquets, ce sera lui qui recherchera ton amour.
>
> (*Le Songe d'une nuit d'été*,
> SHAKESPEARE.)

I

A Asnières, lorsque le train stoppa, une pluie diluvienne tombait. Avec cela, il faisait froid comme quelquefois en avril, intensément. Suzanne, frileuse et déjà transie, s'épouvantait d'avoir à gagner à pied la Villa des Tourelles dans la rue Saint-Guillaume à trois cents mètres de la gare et située, on ne sait pourquoi, sur le territoire de Courbevoie dont la ville et la mairie sont presque à une heure de marche.

Qu'elle regrettait de ne s'être point munie de son imperméable ! Comme elle ouvrait la portière, une portière disjointe et branlante, de la toiture du wagon, une masse d'eau, tombant en trombe sur son dos, lui tira un gémissement douloureux. De la dernière marche, la jeune fille dut encore franchir une flaque, d'un saut.

Tandis qu'elle gagnait les quais couverts (course qu'elle aurait pu s'éviter si à Paris elle était montée à l'avant du train), elle se reprocha son ridicule orgueil, sa réserve excessive qui l'avaient empêchée de se rendre rue La Boétie où l'attendait ordinairement les soirs de pluie, dans ses bureaux, M. Sauvaget, toujours heureux de la ramener dans son automobile.

Dans le couloir, humide et plein de courants d'air, débouchant sur la rue de Bezons, le vent se fit glacial. Un express passa sur le pont avec un bruit de tonnerre :

— Sale temps à grippe, pensa-t-elle, en se bouchant les oreilles.

De la gare, il lui fallait au moins six minutes, en pressant le pas, pour gagner cette rue Saint-Guillaume où se trouvait la propriété de M. Sauvaget, le riche cousin, qui leur servait de tuteur à elle et à sa petite sœur Jeanne. Celui-ci les avait charitablement recueillies avec leur mère, après la mort de son père, le capitaine Champeyre, tué à la bataille de la Marne en 1914.

Au coin de la rue de Bretagne, une automobile de grand luxe en tournant trop brusquement faillit l'écraser. Elle s'en tira avec un jet de boue noirâtre qui pénétra dans ses souliers lui refroidissant désagréablement les chevilles. Suzanne eut alors aux yeux deux larmes de rage impuissante et fut sur le point de regagner la ville, quitte à retraverser le couloir meurtrier, pour aller attendre la fin de l'averse au *Café de la Gare*. Maurice Sauvaget, le fils, s'y rendait quelquefois pour y tuer une heure en prenant des bocks ou l'apéritif.

Si elle ne l'y trouvait pas, elle téléphonerait aux Tourelles qu'on la vienne chercher, lorsque M. Sauvaget serait rentré...

Une sotte crainte de se compromettre et aussi d'abuser de l'hospitalité du cousin lui fit abandonner ce projet. Et puis, elle songea que ce soir-là, justement, Maurice n'avait certainement pas dû quitter la maison

où devaient dîner le vieux docteur de la famille
M. Jeséquel et M. Lubernier, le dernier ami. Depuis
deux ans, M. Sauvaget, le père, les réunissait chez lui
tous les samedis. Malgré son désarroi, Suzanne, en
songeant à M. Lubernier, eut un sourire. C'est que le
journaliste depuis quelques semaines lui faisait une
cour assez discrète pour lui laisser croire à des intentions intéressantes... L'idée de devenir Mme Lubernier
ne lui déplaisait point... puisque l' « autre rêve »
— hélas! — était absolument irréalisable.

En 1915, lorsque la famille Champeyre, à la demande
de M. Sauvaget, était venue s'installer à Asnières et
que Mme veuve Champeyre, sérieuse autant qu'avisée,
avait accepté — et avec quelle joie! — de prendre la
direction intérieure des Tourelles, le fils unique de
M. Sauvaget, Maurice, brusquement retiré du collège
Chaptal en juillet 1914, y vivait presque abandonné,
passant ses journées dans le petit parc assez vaste
néanmoins pour sa nature calme et méditative. Taci-
turne, cet adolescent de quinze ans s'accommodait
parfaitement de sa solitude et, pourvu que son père
consentît à lui laisser acheter les livres qu'il désirait,
il ne demandait qu'à ne point changer son genre
d'existence. M. Sauvaget, veuf depuis une douzaine
d'années, chérissant son fils, lui laissant la bride
sur le cou, obtempérait à tous ses caprices et satisfai-
sait tous ses désirs.

D'abord, l'enfant avait vu d'un assez mauvais œil
l'assaut, puis la prise de la villa des Tourelles par les
cousins Champeyre. Il avait fallu toute la bonté appa-
rente et toute la souplesse froide de la mère, toute la
beauté de Suzanne dont il se rappelait la réelle et
tendre affection lorsque tous deux étaient à Neuwied,
et aussi toute la gentillesse et la drôlerie de Jeanne,

pour arriver à apprivoiser le « petit Sauvage » comme l'appelait son père.

Et encore sans une brusquerie affectueuse de Suzanne, la soudaine antipathie que ressentait Maurice pour toute cette famille qui, en tombant aux Tourelles, dérangeait ses habitudes, ses manies et troublait son calme, le « jeune Sauvage » aurait-il manifesté bruyamment son mécontentement. Mais un soir où Maurice avait été particulièrement amer et sarcastique, Suzanne l'avait emmené au salon, s'était assise à ses côtés et lui avait dit doucement en lui prenant les mains :

— Mon petit Maurice, il faut que j'aie une sérieuse, une suprême explication avec toi. Ton attitude à l'égard de maman, de ma sœur et de moi fait que nous sommes prêtes à partir. Or, tu n'ignores pas que nous sommes très pauvres et que, nous parties, ton père sera dans l'obligation de te mettre comme interne dans un collège. Ce sera la ruine pour nous et probablement le désespoir pour toi. Il y a autre chose encore, Mauricet, c'est que moi, moi, entends-tu, j'aurai un gros chagrin de me séparer de toi parce que, vois-tu, j'ai toujours pour toi la plus profonde amitié, celle de Neuwied, où tous les deux jadis, nous avons été exilés. Souviens-toi. Là-bas, c'est dans mes bras, c'est sur mon cœur, que le dimanche tu venais pleurer et, c'est là, que j'ai conçu pour toi une tendresse de mère et de sœur, tendresse que je te garde et que je te garderai toujours quoi qu'il advienne. C'est une désillusion ce qui arrive, car je pensais avoir en toi un ami, un frère, presque un fils !...

— Oh ! ce n'est pas toi, avait protesté l'enfant dont le cœur était excellent.

— Oui, je sais, c'est surtout maman, c'est son autoritarisme froid, c'est... enfin, c'est maman... C'est

maman et maman, c'est tout ce protestantisme que toi
et moi, nous avons appris à haïr ensemble, chez les
Moraves, en Allemagne. Que veux-tu, je ne te répé-
terai jamais assez : c'est maman, il faut la prendre,
l'accepter et l'aimer, toute incompréhensible qu'elle
soit pour nous. Ecoute encore. Tu sais que ton père a
décidé de te faire suivre les cours du lycée Condorcet ;
cela aussi te chiffonne... eh bien, veux-tu que je
demande à ton père de parfaire d'abord ton instruction, tout au moins sur certains points absolument
négligés par toi, ce qui est fort compréhensible avec
cette guerre qui dure et durera peut-être encore longtemps. J'ai des diplômes à revendre. Nous travaille-
rons ensemble comme deux camarades, comme deux
amis. Tu m'apprendras beaucoup aussi car, à force
de lire et de lire, tu sais aussi beaucoup. Tu n'as pas
été gâté en tendresse, mon pauvre petit, veux-tu
mon cœur, tout mon cœur de petite mère et de grande
sœur ; je puis te le donner pour toujours, mon cœur,
car tu sais, pour des filles dans ma position il n'y
aura jamais de mari... veux-tu?

Pour toute réponse, l'enfant, bouleversé, s'était jeté
dans les bras de sa cousine et avait pleuré sur ce cœur
qui s'offrait spontanément et avec la calme assurance
de n'être jamais qu'à lui...

Et la paix de ce jour avait été scellée. M. Sauvaget
avait accepté avec joie la proposition de Suzanne.
Pendant plus d'une année, elle et Maurice, enfermés
dans sa chambre, avaient travaillé. Il avait été attentif
à son enseignement pédagogique, mais substantiel ; et
elle avait écouté avec stupéfaction les aperçus déjà
originaux de ce jeune Louis Lambert qui avait réfléchi
si profondément sur une humanité entrevue à travers
ses lectures désordonnées, mais assaisonnées par les
événements et la guerre... Le monde que l'on crée est

souvent plus près de la réalité que le monde qui n'a
pas le temps de vivre. Au contact de Suzanne, Maurice s'était affiné. Cependant, l'année suivante, il était
entré au lycée Concordet où son intelligence rare
s'était trouvée assez mal à l'aise, encerclée dans les
limites étroites des programmes. Une instruction où
l'affirmative tyrannique remplaçait la discussion, où
le convenu s'imposait, ne pouvait convenir à cet esprit
libra. Il n'y était resté qu'une année et demie. C'est
depuis ce temps que Mme veuve Champeyre avait exigé
que Suzanne donnât des leçons de piano : « une fille
sans fortune devait arriver à se suffire honnêtement
elle-même ».

A la fin de la seconde année, à la grande joie de
l'aînée des Champeyre, Maurice passait avec succès
son baccalauréat.

Quelques mois après l'armistice, le jeune homme
atteignant ses dix-huit ans quittait le lycée, avide de
liberté, avide surtout de vie.

Large d'épaules, si mince de taille, imberbe, il donnait — à cause de la régularité de ses traits encore
accentuée par la coiffure dite à l' « Aviateur » —
l'exacte impression du type anglais, très apprécié par
les adolescents de son époque dont toutes les ambi-
tions consistaient alors à fermer leur veston par le
bouton du milieu et à fréquenter les *dancings*. L'équivoque cessait heureusement là. Toutefois, il émanait
de toute la personne de Maurice quelque chose de
trouble, de vicié, de vicieux même, quelque chose
qui, tout ensemble, attirait et repoussait, quoique ses
manières fussent affables, élégantes et même suprêmement simples.

Contrairement aussi aux jeunes gens de sa génération, lesquels, sans difformité ni anomalie physique
visible, pouvaient vivre au milieu des jeunes filles et

des femmes en partageant leurs jeux, leurs danses,
leurs plaisirs, enfin sans en être excités le moins du
monde, Maurice, lui, recherchait volontiers la société
des jeunes filles et des femmes mais pour s'en faire
encore câliner, choyer et toujours avec l'espoir de
tirer de leur commerce d'agréables sensations, ne
fussent-elles encore que superficielles.

Pendant quelques mois, il avait aussi fréquenté ces
bizarres « équipes » formées de jeunes gens des deux
sexes où les mâles, en priorité, qui traitaient assez
dédaigneusement les jeunes filles non dotées, étaient
prêts à toutes les platitudes devant les filles des nouveaux riches ou des mercantis. Celles-ci, encore non
« au point », et dont l'impertinence presque naturelle
était grande, sans le savoir, vengeaient leurs pauvres
sœurs dédaignées. Le manque de cœur de toute cette
jeunesse trop « à la page », sa froideur affectée — et
peut-être réelle après tout — avaient rendu presque
misanthrope le trop sensible Maurice. Ce n'était que
grâce au romantisme violent et toujours vibrant de
Suzanne que le « jeune Sauvage » avait envisagé
l'existence, et sans doute l'amour, autrement que ses
camarades compassés et froids perdus dans cette
étrange poésie faite de calculs, de méfiance et de
réflexions.

Au moment où Suzanne tournait la rue Saint-Guillaume, l'automobile de M. Sauvaget passait.

Bleue de froid, elle tenta d'esquisser un salut dans
un sourire.

— Mais c'est de la folie, Suzanne, s'exclamait
M. Sauvaget qui, l'ayant aperçut, avait baissé la vitre
de la portière — c'est de la folie ! Il vous était si facile
de prendre une auto et de vous faire déposer rue La
Boétie où je vous attendais... Allons, montez vite...

De la main, elle refusait :

— Merci, monsieur Sauvaget, plus que vingt mètres à faire encore, et puis non, je suis trop mouillée maintenant... à tout à l'heur   .

La petite porte en même temps que la grille bientôt s'ouvraient. Suzanne s'éclipsa, les souliers encore clapotant et la mante plus que jamais ruisselante... Sa mère et sa sœur qui avaient entendu l'automobile se tenaient dans le vestibule.

— Ah ! tu es dans un bel état !

— Te voilà jolie !

— Ça va... ça va..., criait Suzanne, furieuse, d'humeur mauvaise, haussant les épaules, tout en s'engouffrant dans la maison, je vais d'abord me changer... Cela seul est urgent.

— Veux-tu qu'on t'envoie Annette pour t'aider, fit tout de même sa sœur, prise de compassion.

— Non, merci.

Dans l'escalier pourtant elle s'arrêta brusquement et interrogea :

— Maurice est-il rentré ?

— Il est dans sa chambre, jeta Jeanne ; mais, ces messieurs sont déjà au billard.

Suzanne d'une large poussée ouvrit toute grande sa chambre, s'en alla tirer les rideaux des fenêtres, fit jaillir la lumière du plafonnier, puis jeta son chapeau ruisselant et sa cape trempée sur le linoléum entourant sa toilette. Avec hâte, presque rageusement, elle enleva ses souliers et ses bas.

Tout en glissant ses pieds nus dans des mules fourrées, elle s'écria, dans ce besoin d'expansion qui vous fait quelquefois monologuer :

— Ah ! non... j'en ai assez, j'en ai assez. Tout, plutôt que de continuer à mener cette vie de chienne errante... Tout, le mariage, même idiot, la fuite, la mort. Ah !

oui, j'en ai assez de courir le cachet dérisoire et d'être presque assimilée, hors d'ici, à la domesticité. J'en ai assez de me lever au petit jour, de patauger dans la boue d'Asnières et de Paris, d'essuyer les outrages dans les rues et de rentrer dans des trains pleins de populo le jour, ou débarquer la nuit avec du vent qui souffle sur des corsages en détresse et des jupes lourdes et humides... Et je suis de la famille des Sauvaget: Les Champeyre!... recueillis par pitié... Ah! elles en disent assez, les commères, sur notre intéressante position! Une mère froide, énigmatique qui gèlerait la glace... Vrai, j'en viens presque à regretter notre sixième de Paris où, après la mort de papa, nous nous étions réfugiées toutes les trois. On mangeait mal, on s'habillait de laissers pour compte ou de charité, mais, du moins, nous étions « chez nous »... Quand je pense que ce manteau, maman l'a taillé dans un vêtement ayant appartenu à mon pauvre père... Economie ou devoir? on ne sait!... l'argent, ici, ne manque pourtant pas... Ah! cette existence de mendiante fait plus souffrir que la misère... Oui, oui, je veux à mon tour être libre. J'ai de l'éducation, de l'instruction et j'entends profiter des avantages que cette éducation m'a donnés pour m'affranchir. Jeanne entrera à la Légion d'honneur à Saint-Denis... Quant à maman, flûte et zut, elle restera ici si le cœur lui en dit. Moi, je veux me marier. Le mariage, ce n'est plus un rêve, c'est une affaire; ce n'est pas un roman, c'est un livre de comptes. Je veux épouser le bien-être l'aisance — ô seulement l'aisance! — le bonheur viendra ou ne viendra pas... je m'en fiche!...

Tout en se parlant, elle s'était déshabillée :

« Bah! j'ai le temps de prendre un *tub*, histoire de me réchauffer », et il me restera bien une heure pour me reposer et calmer mes nerfs.

Craignant la visite inopportune de sa mère ou de sa sœur, elle alla pousser la targette du verrou de sa porte.

Depuis son enfance la plus tendre, elle aimait l'eau, 'eau chaude surtout ; elle trouvait dans le liquide presque bouillant une sensation de bien-être ineffable, délicieux ; l'eau chaude la régénérait, vivifiait son sang. Aussi, sous le premier prétexte, se tubait-elle.

En un clin d'œil, la toile imperméable fut ouverte. Et, pendant qu'il s'emplissait à l'aide d'un caoutchouc fixé au robinet de la toilette, la jeune fille se dévêtait.

Au premier contact du liquide, elle ne put retenir un léger cri tant l'eau lui parut brûlante. Elle s'empara d'un broc d'eau fraîche et chercha la température désirée.

La grosse éponge, ruisselante, caressait maintenant son corps. Mille diamants à milliards de facettes dégouttaient sur sa chair. Sa peau, qu'elle avait fort blanche comme presque toutes les femmes à cheveux très noirs, rougissait. La réaction se faisait, intense.

Elle ne put s'empêcher de dire tout haut :

— Ah! ça fait du bien, tout de même !...

Elle se saisit du vaste peignoir qu'elle avait préalablement posé à côté d'elle sur une chaise et s'en emmitoufla.

Un petit divan bas où, dans la journée, elle aimait à s'étendre pour lire, lui sembla propice au léger repos qu'elle préméditait de prendre avant le dîner, un repos qui lui semblait si bien mérité.

Elle s'étendit, le corps déjà séché.

— Qu'il ferait bon dormir un peu, à présent, murmura-t-elle encore.

Elle entr'ouvrit son peignoir — à cause des radiateurs dont la chaleur tiède et sèche élevait sensiblement la température — et se regarda en souriant.

Par-dessus sa poitrine bombée, et ses seins dressés
en bataille, elle admira ses jambes fort longues, des
jambes de sloughi, et ses attaches qu'elle avait très
fines. De ses deux mains, en un geste d'offrande, elle
prit ses seins semblant trouver dans cette pose clas-
sique, presque sacrée, une jouissance ineffable. Elle
se cambra aussi pour se rendre compte de la souplesse
de ses reins et tout son corps craqua.

Suzanne était non seulement belle, mais elle avait
un « type ». La tête, du renflement du front à la nuque
— (une nuque admirable, ronde, couronnée de cheveux très noirs, bouclés, et qu'elle portait déjà courts)
— était petite sans être disproportionnée. L'ensemble
en était violent, impérieux, obstiné et, à certains
moments, presque méchant s'il n'y avait eu une grande
langueur dans les yeux — des yeux marron, presque
noirs, qui avaient des lueurs de topaze brûlée, — et
qui se cachaient peureusement, étrangement sous des
arcades sourcilières pleines d'ombre. La bouche était
sinueuse, les lèvres ciselées, cachant les dents. Le nez
était droit, pincé aux narines légèrement dilatées. Les
méplats du visage, très accusés, restaient nets comme
sculptés dans une pierre dure, sans enlever pourtant
le charme du visage très ovale. Le cou, ni long ni
court, normalement féminin semblait le calice de son
corps. Nue, elle aurait pu rivaliser avec toutes les
Dianes échappées du marbre ou de l'airain, tant ses
lignes étaient rythmées, tant les courbes de ses reins,
de ses seins, de ses hanches, de son ventre et de ses
jambes étaient splendides, souples, rares et propor-
tionnées. Un jour qu'elle courait en costume de bain,
sur la plage d'Onival, Maurice s'était écrié :

— Mais Suzanne, c'est une panthère !...

Elle était amoureuse de son corps, elle avait l'orgueil
de son corps et cet orgueil devait la garder contre la

chaleur de son sang et l'aider à repousser tous les
caprices qui l'assiégeaient aux heures chaudes du
désir, de l'envie, du besoin ou de la vengeance.

Tout à coup, dans la chambre à côté, elle entendit
qu'on remuait.

— Est-ce vous Annette? .. Est-ce toi Maurice?
cria-t-elle.

Une voix qui mue, presque une voix de jeune fille,
répondit :

— Oui c'est moi... tu descends, Suzon?

— Je m'habille, Mau...

— Bah ! Tu as le temps, ils sont tous au billard, on
ne dînera pas avant une heure. Ah ! tu sais! je te
préparerai un nouveau *cocktail*, ma chère, un *cocktail*
dont tu me diras des nouvelles...

Et indifférent, il se mit à siffler, en traînant langou-
reusement sur les notes, un tango à la mode.

Alors brusquement, Suzanne, énervée, eut comme
un long frisson ; d'un brusque coup de croupe, elle se
retourna et sa main gauche atteignit le commutateur.

Elle murmura :

— Maurice! Maurice !

Comme il lui semblait loin! Comme il avait changé !
A présent, il était superbement attaché à la vie !
C'était son œuvre!... A peine pourtant, lui parlait-il.
Elle regrettait presque de l'avoir « ressuscité ». Elle
avait des regrets de mère qui voit grandir trop vite
son enfant. Il avait été sa seule tendresse, sa seule
joie et, à peine, s'apercevait-il qu'elle existait, qu'elle
était à ses côtés triste, misérable et malheureuse. Où
était le temps où elle l'allait border dans son lit, le
soir, avant de le baiser au front. Oui, mais Mme Champeyre avait décidé que ces soins tout attendrissants
qu'ils étaient n'étaient plus convenables! N'avait-elle
même pas parlé d'un vouvoiement obligatoire!

Suzanne avait haussé les épaules et Maurice lui avait
éclaté de rire au nez. Hélas! l'enfant était tout de
même devenu l'adolescent qui troublait ; et l'adolescent devenait l'homme, l'homme ingrat, l'homme
égoïste courant à ses satisfactions, ses satisfactions qui
étaient pour l'heure la confection d'étranges *cocktails*!

— Oh ! Maurice ! fit-elle encore d'une voix mou-
rante.

... Et tandis que le tango, à côté, déroulait, dans un
sifflement doux et sur un rythme alangui, sa plainte
d'amour, Suzanne, dans la nuit, le corps nu, les dents
claquantes, laissait échapper tout bas, de sa bouche
fiévreuse, des mots de caresses et d'extase, des mots
comme en tisse l'Amour sur les lèvres des vierges et
aussi sur celles des courtisanes avides de tendresses
ou d'étreintes — les mêmes !...

II

Je le vis, je rougis, je pâlis à sa vue :
Un trouble s'éleva dans mon âme éperdue;
Mes yeux ne voyaient plus, je ne pouvais parler;
Je sentis tout mon cœur et transir et brûler.

Phèdre (RACINE).

Le sifflet d'un remorqueur coupant l'air tranquille, longuement, comme une plainte sinistrement prolongée, réveilla Suzanne. Ce sifflet lointain lui rappela Montreux, Vevey, le voyage en Suisse enfin, entrepris — il y avait déjà deux années! — avec M. Sauvaget.

Au même instant, le carillon du vestibule sonnait sept heures. Elle calcula qu'elle avait encore grandement le temps de se reposer, de rêver et de s'habiller.

Les grands lacs! Vevey!... Vevey surtout, c'était là, sur les hauteurs, dans les montagnes, qu'elle s'était aperçue qu'elle aimait Maurice, non plus de cette tendre amitié qui lie deux êtres élevés presque ensemble, mais de cette amitié tendre, louche, équivoque, étrange, qui la faisait souffrir maintenant presque délicieusement.

Le 18 septembre — comme elle se rappelait cette date! — tous les cinq ils étaient partis en randonnée, des paysans ayant consenti à les loger la veille afin de gagner de plus hautes altitudes.

Ils emportaient de quoi déjeuner frugalement. Ce jour là, la vie lui paraissait plus belle, la lumière plus éclatante. Ce jour-là, sans qu'elle sût pourquoi, elle le soupçonnait d'être un jour prédestiné, un de ces jours qui doit compter dans l'existence d'un être humain. Maurice, comme elle, vêtu de blanc, marchait à ses côtés. Ils avaient l'air de deux fiancés s'acheminant vers un Temple d'amour. Leurs pas légers glissaient tantôt sur les sentiers que dorait le soleil, tantôt sur les gazons, tantôt encore sous les sapins dont les cimes balançaient au-dessus de leurs têtes leurs branches en forme de palmes plus aiguës.

— C'est élyséen, avait jeté Suzanne, enthousiaste.

Et il avait approuvé en lui prenant la main comme s'il allait, sur ce tapis de verdure, danser un menuet champêtre. Et cette main balancée en sifflotant, cette pression continue et chaude de la main pressant la sienne, fine et souple, avait fini par énerver au possible Suzanne. Elle avait tenté de la lui reprendre.

— Mais saperlipopette, laisse-moi donc ta main, s'était-il écrié en riant. Pour une fois que nous jouons dans un Bois Sacré, moi le Faune et toi l'Amadryade, il me semble ...

— Oh! toi le Faune, avait-elle interrompu en éclatant de rire et d'un ton douteux.

— Mais oui, le Faune. Pourquoi ne serais-je pas un Faune? Veux-tu que je t'emporte au fond de mon antre et là que je te viole... ah mais !... avait-il ajouté en prenant un air terrible, tu sais... ne me mets pas au défi.

Suzanne avait senti naître en elle un petit frisson bizarre qui l'avait remuée toute.

Elle avait répliqué :

— Maurice, tais-toi, il ne faut pas dire de ces choses-là, même en riant.

— D'abord, à toi, je veux dire tout ce que je veux, Suzon; ensuite, si je veux rire un brin avec ma cousine. C'est fait pour rire une cousine, pour rire et s'amuser.

Troublée, Suzanne brusquement avait retiré sa main.

Après le déjeuner froid hâtivement étalé sur l'herbe et servi dans une grande clairière entourée de rocs, Maurice et Suzanne s'étaient éloignés tandis que M. Sauvaget, M\u1d50ᵉ Champeyre et Jeanne se préparaient à faire une sieste sur la mousse.

— Nous, on va à la découverte, avait annoncé Suzanne.

Au bas des montagnes, à droite le Lac de Genève mirait le ciel dans toute son étendue; à gauche se déroulaient des vallées jaunies de moissons sur lesquelles une buée bleue, comme bouillonnante, planait.

Ils avaient pris par les sentiers abrupts, qui contournaient les rochers avant de pénétrer dans la forêt, océan de verdure s'étendant à perte de vue. Les feuilles arrachées tombaient le long des rameaux et des vapeurs rousses s'élevaient de la clairière. Les arbres alanguis pliaient sous le poids des branches et, dans les massifs comme dans les fonds boisés, le silence était lourd, précurseur des bouleversements du sol et de l'air.

— Bigre ! s'était exclamé Maurice... ça sent l'orage, Suzanne, tu ne trouves pas? L'instinct subtil des bêtes poussait celles-ci à se blottir dans leurs abris, à se cacher, il y avait dans l'atmosphère comme de l'inquiétude, comme de la peur presque qui étouffait les voix et paralysait les mouvements.

Le ciel — comme elle se rappelait le ciel ! — se

tachait soudainement de brun et de gris et la tache
allait s'élargissant, jetant dans l'espace un voile
s'épaississant de plus en plus.

— L'orage s'éloigne, avait déclaré Suzanne, mais
cette nuit on dormira mal dans la montagne.

Ils avaient encore marché durant un petit quart
d'heure.

— N'allons pas plus loin, avait conseillé Maurice.

Il avouait qu'une sieste lui semblait indiquée.
Suzanne amassait des feuilles mortes, enlevait bravement sa jupe et s'étendait laissant la plus large place
à son cousin.

— Donne-moi ta main, avait-elle dit en riant, avide
de retrouver la sensation de tout à l'heure. Ne nous
perdons pas plus dans nos rêves que dans la forêt.

— Tiens, tu veux bien... ce que tu es changeante,
ma chère.

Et comme un gamin, il avait abandonné sa main.

C'est alors que Suzanne s'était persuadée que de la
main de son cousin s'échappaient des effluves parti-
culiers et un étrange et spécial fluide qui la bouleversait décidément et qui l'aurait mise à sa merci.

Elle s'était endormie avec cette sensation nouvelle,
curieuse, une sensation qu'elle n'arrivait pas à cata-
loguer et qui n'aurait point manqué de la faire se
pâmer si Maurice, tout à coup, ne s'était levé en
poussant un cri perçant.

— Aïe, je viens d'être mordu !

Sans autre explication, hâtivement, il avait mis
bas son pantalon, son caleçon et avait exhibé sa
cuisse gauche saignante tandis, en effet, qu'un ser-
penteau délivré cherchait à fuir. D'un coup de jupe,
Suzanne le frappait l'étourdissait et le ramassait par
la queue sachant que les reptiles ne se redressent
jamais complètement.

— Attention, avait crié Maurice », c'est peut-être
une vipère?

— Mais non, bêta, tu vois bien que c'est une couleuvre..., avait répondu Suzanne, cachant une nouvelle
inquiétude sous un rire.

Elle ne voulait pas affoler Maurice dont les connais-
sances en histoire naturelle étaient encore assez
vagues; mais elle savait, elle, qu'une couleuvre ne
mordait pas et, anxieuse, en regardant la bête ne
s'apercevait-elle pas terrifiée, que l'animal arborait
sur le front le V fatal!

D'un coup sec, elle lui avait brisé le crâne sur le
sol et s'était précipitée sur Maurice en disant :

— Ecoute, Maurice, sois calme : ce n'est rien...
cependant, à tout hasard n'est-ce pas, il faut faire
saigner la plaie... As-tu ton couteau?

— Le voici, avait répondu Maurice en devenant très
pâle.

— ... C'est une simple précaution, mon petit. Sois
brave..., avait-elle affirmé pour le tranquilliser.

Elle avait nettoyé vivement, et dans sa bouche, le
couteau, l'avait essuyé, et, avec la flamme d'une allu-
mette en avait chauffé l'extrémité ; puis, avec sang-
froid elle s'était penchée sur la morsure, avait fait
une entaille cruciale élargissant la plaie ; après quoi,
collant sa bouche sur la blessure, elle soumettait
celle-ci à une sérieuse succion. Les premières gor-
gées avaient été crachées, mais comme la plaie sai-
gnait toujours abondamment, espérant ses muqueuses
indemnes... elle n'avait plus craché.

Elle venait brusquement d'éprouver une joie intense
à sauver son cousin d'une mort certaine et cette joie
s'était doublée, en buvant son sang, de la découverte
de son amour! Ce sang passant en elle, s'infiltrant
dans ses veines, l'emplissait d'une nouvelle vie; et, sa

jouissance était telle, qu'en se relevant, elle avait embrassé la cuisse du jeune homme avec la sensation qu'elle se donnait à lui, dans cet instant, comme jamais — elle en était naïvement sûre alors — elle ne pourrait plus se donner.

Lorsqu'elle avait cru tout danger écarté, elle s'était relevée, la figure pleine de sang, la sueur au front, haletante, tremblante, comme si elle avait effectué une longue course. Elle s'était appuyée, lasse et chancelante, sur l'épaule de Maurice que le seul danger couru avait bouleversé et avait pleuré en disant :

— Laisse-moi ainsi, cela me fait du bien... c'est le réflexe...

Elle avait tout de même bandé la plaie avec un bout de batiste arraché à sa combinaison.

— A présent, avait-elle dit, gagnons vivement l'endroit où l'on nous attend... Te sens-tu bien ?... Pas d'engourdissement ?

— Non, avait répliqué Maurice, encore inquiet des suites de sa morsure... Tu es sûre, n'est-ce pas, que ce n'était pas une vipère ?

— Mais... certaine, dépêchons...

Prestement, sans être vue de son cousin qui se reculottait, elle avait ramassé la bête qui gisait dans l'herbe, la tête et le commencement du corps brisés, et l'avait subrepticement enfouie dans son sac.

— Il faut nettoyer ton visage, Suzanne ; tu es atroce à voir !

— J'ai l'air de jouer dans une pièce d'André de Lorde, hein, avait-elle répliqué en riant et pour le tranquilliser encore.

— Oh ! absolument.

— C'est ton sang. Mau.

— Je le sais bien... il n'est pas plus beau que ça. Je t'embrasserai tout à l'heure pour te remercier... Dis donc, tu ne sais pas où est le serpent?

— Pressons-nous, Maurice, je te dis que c'est une couleuvre...

En passant près d'un rocher, dans un creux, Maurice aperçut un peu d'eau.

— Voici de l'eau... et le cabinet de toilette de Mademoiselle... avait-il dit, sentant, le danger disparu, sa gaîté revenir.

Elle s'était à peine détournée pour déchirer un nouveau morceau de sa combinaison et lavait tant bien que mal son visage ensanglanté.

Du plus loin qu'elle aperçut le groupe qui les attendait, elle avait tout de même crié :

— Vite, la lampe à alcool... Maurice a été mordu...

Et tout en faisant rougir cette fois un couteau, Suzanne avait expliqué ce qui s'était passé.

— Seuls l'aspic et la vipère mordent dans nos régions, avait avancé Sauvaget en pâlissant.

— C'est une vipère, en effet, avait avoué Suzanne...

Maurice, terrifié, avait regardé sa cousine qui continuait :

— ... Mau, je ne voulais pas te le dire pour ne pas t'effrayer ; c'était une vipère, je l'ai dans mon sac, cette sale bête... Il n'y a plus de danger ; tranquillise-toi, on va te brûler la plaie... oui, il le faut par précaution... sois courageux, mon petit Mau.

— Le père s'était emparé de Maurice, le couchait à terre, mettait la plaie à nu, tandis que Jeanne suppliait Maurice d'être patient et que Mme Champeyre calme, froide, avec un mouchoir propre préparait la charpie.

— Comme la place est rouge, avait constaté M. Sauvaget.

Suzanne, gênée, avouait alors qu'elle avait dû procéder tout de suite à la succion nécessaire...

Sauvaget l'avait regardée, très ému.

— N'est-ce pas, père, c'est chic, ce qu'elle a fait là, Suzon ?

Suzanne avait haussé les épaules.

— Toi, tais-toi, Mau ; c'est tout naturel... Et comme le fer était d'un rouge vif, elle le plongea par trois fois dans la plaie.

Maurice, conscient du danger qu'il courait, s'était laissé faire en grinçant des dents et en arrachant les touffes d'herbes à la portée de ses mains. Il ne manquait plus de courage et avait à cœur de se montrer digne de l'acte de sa jeune cousine.

Enfin, un cordial avait achevé de le remettre :

Et l'on était rentré à Vevey. Un médecin vivement appelé avait déclaré que les soins avaient été donnés dans la perfection. Il avait félicité Suzanne Champeyre de son sang-froid et de son héroïsme. Après une nuit de fièvre légère Maurice s'était trouvé dispos. Il avait embrassé Suzanne et, pour rire, depuis, la dénommait « Mon Vampire ». De retour à Paris, M. Sauvaget, en souvenir de ce sauvetage, avait offert à Suzanne, en bracelet, un grand serpent d'or exactement du poids de la vipère empaillée... Les deux serpents gisaient à présent dans un coffret où Suzanne enfouissait ces souvenirs. Deux années s'étaient passées depuis cet événement et Maurice qui allait atteindre sa dix-neuvième année ne s'apercevait toujours pas de l'amour de sa cousine.

Nature ardente, forte, complète et complexe aussi, Suzanne se sentait également apte à l'amour et à la volupté. Du jour où elle s'était aperçue du sentiment qu'elle avait pour Maurice, elle s'était juré d'être à lui. Elle savait qu'elle ne pouvait être sa femme, étant donné d'abord la disproportion d'âge existant entre eux et, étant donné surtout, sa situation de fille pauvre. Mais elle savait qu'il lui faudrait satisfaire cette passion qui la dévorait et qui lui semblait être le but unique de sa jeunesse. Le soir, dans son lit, rien qu'en songeant à Maurice, son regard s'allumait, sa poitrine se soulevait, ses seins se gonflaient, ses narines se dilataient et un frisson, de la nuque aux talons, la secouait toute comme si la secousse spasmodique d'amour elle-même la terrassait.

Suzanne prêta l'oreille. Dans la chambre du jeune homme, tout était vide et silence.

— Il est descendu, pensa-t-elle, il prend l'apéritif avec Lubernier et le Dr Jeséquel.

Depuis que Maurice, pour s'amuser, s'était mis à la composition de cocktails aussi étranges que saugrenus, mais dont la bizarrerie charmait le palais difficile de M. Sauvaget, aussi gourmet que gourmand, Suzanne avait pris en aversion les liqueurs et les spiritueux. Elle savait que Maurice pourtant ne buvait pas, qu'il ne faisait que goûter ses produits, seulement, dans son idée, c'était un commencement, et elle tremblait à l'idée que son cousin pouvait se mettre à boire. Elle n'ignorait point que du côté de sa mère, il y avait déjà ascendance alcoolique.

Suzanne avait peu connu la mère de Maurice — sa marraine pourtant. Elle se souvenait d'une douce et frêle créature sans volonté, presque toujours alitée, toujours se médicamentant et terminant sa vie manquée dans une maison de santé, intoxiquée par la morphine qui apportait, du moins momentanément, un arrêt, un calme à ses souffrances physiques. La malheureuse, en effet, était fille d'un alcoolique, luimême descendant d'un trop joyeux Champenois. Elle avait aimé et avait été aimée par le propre frère de

M. Sauvaget : Jacques Sauvaget. M. Sauvaget (Louis) avait manœuvré de telle façon et avec l'appui de la famille, que, profitant d'un grand voyage que Jacques effectuait en Amérique, il avait fini par décider Charlotte Vix, fiancée secrètement à son frère, à l'épouser. Il n'avait reculé devant aucun moyen pour arriver à l'enlever à son frère. N'était-il pas allé jusqu'à fouiller dans la vie de Jacques absent pour y découvrir et dénoncer ses passagères maîtresses ? C'est qu'alors il ne reculait devant rien Louis Sauvaget, Sauvaget l'Aîné comme on l'appelait. Il était bien le fils de ce Sauvaget, le prêteur sur reconnaissances, le père Sauvaget, si connu, — trop connu surtout des fils de famille aux abois à qui il consentait des prêts à faire rougir Gobseck. Cependant, jamais on n'avait pu prendre le vieil usurier sur le fait. Et puis, aurait-on osé poursuivre ce Sauvaget, membre influent de l'Oratoire et du Synode, le bras droit du baron Schickler, aussi puissant en France que son frère l'était à Berlin avec sa banque, ce baron Schickler (1) que tous les protestants de France considéraient avant la guerre comme un apôtre de la bonne parole et du bon exemple !

L'entrevue entre les frères Sauvaget, au retour de Jacques, avait été terrible. Attirée par la violence de la dispute, Charlotte s'était montrée et avait compris le complot qui avait été ourdi contre Jacques qu'elle aimait, et c'était de ce jour que Charlotte, mariée, avait dépéri. Quant à Jacques Sauvaget, il avait exigé ses comptes et avait disparu. Plus tard, Sauvaget l'Aîné avait appris que son frère s'était lancé dans

(1) Les preuves de la trahison de ces Schickler en 1870 me furent remises en 1909 par le grand typhlophile Lavanchy-Clarke et repassées par moi à Charles Maurras.

(*Note de l'auteur.*)

une affaire d'école-libre, d'école-unique, sur le modèle de Robin et s'y était ruiné.

Les yeux de Suzanne tombèrent tout à coup sur sa Bible, sa Bible de classe, une Bible d'Osterwald que sa mère, chaque fois qu'elle pénétrait dans sa chambre, ne manquait jamais de mettre en évidence.

Mme Champeyre, molle pratiquante, restait quand même fière d'appartenir à la Religion réformée.

C'était à Neuwied, aux bords du Rhin, chez les Sœurs Moraves où, avec l'aide pécuniaire de M. Sauvaget, son protecteur et son parrain, que Suzanne avait été placée durant deux années consécutives. C'était là qu'on lui avait fait don de cette Bible, le jour de sa confirmation.

Le livre était chargé de réflexions, écrites de sa petite écriture, une petite écriture nerveuse qu'elle seule pouvait lire. Ce qu'elle écrivait alors dans les marges témoignait de ses premières souffrances charnelles. Et ces cris, ces douleurs la faisaient à présent sourire malgré la douleur, toujours la même.

Elle prit le livre, l'ouvrit et lut en marge de la troisième page de la *Genèse* :

Oh Dieu ! venez m'aider à supporter avec plus de résignation toutes mes souffrances. Ma chair m'inquiète, mes sens se révoltent et me font la guerre à l'âme. Comme David, de toute la force de mon cœur, je crie vers Vous pour que vous soyez mon refuge et ma forteresse dans mes heures de tristesse.

Et, au bas, elle avait ajouté : « Bienheureux ceux qui pleurent, car ils seront consolés. » MATHIEU, V.

Elle sourit.

Ah ! Elle les connaissait ces lamentations, ces proverbes, ces sentences longues, courtes, claires, obscures, prophétiques, bref toute cette extériorisa-

tion religieuse tape-à-l'œil, tout ce clinquant doctoral
imité de l'Ancien Testament, plagié des Proverbes ou
du Livre d'Esaïe ou encore du Livre des Psaumes,
toute cette littérature calquée sur la grosse et lourde
littérature juive. Tout cela, imprimé sur carton en
majuscules énormes sur fonds multicolores, avec des
airs d'affiche, se plaçait partout : dans les chambres,
les couloirs et surtout dans les mansardes des domestiques.

Suzanne, qui détestait sa religion, pour avoir trop
longtemps séjourné chez les Sœurs Moraves (Schwester
Moraven) à Neuwied, avait eu toutes les peines du
monde à empêcher sa mère de se livrer à sa débauche
de « papillons évangéliques » cartonnés sur les murs
de la Villa des Tourelles. Aussi, tout le stock acheté
avait fini par tapisser la chambre de sa mère, celle de
sa sœur Jeanne ; la plus grande quantité avait été
reléguée au second, dans la chambre de la jolie petite
Annette ; une petite-main recommandée par un pasteur
protestant, et qui, en effet, ne pouvait pas protester.
La malheureuse ne pouvait lever les yeux sans recevoir
dans son petit cerveau une sentence toujours accom-
pagnée d'une preuve d'une authenticité indiscutable.

*Bienheureux sont les débonnaires car ils hériteront
de la terre.* MATHIEU, V. et pan !... Il y en avait vingt-
sept de ce style et de ce goût.

« Bienheureux surtout sont ceux qui ne s'encombrent
pas d'une religion sur la terre », pensait Suzanne.

Elle se souvenait qu'une fois, en plein cours, elle
s'était amusée à mettre dans l'embarras une certaine
Schwester Epelin, méchante comme une guêpe, en lui
prouvant qu'une bonne partie du Nouveau-Testament
plagiait l'ancien, principalement les Livres des Pro-
phètes.

La Schwester avait été bien obligée de se rendre à

l'évidence, mais comme tous les sectaires elle s'était vengée. Et la pauvre Suzanne, durant des mois, mal notée, avait été privée de ces *Samstagspaziergang* (promenades du samedi) où l'on allait en bande, excursionner au loin.

C'est qu'ils étaient vraiment merveilleux, ces paysages rhénans.

Elle revoyait les prairies d'un vert doré au soleil, sur lesquelles se découpaient les silhouettes immenses mais effilanquées des hauts sapins. De grands bœufs, d'un blond clair, tachetés de blanc, agenouillés sur l'herbe courte, immobiles, paraissaient plongés dans de paisibles contemplations intérieures. A l'horizon, du côté d'Andernach, des collines montaient lentement en se doublant dans le Rhin, le Rhin qui coulait là, si tranquillement, si lentement...

Und ruhig fliesst der Rhein !

Et les soirs?... comme ils étaient calmes! Et les nuits comme elles étaient profondes! Les émanations sublimes de certaines la pénétraient déjà d'un bien-être inconnu qui lui semblait alors complet. En ces temps, elle interrogeait sa conscience avec calme et sérénité. La chair ne « l'inquiétait » encore que rarement. La joie de vivre la transfigurait, surtout les jours de promenade.

Au réveil, d'un bond, elle était hors du lit, s'agenouillait comme ses compagnes, et priait comme elles. Jusqu'à seize ans, elle n'avait accordé qu'un examen rapide et presque indifférent à sa nudité. A la puberté, elle ne s'était pas émue. Ce qu'elle voyait, et ce qu'elle lisait ne l'étonnaient point. Les questions d'amour ne lui semblaient pas complexes. Rien du moins dans les romans d'Emile Souvestre ou de Töpfer ne laissait prévoir ses complexités

Le seul être au monde qu'elle affectionnait était Maurice, son cousin, qui demeurait à côté, dans la pension des Frères Moraves, au milieu de Suisses, d'Anglais, de Hollandais et de deux ou trois Français.

Le jeune Maurice avait été conduit dans cette pension : Les « Brüdergemeinen » par son père lui-même, après une agréable descente sur le Rhin. A cette époque, il y avait déjà une année que Suzanne Champeyre se morfondait au milieu de ces « Sœurs » — si étrangères !

Ces Moraves, on ne les connaissait en France que par une anecdote rapportée par Voltaire, anecdote sans grand intérêt et peut-être pour cette cause insérée dans les précis de littérature. Historiquement, c'étaient des disciples de Jean Huss, premier réformiste sérieux en date. Organisés en société religieuse sous les noms de *Frères et Sœurs Moraves*, ils étaient arrivés aux xv°, xvi° et xvii° siècles à constituer une église assez puissante grâce à la protection des grands de Bohême, de Pologne et de Moravie. Ceux de Neuwied exploitaient une usine de poêles en porcelaine et surtout... les parents des naïfs qui y envoyaient leurs enfants des deux sexes. Dans la ville on dénommait les deux écoles *Zuchthaus* (maison de correction). La discipline y était, en effet, d'une brutale sévérité. Les Allemands d'ailleurs n'en pouvaient suivre que les cours; l'internat leur étant interdit. Des maisons d'éducation analogues en Angleterre et en Amérique se trouvaient encore entre les mains de ces sectaires tortionnaires.

Maurice, au moment de sa venue à Neuwied, pouvait avoir une douzaine d'années; Suzanne en avait dix-sept. Comme ils étaient parents, on les autorisait à se voir les dimanches, après le prêche qui réunissait dans le même Temple l'école des garçons et celle des filles. Et le petit être, malingre, privé de santé, toussotant tous les hivers, Suzanne l'avait aimé follement et comme une sœur et comme une mère !

Lorsqu'elle dut quitter Neuwied, son père, sa mère et son parrain, M. Sauvaget jugeant suffisante sa connaissance de la langue allemande, elle eut une crise de morne désespoir en songeant qu'elle laissait « son petit » sur cette terre étrangère et dans ce milieu qu'elle détestait. N'avait-elle pas conçu au dernier moment le romanesque projet de l'enlever et de se sauver avec lui?... Rentrée en France, elle s'était remise à ses études, avait passé ses deux brevets et tapé longtemps sur un piano afin, moyennant quelques francs, d'apprendre la musique aux petits bourgeois et aux filles de concierges.. La guerre avait éclaté !... et son père, le capitaine Champeyre, était mort à la Marne. C'est alors qu'il avait fallu s'adresser à M. Sauvaget, implorer de nouveau sa protection, son assistance ! Mais en ces trois années de séparation que son « petit » avait donc changé ! A peine, d'abord voulut-il reconnaître « sa Suzon » ?

Suzanne en avait eu un vrai chagrin ; patiemment, elle s'était mise à reconquérir le cousin et, après son explication sentimentale, à s'en faire réaimer. Pourtant, déjà, elle était prise en sa présence d'ardeurs affectueuses inexplicables et devait se retenir pour ne pas l'embrasser...

— Je suis comme sa mère, pensait-elle.

Et, de nouveau, elle revit la mère de Maurice. Elle était catholique — une papiste ! D'ailleurs, on ne l'aimait guère dans la famille ; on la méprisa même le jour où l'on sut que la malheureuse se plongeait volontairement dans la béatitude de la stupéfiante morphine, qu'elle se « réfugiait dans l'opium immense »...

La voix de Jeanne gronda à la porte dans l'instant
même où le carillon égrenait sept heures.

— Descends donc, Suzanne!

Elle achevait de s'habiller. Prête, avant de quitter sa
chambre, elle se dirigea vers la porte qui commu-
niquait avec la chambre de Maurice. A tout hasard,
souvent, elle déverrouillait la porte de son côté. De
l'autre côté, depuis longtemps la targette n'était plus
poussée, elle s'en assurait quelquefois en pensant:

— S'il pouvait venir!

III

Lorsque Suzanne était entrée dans la salle de
billard, Lubernier dégustait le « dernier cocktail »
inventé par Maurice. Il en affirmait hautement l'excellence, non seulement en termes élogieux, mais surtout
par une face qui, pâle à l'ordinaire, en était soudainement congestionnée. Suzanne lui tendit la main et
alla embrasser le D\` Jeséquel. Elle dut encore subir les
affectueux reproches de M. Sauvaget, parce qu'elle ne
s'était pas rendue rue La Boëtie.

— Par ces temps-là, sapristi, saute dans un taxi et
viens au bureau.

Elle avait promis et, tandis que M. Sauvaget,
toujours gourmand et plus que jamais gourmet, se
rendait aux cuisines, elle était allée prendre place sur
le divan, à côté de Maurice, en s'arrangeant de manière
à sentir un peu la chaleur de son corps.

Sur le tapis vert, les trois boules d'ivoire rutilaient
sous l'éclairage cru des lampes électriques.

Le D\` Jeséquel, l'œil enflammé, — non par l'alcool,
il n'en buvait plus que rarement, connaissant sa
nature coléreuse — mais par la discussion, réfutait

avec profonde conviction les théories de désabusement
que soutenait Lubernier.

Le journaliste, homme de lettres occasionnellement,
de sa voix crispante à force d'ironie contenue, affirmait qu'il en serait de cet après-guerre comme il en
avait été de la longue après guerre napoléonienne.

— Il y a dans l'organisme humain, après une telle
catastrophe, un besoin de repos presque maladif, obligatoire, qui se manifeste toujours quinze ou vingt ans
après les énormes saignées que les tyrannies de toutes
sortes infligent à l'humanité. Gœthe avait vu juste
quand il écrivait son *Werther*. J'affirme que l'ombre
de Werther, qui a plané sur presque toute la moitié du
XIXᵉ siècle, planera sur la plus grande partie du
XXᵉ siècle. L'ombre de Werther, ne l'oublions pas, a
hanté jusqu'en 1860 toute la vie des salons. Ce fut le
seul type à la mode, le seul type copié. Vous le
retrouvez dans tous les romans, sur toutes les scènes
de l'époque. Musset, plus cynique, l'a même quelque
peu crapulisé dans son *Rolla*. Mais à l'étranger
n'avions-nous pas, dans ce même temps, tous les frères
de Lord Byron qui sont les pâles frères de Werther,
comme Werther est déjà le frère des *Atala* et des
René. Et nous devons cela à Napoléon :

— Notre époque de sport, de culture physique est
beaucoup trop saine pour tomber dans le ridicule des
poitrinaires 1830. Aujourd'hui, tous les jeunes hommes
s'écartent prudemment du bacille de Koch Vous
exagérez, Lubernier, voyons, répliquait le Dʳ Jeséquel.

— Je n'exagère pas, scan la Lubernier. D'ailleurs,
chaque fois, en France, qu'on vous offre du neuf, de
l'aperçu nouveau, vous vous reprécipitez dans votre
convenu. L'époque du sport passera, le sport n'est
qu'une mode... et l'on s'y adonne outrancièrement,
reconnaissez-le sincèrement. Le règne sentimental

reviendra. Actuellement, c'est entendu, l'amour est
chose secondaire. Tous ces athlètes sont de piètres
amoureux ; c'est ce qui explique le succès des hommes
mûrs, plus délicats, plus attentifs et pour lesquels
l'amour est encore la principale et la plus agréable
occupation de la vie. Hier, ce furent les fils des héros
napoléoniens, des grognards, qui traînaient leurs
pâles couleurs de sofas en sofas ; demain ce seront les
fils des poilus et des athlètes qui seront des Werther.
Mais oui, la mode d'aimer reviendra. Les jeunes filles
se lasseront de faire de la gymnastique ; peut-être
même n'usent-elles de cette gymnastique que comme
dérivatif. Elles s'ennuient nos jeunes filles. Elles voudraient de l'amour, mais voilà, elles sentent bien que
la façon dont leurs mères comprenaient l'amour n'est
plus la leur. Il en est de même des jeunes gens. Eux
aussi voudraient de l'amour, mais un amour autre que
celui qui précipitait leur père aux genoux de leur
mère. Cet amour-là, ils le sentent ennuyeux, vieillot,
rabâché et... qui sait si nos descendants n'inaugu-
reront pas, pour lui donner quelque piment, quelque
attrait nouveau, l'amour à trois... et... après tout,
Jeséquel, ce ne serait jamais que de la bigamie avouée,
le commencement d'une ère polygamique qui rejet-
terait cyniquement son hypocrisie, car, hein... nous le
sommes polygames, avouons-le ?...

— C'est-à-dire ?... fit Jeséquel quelque peu interloqué !

— C'est-à-dire que nous cherchons à concilier une
morale d'apparat, une morale de tradition, ou plutôt
une immoralité d'apparat et de tradition, comme le
christianisme, à la loi saine de la nature.

— Si maman vous entendait, murmura en souriant
Suzanne...

— Évidemment, Madame votre mère protesterait.

Savoir pourtant ce qu'elle pense des jeunes filles qu'on délaisse et qui s'ennuient, car enfin, vous vous ennuyez... Non.

Votre vie n'est pas gaie, continua-t-il en s'asseyant près d'elle, qui profita de cet hôte imprévu pour se pousser encore un peu plus sur Maurice.

— Remarquez que je ne dis rien, je vous laisse parler, fit observer Suzanne.

— Vous ne vous indignez pas, c'est donc que vous pensez un peu comme je pense. Non, elle n'est pas gaie la vie de jeune fille dans cet après-guerre et cela durera encore bien une vingtaine d'années.

— Alors, j'ai le temps de m'y faire, soupira Suzanne toujours souriante.

— Tout le temps... en effet, mais vous marierez-vous? qui vous épousera?

— Eh! Eh! monsieur Lubernier, de grâce, n'interviewez pas une pauvre fille comme moi. Vous allez me faire de la peine.

— Mais oui, Lubernier, laissez Suzanne tranquille, cria Jeséquel.

— Et pourquoi ne se marierait-elle pas? interrogea Maurice. Raisons de sentiment ou raisons positives?

— Les deux, Maurice, répliqua gravement Suzanne.

— Quelle belle blague! Si j'avais dix ans de plus, moi, je l'épouserais, Suzon et, ce faisant, je ferais une excellente affaire, j'en suis sûr. Tu es la beauté, la bonté, le dévouement. Quelquefois tu as un fichu caractère, c'est vrai, mais heureusement que tes crises ne durent pas.

Suzanne avait écouté son cousin avec une émotion qu'elle cherchait à contenir.

— C'est vrai ce que tu dis là? Tu le penses? murmura-t-elle.

— Mais oui, c'est vrai, et si d'ici à une douzaine
d'années, tu es laissée pour compte, tiens, je t'épouse,
je te le promets, je m'y engage.

— Mais tu seras marié, toi, bêta.

— Moi ! oh pas de danger, je ne me sens pas créé
pour le mariage ; pourquoi même suis-je créé ?

— Voyez-vous ça, fit Suzanne avec importance, le
petit Maurice décide qu'il n'est pas fait pour le
mariage !

Lubernier et Jeséquel souriaient en les entendant.

M. Sauvaget, disparu à l'entrée de Suzanne, reparut
dans l'entre-bâillement de la porte :

— Le dîner est prêt, mes amis, à table.

M. Sauvaget qui aimait la bonne chère — ne
déjeunait-il pas presque tous les jours chez Prosper
Montagné — ne manquait jamais de faire lui-même
un tour à la cuisine, les jours où il recevait ses amis.

— C'est cela, à table, ponctua le Dr Jeséquel.

De famille cévenole, le Dr Samuel Jeséquel, beaucoup à contre-cœur, avait commencé des études
théologiques à Bonn, en Allemagne, lorsque la médecine le séduisit. C'était un homme violent, rude et,
tout de même, foncièrement bon. Son amitié était
sûre et son désintéressement certain. Il avait juste
assez de clientèle pour vivre, parce que ses clients
restaient ses amis. Chez presque tous il avait son
couvert mis. Ses clients comptaient eux-mêmes le
nombre de visites et Jeséquel se fiait à eux. Lorsqu'il
avait lâché la théologie pour aborder la médecine, il
lui avait fallu « vivre pour étudier et enseigner pour
vivre ». Il était donc revenu à Paris où, grâce à un
conseiller municipal, il trouvait le moyen d'entrer au
collège Chaptal, comme maître répétiteur, ou *pion*,
ce qui lui permettait quelques années plus tard de

passer brillamment le concours de l'Internat, d'entrer
à la Salpêtrière dans le service de Raymond à peu
près dans le même temps que J.-A. Sicard et Riche.

Curieux plus que studieux et ses premières études
aidant, il avait fini par s'intéresser beaucoup plus
aux directives philosophiques de la médecine qu'à
la médecine elle-même. Comme John Brown il avait
conclu que « la recherche des causes était le serpent
de la philosophie ». La vie dépendait donc des stimulants. La santé comme la maladie obéissaient aux
mêmes causes : la stimulation ou mieux l'incitabilité.
Or, puisque seule l'incitabilité comptait, les malades
se divisaient en sthéniques et en asthéniques. Le
retour à la santé dépendait de l'harmonie résultant
du parfait accord de l'excitabilité et des forces excitantes. Stimulants ou calmants devenaient donc les
seuls médicaments.

Mais John Brown, au xviiiᵉ siècle, n'avait pas,
comme Jeséquel, sous la main, tous les stimulants
découverts depuis. Quelques cures heureuses le firent
valoir.

Un moment, il avait songé à fonder une maison de
santé dans laquelle sans douleur aucune, comme
dans la démorphinisation, on soignerait, avec une
méthode qui lui était particulière, certains intoxiqués,
mais la gestion intérieure de l'établissement qui
l'aurait obligé à prendre des collaborateurs lui fit
abandonner ce projet. Avec lui, en tous les cas, on
était toujours sûr de ne point souffrir et de mourir
presque sans douleur, car l'opium que ses confrères
ordonnaient avec une craintive et ridicule parci-
monie entrait dans la plupart de ses ordonnances.
Au dehors, c'était, malgré ses emportements, un bon
vivant. De vins de bons crus et de liqueurs il était
fort friand et, longtemps, il avait dit comme les

Russes : « Que je vive piètrement ou joyeusement, il
me faudra toujours mourir. »

Ce brave homme, une fois dans sa vie, avait été un
homme très brave. Il le regrettait d'ailleurs et non
sans raison. En 1899, il empruntait au banquier Sauvaget, sur de pauvres titres de propriété, une somme
de 3.000 francs qui lui permettait de s'équiper et de
partir... au secours des Boers !

Il avait trouvé en effet qu'un pays comme l'Angleterre composé de près de 400 millions d'habitants se
jetant sur 240.000 laboureurs, pour s'emparer de
quelques mines d'or, était une indignité. Il était donc
parti avec sa trousse, au moment où Ladysmith était
assiégée par les Boers. On l'avait incorporé dans
l'armée de Cronje, non sans des difficultés inouïes,
car le Boer, à l'ordinaire si hospitalier, était devenu
farouchement méfiant. Le lieutenant-colonel Villebois-Mareuil, qui avait tout quitté, emploi, grade, et
même son titre de Français, pour voler à leur secours
avait à peine été regardé. Cet homme de cœur avait
dû assister, les bras croisés, à des batailles, à des
tueries plutôt où les Boers armés répondaient aux
canons décimants... par des cantiques affirmant leur
foi !... Les Boers oubliaient aussi, il est vrai, que la
Hollande elle-même avait absorbé la république des
Barolongs et que l'Angleterre en absorbant les petites
républiques du Transvaal et d'Orange ne répétait que
leur geste de conquête. Au bout d'une année, le
Dr Jeséquel avait abandonné les Boers à leurs cantiques et à leur triste sort sur les conseils même de
son compatriote Villebois-Mareuil.

Le Dr Jeséquel n'avait qu'une « imperfection dangereuse » comme il disait. Elle était terrible et terri-
fiante, c'était cette exubérance de nerfs supprimant

sa volonté et faisant de lui soudainement un animal
enragé. Il suffisait d'une contradiction, d'une opposition, d'un démenti pour le jeter dans des violences
effarantes au cours desquelles il s'attaquait aux
objets aussi bien qu'aux gens. A Heidelberg, dans un
accès de colère, il avait assommé un Allemand d'un
seul coup de chaise ; plus tard, à Paris, au moment
de l' « affaire Dreyfus », il avait fallu lui retirer des
mains un malheureux officier qui criait, assez niaise-
ment d'ailleurs, que tous ceux qui étaient partisans
de la revision du procès du condamné de l'Ile du
Diable touchaient de l'argent d'un syndicat allemand.
Mais c'était son troisième accès de colère qui l'avait
fait réfléchir. Au cours d'une promenade à bicyclette,
il s'était arrêté dans une auberge du côté de Pontoise
pour se restaurer. Là, des enfants, histoire de rire,
avaient attaché sa roue arrière au cadre. La gaieté des
gosses devant ses tentatives à vouloir démarrer l'avait
exaspéré. Lorsqu'il s'était aperçu de l'espièglerie, il
avait happé un de ces malheureux et l'avait gratifié
d'une bourrade tellement brutale que le malheureux
était allé se cogner sur un mur et s'était évanoui.
Cette fois-là, le docteur, qui avait eu à essuyer les
injures et les coups d'une population outrée, s'était
juré de se maîtriser. A cet effet, ce disciple de John
Brown s'abstenait d'alcool d'abord, et provoquait
même au besoin des contradictions, des démentis pour
s'entraîner à conquérir ce calme dont un homme de
sa condition ne devait jamais se départir. En quittant
l'auberge, de lui-même, il était allé à la gendarmerie,
avait raconté au brigadier le lamentable accident qui
était arrivé et lui avait remis, outre son adresse, les
six cents francs qu'il avait sur lui pour donner les
soins au petit blessé. Devant ce geste de repentir, les
parents n'avaient pas porté plainte, jugeant aussi

peut-être que tous les torts n'étaient pas du côté de
l'homme violent. Le docteur avait fait mieux. Huit
jours après, il était retourné à l'auberge et avait
demandé pardon à l'enfant — devenu depuis son
grand petit ami.

— « A part mes colères, disait-il, je vaux mon
pesant d'or ». Et cela était vrai. Psychologiquement,
la colère, chez lui, n'était souvent qu'un débordement
d'indignation.

Mais, de nouveau, le werthérisme, sur une phrase
de Maurice, redevint le sujet de la conversation.

— Nierez-vous aussi, s'écria Lubernier, que *Candide* n'a pas pesé sur la fin du xviiiᵉ siècle et qu'il n'a
pas ouvert la porte aux Encyclopédistes d'abord et à
la Révolution ensuite?

— Pour *Candide*, je ne nie pas... Mais pour Werther, ce petit bonhomme en frac bleu et en bottes
jaunes qui se penche intensément sur sa névrose, sur
sa maladie de cœur, sur sa mélancolie...

— Eh! c'est justement là où je veux en venir et je
ne vous le fais pas dire, rétorqua le journaliste, les
races engendrées dans les guerres fournissent en
quantité de ces jeunes gens qui ont du romantisme
dans le sang. Oh! d'abord, c'est entendu, il va y avoir
les rigolos, les gros rigolos, ceux qui ont marqué les
coups à l'arrière et qui vont s'en donner à panse-que-
veux-tu et à pense-comme-je-te-peux... mais après?
des hommes moins sanguins paraîtront, puis vien-
dront les pâles, les fils de ceux dont le cœur fut trop
secoué. Ceux-là se tiendront le cœur comme Werther:
ceux-là se pencheront attentivement sur leur névrose
et ils s'en iront désabusés comme Werther. Qui sait
même, si ceux-là, sans prétexte aucun, ne feront pas
usage de leur revolver, en leur aurore, pour affirmer

dans un geste hautain et dédaigneux le mépris de la
vie telle que les Sociétés, ces gâcheuses de la Nature,
osent la leur offrir ?

— La vie met moins longtemps à reprendre ses
droits, fit le docteur en secouant la tête.

— Eh quoi, vous demandez tous des années pour
guérir un individu et vous n'accorderiez pas deux
lustres à une Société pour se refaire, pour se retrem-
per ? Vous n'admettriez pas que les fils de tous ces
hommes que les Etats ont jetés — pour la conquête
des marchés d'Asie, disons-le — les uns contre les
autres dans la plus sanglante des mêlées enregistrées
par l'histoire, pussent subir le contre-coup d'une
fatigue surhumaine imposée ? Mais Werther est le fils
des vaincus d'Iéna et il serait le même s'il était le fils
du vainqueur d'Iéna. Avez-vous oublié que les grands
efforts se paient, docteur ? Les fils des surmenés
paient toujours. Ah ! ils m'amusent ceux qui blaguent
le Romantisme comme si le Romantisme ne naissait
pas dans les conditions exigées normalement par la
nature. Où est-il le fumier plus propice au Romantisme que la Guerre ? Répondez ? Tuez la guerre, et le
Romantisme n'aura plus raison d'exister, car rien,
ici-bas, hormis la guerre, n'est assez fort pour nous
faire craindre la vie à venir. Un être sain s'arrange
toujours avec l'Amour et avec la Mort. L'homme fait
volontairement des concessions à la nature s'il n'est
pas affaibli par la terreur, la superstition ou les saignées militaires. C'est comme chercher dans la discipline religieuse la solution et non la sanction pragma-
tique du conflit qui oppose à la morale de l'action
une idéologie désuète est folie ! Le Barrésisme n'est
qu'une déviation illogique du Métyschisme issu lui-
même du *Sadisme*. C'est uniquement par la *psychologie*
qu'on atteindra le fond de tous les grands problèmes

fondamentaux. « Se bien connaître », c'est presque
connaître l'univers en son entier ; et, certainement, le
problème de la chair, psychologiquement, a plus
d'importance que le problème de la nourriture dans la
question sociale. Nous nous sommes tous trompés sur
ce sujet. Il faut procéder par ordre ; or, la conception
vient avant la naissance, la naissance avant la faim.
Nous vivons aussi volontairement dans l'erreur dont
la première est la croyance en un être suprême ; et la
foi aveugle que l'on nous impose dès l'âge le plus
tendre pèse tellement sur notre cerveau et sur nos
épaules que, chargés comme nous le sommes, nous
ne pouvons plus espérer faire la longue étape et encore
moins franchir le moindre obstacle.

Mme Champeyre, dédaigneuse, interrogea :

— La religion, la nôtre, du moins...

Lubernier, ahuri quelque peu d'être coupé, l'interrompit :

— Mais par superstition, j'entends, madame, toutes
les religions, celle de l'Olympe, celle de la Chine, celle
des Patagons, le judaïsme, le christianisme en général.

— C'est que notre religion, la religion réformée, je
vous affirme...

— Oh ! celle-là, bien entendu, c'est la crème des
religions... N'empêche, chère madame, que je la colle
dans la catégorie des superstitions comme les autres...

— Vous avez tort, fit-elle, vexée.

— Moi, j'approuve M. Lubernier, jeta catégorique-
ment Suzanne.

— Oh ! toi, fit la mère... d'un air entendu.

— Je partage l'avis de Suzanne, dit en riant Maurice, et il ajouta : Quand on a été chez les Moraves
comme nous deux, et qu'on n'est pas arrivé à mordre
à la religion, réformée ou non, c'est qu'on est fait
pour détester toutes les religions durant toute sa vie.

Les Moraves font d'excellents révolutionnaires, voyez plutôt Élisée Reclus qui fut leur élève. Je proteste contre toules les éducations religieuses en général, et contre celle des Moraves en particulier, car...

Suzanne l'interrompit :

— Mon cher Maurice, proteste pour toi. En ce qui me concerne, moi, je reste reconnaissant à mon parrain d'avoir pris soin de mon éducation et de mon instruction ; je ne suis pas une ingrate... Certainement, sur ce mode d'éducation, il y aurait beaucoup à dire, mais ton père ignorait tout des Moraves.

— Je te remercie, Suzanne, de ces gentilles paroles, répliqua M. Sauvaget. Ecoute, Maurice, j'avais été mal conseillé. C'est le pasteur Siegfried Muller avec lequel j'étais mis en relations — justement par ta maman, Suzanne — qui me parla et me vanta ces établissements. Nous sommes protestants, les Moraves sont également protestants... quoi d'étonnant à ce que je me sois fié à la parole d'un pasteur. Plus tard, quand l'un et l'autre, en quittant ces écoles, vous m'avez raconté la manière imbécile et lâche dont on vous traitait, je ne pouvais que déplorer la chose faite...

— C'est surtout moi qui ai souffert, papa, d'abord parce que je suis arrivé là-bas sans aucune éducation religieuse... c'est-à-dire qu'en fait, je n'avais écouté que maman, laquelle était catholique...

— Votre maman, fit Mme Champeyre, était en effet une catholique, peu pratiquante, mais très superstitieuse, elle croyait à tous les miracles : Lourdes, la Salette, etc. La question du surnaturel l'occupait plus que la question religieuse elle-même.

Lubernier sourit et, haussant les épaules :

— Vous croyez bien, vous autres protestants, à la résurrection... or, le surnaturel n'existe pas... Mais la

foi dans le surnaturel existe et cette foi seule importe
parce que, elle seule, est historique et réelle.

Le christianisme, malin, ne veut pas lâcher le
miracle, parbleu! Si le miracle cesse d'exister, tous
ses agents directs, les ecclésiastiques, ne peuvent
plus se borner qu'à *enseigner*. Plus de bénédictions!
Le jour où les peuples refuseront le miracle, prêtres
et pasteurs seront bien prêts de se joindre aux
athées... Ces temps-là ne sont pas encore... Le
christianisme est encore une puissance tellement
vivante qu'aucune réédification sérieuse ne peut être
tentée. Aucun projet même ne peut être conçu sans sa
disparition complète. Robespierre, dont le rôle reste
aussi énigmatique qu'il l'est lui-même, mais dont nul
ne peut contester la forte cérébralité, ne s'y est pas
trompé. Arrivé au pouvoir, il a fermé les églises et
prié Dieu de s'aller faire adorer ailleurs. Il prêcha
l'athéisme avec conviction et fermeté... Ce n'est que le
jour où il fut rebuté et découragé par la veulerie des
Trembleurs qui siégeaient à ses côtés, qu'il rouvrit les
églises. Dès lors, on peut écrire qu'il jugeait l'œuvre
d'émancipation humaine et sociale non mûre et que
lui-même faisait avorter la Révolution. La suite lui
donna raison.

Désespérée, Mme Champeyre regardait sa fille
Jeanne.

— Cette enfant qui croit, elle, entend de drôles de
conversations.

Mais M. Sauvaget lui fit un signe et elle se tut.

M. Sauvaget n'aimait pas qu'on empêchât ses convives d'émettre toutes les idées qu'ils voulaient. La
conversation faisait partie du dîner, et ce n'en était
pas le plat le moins important.

— Les discussions, ma chère amie, entre les plats
facilitent digestion, fit-il, et puis, Jeanne est trop

intelligente pour se laisser prendre aux paradoxes de Lubernier. Je suis certain que Jeannette nous accorde aussi peu d'attention que possible, et encore nous accorderait-elle toute son attention qu'elle nous trouverait parfaitement ennuyeux, n'est-ce pas, Jeannette ?

Jeanne crut bon de sourire et d'approuver.

A quinze ans, Jeanne Champeyre était encore la fillette. Très occupée par ses devoirs, par ses leçons, par ses multiples compositions, elle ne prêtait, en effet, aucune attention aux conversations qui se tenaient devant elle. Elle attendait plutôt impatiemment le départ de la salade pour voir paraître l'entremets, un entremets qu'elle adorait et dont elle entrevoyait d'avance la plus grosse part.

Mme Champeyre se contenta donc de ciller, selon son habitude, quand « ça n'allait pas » ou lorsqu'elle était vexée et se promit de laisser désormais tous ces gens patauger dans leurs péchés. L'incrédulité de son aînée la désolait et elle avait tout fait, tout tenté jusqu'à appeler un jour un pasteur à la rescousse ! pour ramener la brebis égarée au bercail. Toutes ces peines avaient été inutiles, Suzanne avait reçu poliment le pasteur et gentiment lui avait déclaré qu'elle ferait tout son possible pour reconquérir la foi mais elle fut inflexible quant à remettre les pieds au Temple avant que se manifestât ce qu'elle appelait « le miracle ».

Lubernier, après l'interruption de Mme Champeyre, avait laissé tomber la conversation. Il n'aimait pas la veuve du capitaine et il le lui prouvait en ne la traitant point comme la maîtresse de la maison, mais cérémonieusement en dame de compagnie infiniment respectable.

Ce Lubernier, du boulevard Poissonnière à la Made-

leine, tous les garçons de café le connaissaient ainsi
que les valets des cercles et les larbins des tripots des
rues adjacentes. Il prenait gratuitement ses repas dans
toutes ces maisons de jeux dont il était le rabatteur
presque attitré. C'est dans ces endrcits qu'il trouvait
assez facilement les quatre ou cinq louis qu'il lui
fallait pour vivre quotidiennement. Au fond, ni bon,
ni mauvais ; quelquefois, l'un ou l'autre, d'autres fois
l'un et l'autre. Comme tous les joueurs, il était désintéressé les jours de veine, dépensant sans compter,
payant même alors ses dettes les plus criardes et,
presque avare, les jours où, par désespoir, il tirait « à
cinq ». On ne l'estimait pas, mais ou on l'aimait ou on
le détestait. Malgré tout, c'était un journaliste de
talent, un des derniers chroniqueurs troussant un
article de fond sur un coin de table de café en dégus-
tant trois ou quatre bocks. Il appartenait toujours à
deux ou trois journaux des boulevards et de nuances
contraires, mais ne signait que dans un seul. Il connaissait son métier comme pas un. La politique ne
l'occupait guère, peut-être parce qu'il avait fait le tour
de tous les partis et de tous les politiciens, peut-être
parce qu'il jugeait toutes les politiques inutiles ou
attendait de prendre position. Dans une de ces promo-
tions républicaines, où tout se fait et se donne par
camaraderie, on l'avait nommé chevalier de la Légion
d'honneur, — ce qui le posait au cercle et lui assurait
ses repas. Il portait ordinairement sa décoration dans
la poche de son gilet et ne l'arborait que les jours de
grande culotte ou de tapage obligatoire. On ne refusait
pas deux ou trois louis à un homme décoré qui jouissait
de quelque réputation sur le boulevard ! On craignait
aussi ses mots, durs, ses histoires, ses cancans, ses
boutades rosses. Trois ou quatre duels avec résultat,
avant la guerre, l'avaient classé parmi les gens qu'on

n'embête pas. Ses rancunes étaient tenaces. Une fois, il s'était accroché à un ministre qui lui avait assez maladroitement refusé un léger service dans le même temps qu'il faisait condamner un de ses confrères qu'il affectionnait, Ranchon, en ourdissant contre lui un ignoble complot de mœurs. Lubernier avait fouillé le passé, la vie de l'Excellence, y avait découvert un nombre assez respectable d'indélicatesses et, un matin, avait étalé le tout dans une de ces feuilles étranges, qui naissent entre deux apéritifs et dont l'existence est limitée. Enfin, joyeusement il avait « tombé » l'Excellence en beau lutteur, en se portant contre lui dans une élection sénatoriale, l'ex-ministre-député n'osant plus se représenter dans sa circonscription. Cette candidature permettait à Lubernier de vider son sac et de dégonfler son adversaire. L'ex-député affolé, traqué, ayant assez naïvement, sur des conseils mal intentionnés, proposé par lettre une somme assez rondelette au journaliste pour se retirer, celui-ci fit agrandir la proposition malhonnête et, en lettres énormes, on l'affichât. A la dernière heure, son adversaire, affaissé, retirait sa candidature dans le même temps que Lubernier laissait payer sa vengeance au bienheureux concurrent, seul profiteur de ce duel acharné. Deux années avant la fin de la guerre, pour grossir ses ressources, il donnait au public des romans à clefs, toujours conçus dans l'espoir d'un éclat, d'un scandale. A défaut de *prix littéraires* dont il se gaussait dans mainte et mainte chronique, recherchait-il le scandale, le scandale qui aurait amené la vente ? Non Lubernier n'était qu'un aigri, un envieux, tenace dans ses rancunes et ce sont ces dernières qu'il exploitait, mais pour son seul contentement.

Lubernier tirait aussi de l'argent de certains éditeurs

dont les noms ne figuraient pas sur les couvertures, en leur livrant, pour vendre sous le manteau, des petits livres libertins dans le genre de ceux que le trop fameux Mirabeau composa dans sa prison ou bien des poésies pironiennes, extra-légères, contées avec goût et délicatesse. Il était d'ailleurs d'une érudition remarquable sur tout ce qui concernait les bibliothèques « de l'Enfer ». Cet envieux avait des mouvements de sincérité; ainsi dans cet ordre d'idées, il ne reconnaissait de génie qu'au marquis de Sade. A tous propos, il en faisait une apologie savante et, certainement, il en était un des vulgarisateurs les plus effrénés et des plus convaincus.

— Jusqu'au bolchevisme!... avait-il dit une fois à Jeséquel en présence de Maurice... Oui, jusqu'au bolchevisme! Lénine s'est plus nourri du marquis que du Marx lequel s'en était déjà copieusement alimenté. Ah! comme il les met tous dans sa poche, le bougre! Le France — il ne parlait jamais — cet envieux — autrement de M. Anatole Thibaut, dit France — le France prétend dédaigneusement qu' « il n'est pas nécessaire de traiter un texte du marquis de Sade comme un texte de Pascal », mais le France qui est le Jaurès de la littérature, comme Jaurès est le France de la politique, n'a jamais compris tout ce qui, dans la vie, se trouve en étroite connexité avec l'instinct sexuel qui influe — comme l'a démontré Sade — sur la presque totalité des rapports humains. Nous lui devons l'importance sociologique de l'amour présidant au mouvement de l'univers. Question autrement grave que la question du pain qu'on pourrait résoudre avec de la bonne volonté. Et il avait ajouté pour Maurice Sauvaget :

— Vous, jeune homme, qui travaillez dans la philosophie, ne dédaignez pas, comme le France, les

œuvres de Sade, car c'est certainement le penseur le
plus colossal de l'humanité moderne. En bafouant, en
salissant son nom, en changeant ce nom en *adjectif
méprisable*, les sociétés savaient ce qu'elles faisaient.
Mais c'est sur le chemin naturel indiqué par lui que
se dirigera un jour l'Humanité de demain qui a besoin
d'une morale ayant des bases naturelles saccagées
par les religions en général, et le christianisme en
particulier.

Et Maurice, en relisant les œuvres du « divin marquis », s'était aperçu en effet que, derrière le libertinage, un libertinage tellement gros, tellement poussé
à l'exagération — et pour cause ! il y avait dans Sade
un philosophe profond, logique et surtout naturel.
On commençait à le relire attentivement, mais on
n'osait pas encore avouer... par lâcheté et pusillanimité, que toutes les idées « un peu neuves ou un peu
fortes » se trouvaient chez lui, tout au moins, à l'état
embryonnaire et, qu'en somme, à un moment donné,
il dominerait son siècle... son siècle qui pouvait bien
s'étendre jusqu'au xx° siècle.

En regagnant la gare d'Asnières, Lubernier et le
D' Jéséquel devisaient :

— A présent, vous pouvez y aller de votre apologie de
l'amoralité, car, si je ne partage point votre manière de
voir, je l'accepte. L'amour est, en effet, le but unique
de la vie ; l'amour n'a que faire de la morale, car il est
affranchi de toutes ses lois... C'est bien cela, Lubernier, ce que, sous vos phrases tirées à quatre
épingles, vous cherchiez à soutenir tout à l'heure ?

— C'est cela..., cela... et autre chose.

— Parlez donc à cœur ouvert, que diable ! nous
avons un bon quart d'heure devant nous... Voulez-
vous que j'enlève ma barbe, je vous semblerai moins

Parpaillot et votre franchise, votre cynisme plutôt, sera plus à l'aise.

— Franchise? non ; cynisme? oui. Je suis un cynique, je l'avoue, je m'en vante; les scrupules ne m'étouffent plus... surtout depuis la guerre et surtout encore depuis l'après-guerre! J'abonde carrément dans le sens des profiteurs. Ils auraient eu bien tort de se gêner, d'avoir pitié de tous ces esclaves qui rampent devant la gloire, la fortune et les honneurs et se laissent claquer par la clique d'en haut. Je suis pour les Nouveaux-Riches, moi, je suis du côté des nouveaux banquiers qui vont encore à la Bourse, lourdement, comme les bœufs vont à l'étable; j'aime leur ignorance, je souris de leurs bévues, j'admire leurs incorrections, je suis presque à genoux devant leur outrecuidance et leur manque de tact..., c'est à cause de cela que j'ai de l'affection à défaut d'estime — d'estime dont ils n'ont que faire! — pour tous ces parvenus que ni le peuple ni le Gouvernement n'osent braver. En attendant, ils ont les beaux châteaux, tire-tire-lire-long; ils ont les belles autos, les belles chasses, les belles pêches, les belles femmes... la belle vie, quoi!

— C'est un paradoxe, Lubernier?

— Nullement. Nous nous trouvons en face d'une nouvelle noblesse qui, dans deux ou trois générations, vaudra bien les précédentes. Elle a ramassé l'or et les honneurs dans la boue... soit! La noblesse qui la précédait, n'avait-elle pas ramassé l'or, les honneurs et le reste dans le sang? C'est dans l'ordre. A tuerie héroïque doit succéder héroïque lâcheté. Après la guerre, si les anciennes idées avaient encore dominé, le soldat le plus ignoré, celui qui, par exemple, avait fait Verdun, devait avoir le pas sur les familles princières; et moi, si j'avais fait le Bois-le-Prêtre, je me serais à peine contenté d'une Montmorency pour retirer mes bottes. Etes-vous bien certain qu'un « Bayard » n'aurait pas eu les « foies » au fort de Douaumont et qu'un La Tour d'Auvergne n'aurait pas fait dans son pantalon à la cote 304? Cela, pour rien ! mon cher, nous sommes en 1920, eh bien, je vous donne rendez-vous dans dix ans. Nous serons au mieux avec ceux que nous appelons les Boches. Les malheureuses dupes, elles, dormiront là-haut à l'endroit qui fut le front. Hugo avait raison. Les puissants...

> Ils se traiteront d'Altesses,
> Alors que... *eux, ils pourriront.*

Le Dr Jeséquel, qui avait écouté Lubernier avec attention, s'écria :

— Je suis en partie de votre avis... Mais que nous sommes loin du Werthérisme, mon cher !

— C'est juste, je me suis laissé glisser sur un autre sujet... Bah, docteur, nous sommes de revue, nous aurons encore l'occasion de nous prendre au peu de cheveux qui nous restent.

— Pardon..., je grisonne...

— Oh, rajeunissez-vous si le cœur vous en dit. Quant à moi, Jeséquel, je ne donnerais pas tripette pour rattraper les six ans que la guerre m'a pris. Cela, non, en toute sincérité... et pourtant je dois avouer que dans ma sacrée rosse de vie, je n'ai jamais autant gagné ni dépensé d'argent.

— Vous avez fait des affaires avec Sauvaget, je crois?

— Quelques-unes; oui, je lui ai obtenu des commandes... j'ai fait le trafic de mes relations... tout le monde vendait à l'arrière et moi, je n'avais que ça à vendre... des relations ! D'ailleurs, avec Sauvaget, tout s'est passé dans la plus parfaite correction.

— A votre avis, Sauvaget a-t-il beaucoup gagné?

— Peuh!... à peine les trois millions. Non, non, il n'a pas été gourmand... s'il m'avait écouté..., il aurait pu, dans l'affaire des lubrifiants, gagner une dizaine de millions. Borit, le député, enlevait l'affaire pour cent mille francs de prime et moi, j'en gagnais également cent. Millevoye était emballé... des autres sont venus, ont bluffé, les Hayms ne prétendaient-ils pas avoir le brevet de la synthèse de l'essence minérale? oui, mon cher... Mais Sauvaget, lui, n'a pas voulu disputer l'affaire. Il est honnête, dans le fond, notre ami.

— C'est juste, c'est un homme qui a encore un semblant de conscience.

— Pas plus qu'un petit peu?

— Chut...

— Renseignez-moi donc, Jeséquel, est-ce lui qui a gagné sa première fortune?

— Non, il est le fils d'un banquier, d'un banquier, c'est-à-dire... d'un prêteur...

— Oui, enfin, d'un usurier...

— Il était bien connu. C'est lui qui m'a avancé trois mille francs pour aller au Transvaal... du vingt-cinq pour cent mon cher!...

— Tiens, tiens, vous allez me raconter cela dans le train...

Le train qui avait brûlé la station de Levallois-Perret entrait à Saint-Lazare lorsque Jeséquel terminait l'histoire de Désiré-Moïse Sauvaget:

— Et le frère de Louis Sauvaget, qu'est-il devenu? demanda Lubernier.

— Jacques? Le pauvre bougre, je l'ai perdu de vue. J'ai su qu'il avait gardé deux de ses gosses, qu'il les avait élevés...

— Mais enfin, que fait-il? de quoi vit-il?

— Je me suis laissé dire qu'il peinait pour les autres, c'est-à-dire qu'il écrivait des romans, des feuilletons pour autrui.

— Un nègre, quoi... Tiens, mais je le ferai bien travailler, cet homme-là, répliqua cyniquement Lubernier. Justement, *la Fraternité* me demande un roman... Où peut-on le trouver? Où demeure-t-il?

— Vous m'en demandez trop long, je vous dis que je l'ai complètement perdu de vue.

— C'est... un tapeur?

— Oh! quelques coupures par-ci par-là. Avant la guerre, je me souviens lui avoir glissé trois louis un jour de rencontre sur le boulevard; il était hâve, miteux... mais, ne vous y trompez pas, vous savez, il a très grand air. N'allez pas vous imaginer que cet aigri, ce désabusé soit un veule. Il a bec et ongles... Ainsi, les belles proses amères de Turcaret, elles sont de lui.

— Mâtin, en effet, il a alors du mordant.

— Oui... seulement, avec un sourire, une bonne poignée de main, on le désarme... c'est un vieil enfant...

— Bigre, se disait Lubernier en rentrant chez lui... si c'est Jacques Sauvaget qui fait le Turcaret dans la *Voix de Paris*... C'est un monsieur... Il va falloir, coûte que coûte, que je m'attache ce gaillard-là... il y va de ma réputation.

IV

C'était une assez curieuse petite personne que cette
Annette. Menue, fragile, délicate, avec sa chevelure
blonde de lumière de mai, elle ressemblait assez, à
dix-sept ans, à ces biscuits de Sèvres comme, sur les
cheminées, les consoles ou les commodes, les aimaient
placer nos grand'mères. Mme veuve Champeyre avait
fait venir ce bibelot d'étagère de Nîmes par l'intermédiaire du pasteur Marsal qui répondait de sa docilité
et de sa vertu, au moment où la veuve du capitaine
s'installait elle-même aux Tourelles. On désirait une
lingère, une raccommodeuse, une petite-main, susceptible de rendre aussi des services, à l'occasion. De
fait, on ne pouvait tomber mieux. Annette, qui cousait
divinement, possédait, en outre, un goût naturel ravis-
sant. Seulement, reléguée toute la journée dans la
lingerie, la petite Annette travaillait à sa guise et
aussi peu que possible. Rien ne lui paraissait plus
beau sur la terre qu'un livre dans ses menottes et,
meilleur, que la position étendue ; aussi avait-elle
trouvé le moyen de faire placer dans sa pièce, avec la

protection de Suzanne, un petit divan sur lequel elle passait des heures délicieuses de paresse, une fois ses travaux aussi vivement expédiés que lui permettaient ses mains de fée. Maline et futée, elle avait encore su gagner les faveurs des deux sœurs en leur confectionnant des trousseaux : chemisettes, pantalons, combinaisons d'une élégance rare et raffinée. En revanche, quand il s'agissait de très gros travaux de couture, Jeanne et même Suzanne montaient en cachette l'aider. On voyait Annette, aux heures des repas, glisser dans les couloirs, s'ébattre dans les chambres dont elle connaissait tous les coins et recoins. Elle ne faisait qu'apparaître aux cuisines, picorait ici dans un plat, là dans le fromagier, et s'enfuyait au jardin terminer son déjeuner par un fruit ou des croquignolles dont elle était très friande. Mais on ne la voyait vivre vraiment que les soirs où le Dr Jeséquel et Lubernier venaient dîner. Ces soirs là, elle se grisait béatement de lumières, glissait leste et capricieuse, en servant le thé et les liqueurs dans les deux salons. Sa plus grande joie était d'écouter Suzanne chanter ou jouer du piano. Elle avait du reste, pour cette dernière, un culte réel, une adoration sans pareille, la trouvait la plus belle des femmes et le lui disait naïvement. Maurice, longtemps, l'avait intimidée jusqu'au jour où elle s'était aperçue qu'elle-même l'intimidait aussi. Elle et Lui ignoraient les joies de l'amour qui les attiraient l'un vers l'autre, mystérieusement, du côté du réel paradis terrestre. Maurice, depuis longtemps, avait l'ardent désir de connaître et de savourer enfin dans leur plénitude les vives jouissances que procure l'entière possession de la femme. Le cerveau chargé de héros de romans, le cœur gonflé de leurs passions, Annette qui, se savait jolie, attendait, elle, le Prince Charmant sans trop

savoir, après tout, sous quelle forme il se présenterait.
Elle était décidée d'ailleurs, à l'accueillir joliment,
même gracieusement. Tous deux n'avaient eu de la
chair que l'avant-goût, c'est-à-dire que le plaisir que
l'on s'octroie soi même aux heures chaudes où l'on
désire le sexe contraire au sien, ce plaisir aussi intime
que néfaste à la santé...

La première fois que Maurice embrassa Anuette,
dans un coin, Annette resta saisie. Ils ne se parlèrent
pas.

La seconde fois, la croisant dans un couloir, Maurice la prit dans ses bras et lui murmura tout bas :

— Mon Dieu ! que tu es jolie, petite Annette... et
que tu me plais.

Cette fois Annette fut bien près d'être conquise.

La troisième fois, avec cette audace qu'ont quelquefois les timides, et aussi les innocents, Maurice la pria
de laisser, le soir, la porte de sa chambre entr'ouverte...
et Annette se sauva, sans dire ni *oui* ni *non*.

Mais ledit soir, quand le cartel sonna onze heures
et que Maurice eut la certitude que tout le monde
dormait aux Tourelles, il résolut, le cœur battant, de
gagner la chambre d'Annette.

Il avait fait semblant de se déshabiller, avait quitté
ses souliers jetés avec bruit ; il avait même fait geindre
son lit pour donner le change à Suzanne, sa voisine,
dont il connaissait la perspicacité. Immobile, prêtant
l'oreille, il avait attendu un instant qui lui avait
semblé long comme une heure. Avec mille précautions, tâtonnant d'une main craintive les murs dans
l'obscurité, retenant son souffle, il avait monté l'escalier dont les marches, par un hasard malencontreux,
craquèrent terriblement. Un moment, il avait cru
entendre un sonore ronflement — celui de Mme Champeyre peut-être — et il avait tremblé à la pensée qu'il

pouvait être découvert. Ne pouvait-il faire un faux pas?
heurter la rampe? ou éternuer?... La simple appré-
hension d'une pareille catastrophe précipitait les
battements de son cœur lui coupait les jambes et le
clouait sur place. Enfin, il était arrivé sur le palier.
Un rais léger de lumière lui indiquait que, dans sa
chambrette, la jeune fille devait l'attendre. Il s'était
arrêté, avait d'abord repris haleine, puis délibérément, poussait la porte. Annette, qui avait dû attendre
longtemps, sans se déshabiller tout à fait, gisait en
travers du lit et dormait. Maurice la contempla avec
extase. Fine, mais bien proportionnée, elle ressemblait
plutôt à une de ces grandes poupées modernes, de ces
poupées qu'on abandonne sur un divan au hasard de
la pose, qu'à une femme demi-vêtue attendant l'initia-
teur. Une femme, physiologiquement, est toujours
prête à l'amour; une femme qui attend un homme,
— cet homme lui serait-il des plus indifférents — est
toujours prête par ses soins et sa toilette à recevoir
son assaut. Annette, pourtant, dormait si profondément qu'il éteignit l'électricité avant de s'approcher
d'elle. Tout doucement d'abord, il lui prit les mains,
des mains longues et minces en même temps et les
embrassa le cœur ému et les sens bientôt chavirés.
Annette, qu'il sentait soudain réveillée, ne soufflait
mot; seulement, dans la nuit, il entendait le tout petit
cœur de la poupée qui battait furieusement. Maurice
chercha ses lèvres et les lèvres de la jeune fille pâmée
s'y accrochèrent. L'amour dépend souvent du premier baiser. Annette, dans le sien, se donnait tout
entière et pour toujours. Il en eut la délicieuse sensation. Tous les deux, dans leur inexpérience, heureux
de la divine minute qui les rapprochait, ne songeaient
qu'à la rendre éternelle. L'idée de l'entière possession
ne venait plus à Maurice. Tenir dans ses bras ce joli

petit corps souple, plein de grâce et de mignardises, n'était-ce point le suprême bonheur? Il eut la phrase heureuse, spontanément jaillie de sa bouche, la phrase qui scellait leur enfantine union.

— Ma petite Fée, je t'aime de toutes mes forces... Veux-tu être mienne?

Annette murmura tout bas un « oui » craintif, si simple et si vrai que, dans le même temps, tous les deux, émus, sans savoir pourquoi se mirent à trembler...

Dans l'obscurité ils se dressèrent, se déshabillèrent hâtivement et, dans le lit étroit — presque un berceau! — les deux enfants se glissèrent et s'enlacèrent. O terribles et malencontreuses réminiscences! Dans la mémoire de Maurice le dernier paragraphe de Longus chanta : « Cependant Daphnis et Chloé se couchèrent nus dans le lit, là où ils s'entre-baisèrent et s'entr'embrassèrent sans clore l'œil de toute la nuit, non plus que les chats-huants; et fit alors Daphnis ce que Lycénion lui avait appris... » Non, ce n'était pas la même chose... Lycénion ne lui avait rien appris. Et avec joie il songea que vierge il se donnait à une vierge.

... Et ce furent des mots, des soupirs, des baisers, presque des mots chastes. A la première approche, la femme semble se couvrir d'une pudeur insigne. Le rêve et le bonheur se glissaient entre eux deux, attisant lentement le désir de les joindre. Leurs membres emmêlés se raidissaient sous l'étreinte. Le vertige planait dans leurs êtres fondus. Ils cherchaient l'absolu avec ferveur, perdus dans le contact sacré de leurs deux innocences. Ni vice ni vertu n'avaient place en leurs ébats. Etant prêts à l'amour, ils étaient prêts à la mort; toute l'humanité se réfugiait en eux. De la douleur de l'un naîtrait la joie de l'autre. Ils surent bien trouver l'énigme de la vie... Lycénion n'avait plus à passer... Et, quand les deux enfants s'éveillèrent dans les bras l'un de l'autre, ils se souvinrent, et s'embrassèrent en souriant en constatant que, même les poupées, si petites fussent-elles, devaient payer, à leur premier amour, le tribut u sang.

V

Jamais les feux d'hymen ne s'allument pour elle.
Phèdre (Racine).

Mme Champeyre était née Ludwige Muller. Sa famille, certainement originaire des frontières d'Allemagne, avait fini par se fixer, à la Réforme, dans les pays que devait à jamais pourrir le froid et cruel Calvin : la Suisse. Mme Champeyre, d'apparence, avait été une belle jeune fille ; d'apparence, elle avait encore été une bonne épouse ; comme, d'apparence, elle était une bonne mère. La médisance, cette hyène des petites villes françaises par excellence, n'était pourtant jamais parvenue à la suivre ni à la mordre. Dans toutes les villes de garnisons où elle avait dû vivre, avec son mari, le capitaine Champeyre, elle avait laissé le souvenir d'une personne aimable, mais volontairement lointaine. Malgré sa beauté, réelle surtout aux environs de la trentaine, nul parmi les amis et camarades de son mari le capitaine Champeyre ne s'était avisé de la courtiser tant émanait de sa personne ce parfum de vertu et de devoir si cher, si recherché et si prisé dans les milieux évangéliques. Et pourtant, Mme Champeyre n'était pas du tout une pratiquante. A peine, deux ou trois fois l'an se hasardait-elle dans les temples et toujours à l'occasion de mariages ou de décès. Cette indifférence ne l'empêchait nullement d'ailleurs de faire partie de quelques sociétés de bonnes œuvres et de frayer, le cas échéant, avec quelques pasteurs surtout lorsque ces pasteurs jouissaient de quelque renom. Les frasques du capitaine, assez nombreuses, et qu'elle n'avait jamais ignorées parce que toujours dénoncées soit sous des allusions perfides, soit anonymement, l'avaient laissée indifférente; et même, elle ne lui en avait jamais parlé. Seules, ses filles, Suzanne et Jeanne semblaient occuper sa vie. C'était une sainte indéchiffrable et pour tous probablement, sans envers.

Lorsque après la mort du capitaine, elle était venue habiter chez le cousin de son mari, M. Sauvaget, les bonnes langues s'étaient aiguisées. Ludwige Champeyre avait alors quarante-cinq ans et les restes du capitaine n'étaient pas à dédaigner. Sauvaget veuf, elle, veuve... il semblait tout naturel que la situation finirait par prendre une tournure matrimoniale. Au bout de quatre années, le monde, constatant qu'il n'était point question de mariage entre Mme Champeyre et M. Sauvaget, accepta la possibilité d'une pureté dans cette cohabitation.

Toutefois, les plus clairvoyants, ou se disant tels, avancèrent que Mme veuve Sauvaget préparait sans doute le mariage de Maurice Sauvaget avec sa fille Jeanne.

Rien ne pouvait prouver toutefois que Mme Champeyre eût jamais songé à devenir la seconde épouse de l'industriel. Quant à l'idée que le fils Sauvaget pût épouser un jour, non son aînée de cinq ans plus âgée que lui, mais sa cadette Jeanne, elle ne lui était jamais venue.

Elle se contentait de bien tenir la maison du cousin de son mari, de veiller strictement à l'économie du ménage. C'est elle qui avait exigé que Suzanne gagnât sa vie en donnant des leçons de piano. Elle était scrupuleuse au point de subvenir à son entretien et à celui des siens en versant dans le ménage la pension presque en entier que lui allouait l'Etat comme veuve de capitaine. M. Sauvaget avait d'abord haussé les épaules en refusant, mais Mme Champeyre avait tenu bon :

— Nous avons ici plus qu'il nous faut. Nous vivons en riches; il est donc juste que nous vous rendions ce que nous pouvons. C'est déjà assez que, grâce à vous, nous soyons princièrement logées et nourries. Et puis... c'est *notre devoir*.

Lorsque Mme Champeyre prononçait ce mot : devoir, il n'y avait qu'à s'incliner. Toute sa vie, en somme, sa vie extérieure du moins — car nul ne pouvait se vanter de connaître l'autre — se résumait dans ce mot : devoir.

Mme Ludwige Champeyre était certainement intelligente, mais elle accordait tant de prix à ce mot *devoir* qu'il suffisait de le lui entendre dire pour se mettre tout de suite à le haïr. Elle vivait, elle dormait, elle mangeait par devoir. Elle ne riait pas, le devoir ne s'abaissant pas jusqu'au rire! Avait-elle aimé son mari? Elle aimait ses enfants, mais si lointainement... Savoir le fond de ce cœur, recouvert de cette carapace ennuyeuse et incolore : le devoir, était-ce possible? Pouvait-on même être sûr que la vie large et fastueuse qu'on menait aux Tourelles avait quelque attrait pour elle? Certainement, sans ses enfants, avec sa pension, elle aurait pris un petit commerce qu'elle aurait tenu bien honnêtement comme le lui commandait son *devoir*.

Suzanne la respectait, elle avait même de la tendresse pour cette mère frigorifiée et frigorifique, mais
cette nature chaude, vaillante, enthousiaste, fondait
devant cette mère dont le baiser s'efforçait de sentir
la vertu. Peut-être la veuve était-elle heureuse de vivre
dans cette sorte de somnolence qui la plaçait, à force
d'indifférence, à l'abri de la vie et de ses agitations.
Peut-être souffrait-elle de ne pouvoir être expansive
comme son cœur peut-être le lui commandait? Était-ce
une timide, une dédaigneuse? Mme Champeyre était
une énigme vivante pour tous ceux qui l'entouraient
·t sans doute aussi pour elle-même, car elle pouvait
penser aisément que l'être humain ne « se connaît
jamais » — ou si rarement !

VI

Phèdre (RACINE).

La vie était monotone aux Tourelles.

Le matin, sur les huit heures et demie, M. Sauvaget prenait son petit déjeuner tout seul dans la salle à manger en jetant un coup d'œil sur les journaux; puis, il se hâtait de gagner son automobile qui l'emportait vers Paris. Pourtant, deux ou trois fois par mois, M. Sauvaget se rendait au Havre où ses affaires — disait-il — l'appelaient.

M*** Champeyre, levée à sept heures, s'autorisait la robe de chambre jusqu'à huit heures, après quoi, elle s'habillait pour la journée et descendait juste au moment où M. Sauvaget se préparait à gagner Paris.

Son devoir, estimait-elle, l'obligeait à venir saluer le maître de la maison.

Jeanne, un peu plus tard, apparaissait, gantée, chargée de sa serviette, et gagnait bien sagement sa pension.

Suzanne était une fantaisiste. Quelquefois, en été, dès cinq heures du matin, elle rôdait au fond du parc, les cheveux au vent, un livre à la main, et allait s'étendre dans un hamac pendu dans un petit chalet ouvert; d'autres fois, à dix heures, elle n'avait pas quitté sa chambre, et, prétextant des migraines,

restait couchée. Ces matins-là devaient suivre des
nuits trop agitées. Maurice, qui travaillait jusqu'à une
heure très avancée dans la nuit, descendait régulière-
ment très tard.

Mme Champeyre n'était pas parvenue à discipliner
Suzanne et Maurice. Tous deux avaient déclaré énergiquement que les choses devaient se passer ainsi et
pour le mieux de tous. Par acquit de conscience,
Mme Champeyre, sur les neuf heures, faisait déposer
du café à la porte de la chambre de Maurice avec
ordre de frapper trois coups. Maurice se levait presque
machinalement, presque machinalement buvait son
café, après quoi, il regagnait presque placidement
son lit, indifférent à ce que sa conduite pouvait avoir
de répréhensible aux yeux cillants de Mme Champeyre.

Suzanne, malgré ses demandes réitérées, n'avait
pu, elle, obtenir l'apport officiel du café... Mais
Annette y suppléait officieusement avec la complicité
de la cuisinière Clémence.

Quelquefois, quand il faisait beau, « on allait au
Parc », comme disait Jean.

Le parc était minuscule, mais arrangé de telle façon
avec ses allées tournantes, fuyantes, son bassin, ses
massifs plantés aux bons endroits, qu'il paraissait
d'importance. Deux marbres verdis par les pluies et
rongés par les lichens tachaient deux pelouses. Dans
une rotonde que cachait un mur voisin, un banc de
pierre vermoulu se trouvait avoir pour dossier le
piédestal en briques d'un Amour en terre cuite enfermé
dans la cage de verdure. C'était là que Maurice aimait
à s'égarer à toute heure du jour en compagnie de ses
chers livres; c'était là qu'il aimait à jouir d'une solitude complète et à rêver. C'était aussi là que Suzanne,
les soirs de fièvre, à la recherche d'un apaisement, se
rendait. Suzanne s'approchait alors de l'Amour, puis,

renversait son visage en arrière pour que la nuit vît
bien son visage ; elle étendait les bras comme dans
une évocation antique ou une étreinte, et, d'un geste
résolu, elle prenait la tête joufflue de l'Enfant et
refroidissait ses lèvres brûlantes au contact des lèvres
froides du petit dieu. Et son cœur, dans ces moments,
palpitait intensément. En cette chaude nature, la
comédie marchait de pair avec la sincérité. Comé-
dienne sincère, en effet, il lui était arrivé souvent de
prendre ce Cupidon en ruine, presque grimaçant,
pour confident, puisqu'il ne savait plus, comme jadis,
rendre des oracles.

La vie, en somme, aux Tourelles, commençait au
déjeuner, rendu gai par la présence de Maurice et de
Suzanne. A deux heures, tout le monde était parti.
Seule, Mme Champeyre, quatre jours sur sept — les
trois autres étant dédiés aux « œuvres », restait à la
propriété avec les domestiques et Maurice qui ne se
montrait plus ou si peu...

C'était l'heure des comptes, car Mme Champeyre
tenait un livre de comptes, et aussi un journal...
comme dans le commerce !

Mais le soir, M. Sauvaget voulait autour de lui du
bruit, de la gaîté, même quand Lubernier et Jeséquel
n'étaient pas là. Afin d'avoir plus de monde à sa
table, ces jours-là, Annette, soupçonnée de ne pas
manger avec une régularité désirable, était admise à
la table — à la table dont les friandises la ravissaient
toujours. Au fond, M. Sauvaget, tigre probable au
dehors, rentrait ses griffes dans l'intimité. C'était un
homme de bonne compagnie, indulgent pour tous et
désirant le bonheur de son entourage et de ceux qu'il
affectionnait. Après le dîner, on passait au salon.
Suzanne se mettait au piano, jouait tout ce qui lui
tombait sous la main et comme elle aimait la musique

russe, ce qui lui tombait presque toujours sous la main était des partitions de Rackmaninoff, Rimsky-Korsakow, Sokalof, etc.

A onze heures, au plus tard, tout le monde s'allait coucher.

Maurice, lui, s'attablait et travaillait. Au juste, on ne savait pas ce qu'il faisait. Seule, Suzanne était dans le secret. Maurice, à qui la philosophie n'avait jamais cessé de plaire, avait d'abord songé à préparer sa licence; puis à la réflexion, il s'était contenté de travailler pour lui. Dans ce jeune homme, maladif, existait une force étonnante de travail, de travail et de réflexion, de réflexion et de pensée.

Il affectait d'être gamin, espiègle, taquin; posait au paresseux; mais, nul plus que lui ne s'intéressait à toutes les graves questions qui bouillonnent souvent, sans qu'on se doute, dans les esprits précoces. Il avait d'abord pensé : *Le travail*, puis le *travail et l'amour* quand il avait approché Annette; enfin, il s'était arrêté à : *le travail ou l'amour*, sachant pertinemment qu'on ne pouvait raisonnablement bien conduire ces deux barques dans le même temps. Il s'essayait pourtant à cette manœuvre difficile et, sa jeunesse aidant, il se tirait de ces doubles travaux sans trop de mal. S'il s'était confessé avec franchise, il aurait avoué qu'il voulait tout connaître pour le plaisir d'analyser ses sensations. Il aurait avoué qu'enfant et qu'adolescent, déjà cartésien, il n'avait jamais éprouvé de joie que par l'émotion que lui causait un acte accompli volontairement, ou bien un acte vraiment imposé, subi, dans l'espoir d'une sensation à analyser. Jeune homme, il voulait être le *jeune homme*, parce que le jeune homme était un état que seul le jeune homme pouvait vraiment approfondir; plus tard, quand il serait homme, quoi qu'il devienne, il se conduirait en homme et confesserait loyalement ce qu'il serait comme homme. Il avait compris, en tout cas, que la plus grande connaissance de l'homme c'était sa propre connaissance, le « connais-toi toi-même » de Socrate. Il pénétrait dans le détail des idées choyées, acceptées, des théories adoptées et toujours prônées; il en cherchait les causes, les raisons, sans jamais se lasser. Dieu lui était d'abord apparu comme le problème insondable, le problème capital puis, brusquement, Dieu l'avait irrité et il s'était refusé à admettre d'autre réalité que la réalité perçue. Il ne soupçonnait nulle grande philosophie à l'horizon, sachant que celle-ci était et n'avait jamais cessé d'être, qu'il n'y avait qu'à regarder la nature dont l'homme, comme tous les animaux, dépendait uniquement. Sa clairvoyance était indéniable. Sa personnalité se révélait par la haine de certaines choses dont il ignorait souvent la partie essentielle. Il se fiait à sa perception, à son instinct qu'il libérait peu à peu des emprises impures. Confusément, il avait d'abord concilié Schopenhauer, Spencer et Mill et soudain il voulut intellectualiser sa vie courante, c'est-à-dire penser pour le simple plaisir de penser. Maurice aurait ri si on lui avait dit qu'il était un enfant génial. Il se savait puéril, insignifiant, mais sa puérilité, son insignifiance, il les connaissait. Malgré cela, il n'acceptait rien sans juger et avec sa raison et aussi avec son cœur — car le cœur a des droits imprescriptibles sur la raison ! Il préférait se tromper tout seul qu'être poussé à croire sans croyance absolue. Ses conceptions, heureusement, ne manquaient point de clarté. Elles s'élaboraient lentement dans ses solitudes, dans cette retraite dont, aux Tourelles, il jouissait presque toute la journée et souvent même sur la petite poitrine d'Annette, alors que débarrassé de son désir charnel, il lui semblait penser

mieux, penser avec plus d'acuité. Dans son amour,
comme dans son travail, il voulait être avant tout
sincère avec lui-même. Au prix seul de cette sincérité,
il pouvait espérer acquérir un peu de vérité avant de
mourir... La conversation de Lubernier sur Werther
l'avait frappé et s'il n'avait rien dit, c'est qu'il entendait rester pour tout le monde le « Petit Maurice ». Il
ne voulait être ni un Louis Lambert, ni un assimila-
teur, ni un exploiteur d'idées. Il allait son chemin
simplement parce que son chemin lui commandait
simplement d'aller. Si une complication naturelle se
présentait à lui, il l'acceptait, se l'appropriait, l'escor-
tant jusqu'au bout, même en bousculant les idées les
plus admises. Il voulait connaître *son* Bien et *son* Mal,
intensément, comme il voulait connaître les effets de
l'alcool et ceux de l'amour. Il regardait aussi autour
de lui et se jugeait, en dernier ressort, par une
méthode de comparaison. Un soir n'avait-il pas dit à
Suzanne :

— Ici, mais, certains soirs, c'est la Maison de l'Enfer, la villa des Sept Péchés Capitaux, dont quatre,
pour le moins, sont exquis. Ta mère : c'est l'*Avarice* ;
papa, c'est la *Gourmandise* ; Annette, c'est la *Paresse* ;
Jeséquel, c'est la *Colère* ; Lubernier, c'est l'*Envie*...

— Et toi ?

— Moi, ma chère, je suis l'*Orgueil*.

— Alors, à moi, il ne me reste que la Luxure ?

— Si tu te trouves trop bien partagée, Suzon, pense
à moi...

Et il avait ajouté en riant, ce qui avait mis au
comble la perplexité et l'ébahissement de Suzanne :

— La Volupté, ma chère, ici-bas, il n'y a que *ça* de
bon, d'utile et d'intéressant... le reste... pfutt !...

VII

Il n'est plus temps, il sait mes ardeurs insensées,
De l'austère pudeur les bornes sont passées ;
J'ai déclaré ma honte aux yeux de mon vainqueur,
Et l'espoir, malgré moi, s'est glissé dans mon cœur

Phèdre (RACINE).

Quand Suzanne ne dormait pas, elle élaborait des plans, concevait des projets, tous plus insensés les uns que les autres, qui la rapprochaient toujours de Maurice et plaçaient celui-ci dans l'obligation de s'apercevoir enfin de son ardente passion... C'était un commencement d'incendie au cours duquel elle le sauvait des flammes ; c'était un malaise subit et grave qui le forçait à l'appeler et à se laisser soigner tendrement ; c'était une maladie où son dévouement était mis dangereusement à l'épreuve ; une typhoïde, une scarlatine ; la nécessité d'une transfusion de sang l'aurait remplie de joie. L'idée de sacrifice se trouvera éternellement au fond d'un grand amour.

Durant ses insomnies, elle fixait ses yeux sur la porte de communication pourtant, dans l'ombre, à peine visible... Elle s'imaginait qu'elle s'ouvrait lentement, que Maurice consumé de désirs, décidé, apparaissait... s'élançait vers elle, rejetait ses couvertures et tentait le viol... Alors, elle le retenait, le calmait, lui faisait entendre raison, mais s'offrait à toutes ses caresses... Suzanne restait intransigeante sur ce seul point : Elle entendait rester vierge au sens physiologique et médical, non par indifférence, mais par simple calcul. Elle s'était juré qu'elle ne donnerait sa virginité à Maurice — et à Maurice uniquement — que le jour où elle se marierait ou le jour où elle aurait la certitude de rester fille. Jusque-là elle entendait garder la preuve irréfutable d'une honnête conduite. Elle croyait naïvement d'ailleurs que la prise complète ne donnait de la satisfacton qu'à l'homme. Ses idées, à ce sujet, n'étaient pas très nettes. Beaucoup de jeunes filles ont de ces ignorances renversantes et souvent celles qui ont des airs délurés si elles étaient interrogées ne manqueraient pas de faire sourire. Non, ce que Suzanne désirait surtout c'était dormir dans les bras de Maurice, sentir ses lèvres sur les siennes, coller son corps sur le sien, palpiter sous ses caresses intimes ; les caresses intimes, dans sa croyance, avaient plus d'importance que la prise elle-même ; d'elles seules, l'Amour naissait et par elles seules éteignaient le désir dans la finale pâmoison. Elle cherchait aussi, durant ses insomnies, et sans y parvenir, les raisons qui l'avaient poussée à cet amour insensé pour un jeune homme plus jeune qu'elle de cinq années, riche et qui, physiquement, malgré ses traits réguliers et fins, ne pouvait être classé parmi ce que le couvenu dénomme : un beau garçon. Maurice, en effet, était de taille moyenne, comme son père et, comme lui, mince et même plutôt fluet. Maurice malgré ses traits fins, réguliers, n'avait réellement de beaux que les yeux, des yeux sombres, presque noirs enfoncés dans des orbites bistrées presque bleues. Ce qui le distinguait des autres jeunes

gens c'était son air réfléchi et c'était aussi son front,
un front très développé d'homme, un front de penseur. Et, pour Suzanne qui, la première, avait senti
cette force cérébrale, Maurice représentait l'homme
qui devait réaliser dans une impeccabilité harmo-
nieuse, une philosophie libératrice dont elle avait,
seule peut-être, l'intuition, connaissant ses premiers
effets. Néanmoins, il lui arrivait quelquefois de se
blâmer, de se laisser aller à regretter cette fatalité qui
l'avait poussée à aimer le seul être auquel il lui était
presque impossible de prétendre s'allier, étant donné
les circonstances spéciales, dans lesquelles, fortune à
part, il avait été élevé.

Mais Suzanne alors s'excusait :

« — Est-ce ma faute si, malgré moi, dans mon
cœur, à toute heure, tous les autres souvenirs s'effa-
çant, ma première pensée est pour Maurice ainsi que
ma dernière lorsque je l'embrasse au seuil de sa
chambre ? Est-ce ma faute si je ne me trouve bien
qu'auprès de lui ? que je ne m'inquiète que de lui ?
si, seulement avec lui, je suis franche, loyale et
expansive aussi ; si, seulement à ses côtés, mes sens
troublés rendent mes lèvres humides et si je me sens
prête à me pâmer à l'idée qu'il peut m'enlacer, qu'il
va m'étreindre, toucher seulement ma poitrine. Pourquoi lui, lui seul et pas les autres, les autres qui sont
certainement plus virils que lui et dont je sens le
désir en passant ? Elle se rappelait une aventure qui
lui était arrivée sous le tunnel des Batignolles encore
non démoli. Ce jeune homme monté avec elle à
Asnières dans un compartiment vide s'asseyant à ses
côtés, lui prenant tout à coup d'autorité la main,
voulant l'embrasser sur les lèvres et sa révolte soudaine à ce contact d'un mâle essayant de soulever sa
jupe. Elle l'avait mordu au menton, farouchement,

quoiqu'elle eût senti le désir qui, malgré elle, la gagnait et lui montait à la gorge. Elle s'avouait d'ailleurs que, sans l'image de Maurice surgissant dans sa pensée, elle se serait laissée aller en se défendant mal à accorder à l'audacieux inconnu certaines privautés, à tolérer, tout en ayant l'air de se défendre — comme beaucoup — certains attouchements qui calment les énervements sexuels, malgré le dégoût de soi-même qui devait certainement suivre ces sortes .d'aventures.

Elle se demandait encore si elle était impudique, perverse, dévergondée, malade peut-être ?... Et elle souriait dédaigneusement. Elle se sentait parfaitement équilibrée au contraire. Impudique ? perverse ? dévergondée ? Tout cela c'était des mots. La nature était indifférente à tous ces qualificatifs, à tous ces termes désapprobateurs, à toutes ces désignations malsonnantes inventées par des sociétés hypocrites. Est-ce que la petite Rouveyre n'était pas la demi-maîtresse du comte Roggers depuis l'âge de quinze ans. N'avait-elle pas surpris dans un taxi Huberte Paulain embrassant le romancier d'Arlet (1) et la jeune Mme de Marloz ne lui avait-elle pas avoué que durant sa jeunesse, elle avait accepté longtemps les hommages incomplets de son chauffeur. Et Mme du Tremblay ne prétendait-elle pas rester fidèle à son mari plus que quinquagénaire quoique tolérant toutes les caresses osées de son neveu? N'avait-elle pas entendu le Dr Jeséquel soutenir qu'on donnait à la question sexuelle une importance trop grande en lui accordant tous ses instants ; que, de ce côté, l'homme, affligé d'une excitation perpétuelle et en toutes les saisons se trouvait en somme en état d'infériorité

(1) Lire *La Page blanche* (Fasquelle, éditeur).

devant les animaux que le désir « n'ennuyait » du moins qu'à certaines époques...

— « L'amour, avait-il avancé, ne devrait pas avoir plus d'importance qu'un bon repas... encore si la femme est belle !...

— « L'amour, avait-il conclu plus tard, est l'acte le plus banal de l'existence, toute son importance provient des entraves qu'on lui suscite, entraves inventées par les prêtres et les poètes. C'est un dessert gracieux, gratuit et quotidien pour la jeunesse, hebdomadaire pour les personnes mûres et dangereux pour la vieillesse, mais... ce n'est toujours qu'un dessert. C'est aussi le besoin d'assujettir une faiblesse de sexe contraire. Les libertins sont donc les vrais gourmets de l'amour. Et la plus jolie chose en amour c'est encore... l'amitié. Il faut excuser aussi toutes les passions sexuelles et ne voir en elles aucune des maladies que mes confrères ont si mal cataloguées...

Un matin, de bonne heure, n'y tenant plus, Suzanne se leva et procéda doucement à quelques ablutions. Elle se vêtit d'un pyjama qui dessinait presque rigoureusement ses formes parfaites et laissait voir dans la fente de ses revers sa poitrine dont les seins pointaient durs sous la soie à fleurs et à ramages. Elle était prête à ce moment à tout tenter.

Close aux yeux de tous la porte ! A cette porte qui ne pouvait s'ouvrir que pour elle et pour lui, elle allait enfin livrer assaut. Souvent, dans la journée, elle entrait dans la chambre du jeune homme, s'y promenait, s'étendait sur son lit-divan, rêvant l'Adoré à ses côtés épris et câlin. Son rêve eût été que Maurice vînt chez elle. Elle s'imaginait la scène. Il s'approchait doucement de son lit à elle, ému, craintif, quémandant la première aumône d'amour. Ah ! comme elle lui ouvrait

ses bras, sa couche ! Chaque soir, dans cet espoir, elle
prenait ses mesures pour le recevoir, parfumait son
corps et pendant des heures attendait, tremblante de
ses désirs contenus, que le rêve se changeât en
réalité...

Cette fois, le sort en était jeté. Tout doucement,
maintenant, elle tirait la porte à elle. Le petit jour se
levait, un jour bleu rayé de lignes roses, un jour qui
promettait d'être clair et beau. Son cœur battait avec
une violence inouïe. Sur ses lèvres sèches l'excuse
était toute prête :

« — J'ai cru que tu m'appelais... sans songer, mal
réveillée, je suis allée machinalement à cette porte
laquelle heureusement n'était pas fermée... Qu'as-tu?
es-tu souffrant, mon petit?... »

Elle s'était dit encore : « S'il dort, s'il ne se réveille
pas, je le regarde et m'en retourne, mais s'il est
réveillé, après lui avoir dit ce que j'ai décidé de lui
dire, j'agirai et... il arrivera ce qui doit arriver. »
Anxieusement, elle regarda le lit. Il était vide !

La première idée de Suzanne fut que son cousin
s'était absenté pour satisfaire un besoin naturel et
cela, dans ce moment, la choqua. Pour la première
fois, elle envisageait l'amour avec ses côtés peu
ragoûtants, cette proximité des organes par exemple...
Ennuyée, désappointée, elle allait reprendre le chemin
de sa chambre lorsqu'elle s'aperçut que le lit n'était
pas même ouvert et que Maurice ne s'y était pas
même étendu !

Stupéfaite, elle resta quelques secondes immobile
n'en pouvant croire ses yeux.

« — Je deviens folle, pensa-t-elle... Hier soir pourtant, comme d'habitude je l'ai bien embrassé sur le
seuil de cette chambre?... Où est-il? Où peut-il être?

Perplexe, elle se laissa choir sur le lit même,

décidée à présent à attendre son retour, quoi qu'il pût arriver.

Plus les suppositions les plus folles s'ajoutaient aux suppositions les plus baroques et plus aussi son inquiétude grandissait.

D'abord, elle avait imaginé Maurice chez son père brusquement malade peut-être et qui l'était venu chercher. C'était fou... Maurice était certainement le dernier que M. Sauvaget aurait appelé... Etait-il sorti ? Avait-il une liaison... une liaison en ville ? Cela ne lui paraissait guère probable. Elle passa en revue le peu de relations qu'ils avaient à Asnières et elle haussa les épaules : Toutes les femmes étaient en puissance de mari et toutes les jeunes filles vivaient dans leur famille et aucune d'elles, en tous les cas, n'aurait pu recevoir de visites nocturnes. L'idée qu'il pouvait avoir gagné Paris où un rendez-vous galant, sans doute, l'appelait lui semblait également impossible. Outre qu'il était difficile de sortir sans bruit de la villa, même avec la complicité des concierges, — complicité dont elle doutait fortement — la rentrée à l'aube, par un train du matin ne pouvait s'effectuer sans éveiller l'attention de la maison ou des villas environnantes... Pourtant un fait certain était l'absence de Maurice, un autre fait non moins certain était qu'il ne s'était point couché...

Dépitée, elle se leva, ouvrit les tiroirs, fouilla l'armoire à trois faces, cherchant à tout hasard quelque papier qui aurait pu la mettre sur la voie... Sa table de travail elle-même ne fut pas épargnée. Rien. Elle ne trouva rien. Aucun indice n'apparaissait pouvant la mettre sur la voie.

Elle songea alors que, par le mur, au fond du petit parc, il était aisé, le banc aidant, de gagner la berge. C'était cela. Maurice devait avoir fait la connaissance d'une femme, d'une de ces femmes comme il y en avait tant à Asnières, femmes entretenues, demi-artistes... savait-on!... Il allait certainement rentrer par le même chemin et. d'un moment à l'autre paraître... Plus elle réfléchissait, plus elle se croyait sur le chemin de la vérité. C'était dans le train ou au café qu'*ils* avaient dû faire connaissance. Elle souffrait cruellement. Elle avait toujours espéré qu'elle serait *sa première* femme et tout son rêve s'écroulait. Elle se l'imaginait dans les bras de l'hétaïre ou de la cabotine...

Elle entendit un bruit; on prenait le bouton de la porte... Brusquement, elle se retourna. Maurice, en pyjama, regardait Suzanne, stupéfait de la trouver dans sa chambre :

Furieuse, elle se lança vers lui et cria :

— D'où viens-tu?

Il dit : « *chutt* » et, de sa main, lui fit signe de se taire, puis, avec précaution il ferma la porte à clef.

— Je veux savoir d'où tu viens, je le veux, tu m'entends!... continua Suzanne. Voici plus d'une heure que je suis ici à t'attendre, à me manger les sangs... Une heure d'inquiétude sans nom et une angoisse que tu peux deviner... D'où viens-tu?

Maurice, peu à peu, se reprenait. Enfin, il lâcha sur un ton mi-comique, mi-sérieux :

— D'abord, toi, qu'est-ce que tu fiches ici?

— Ce que je fiche?... ce que je fiche ici... moi?

Elle était devenue toute rouge. Toutes ses combinaisons s'écroulant, elle n'avait pas songé une minute à l'absence, au retour et à ce qu'elle allait répondre pas plus qu'elle n'avait songé à repousser la porte de communication.

— Enfin, réponds! fit Maurice sur un ton qu'elle ne lui connaissait pas.

— J'ai entendu du bruit... j'ai cru...

Elle hésita, puis, se souvenant, elle dit :

— Voilà... j'ai entendu du bruit. J'ai cru que tu m'appelais. Je n'ai fait qu'un saut jusqu'à cette porte laquelle, heureusement, n'était pas fermée... d'ailleurs, si elle avait été fermée je serais passée par l'autre ou j'aurais frappé... Je suis entrée, j'ai constaté ton absence et depuis, depuis... c'est épouvantable, Maurice ce que je souffre, ce que je ressens...

— Tu n'as pas appelé, Suze, ça c'est chic... quel grabuge !...

Timidement elle implora avec des larmes dans la voix :

— Dis-moi d'où tu viens, Mau ? Tu vois dans quel état je suis, je tremble, j'ai pleuré... parle... je t'en supplie...

Il s'approcha d'elle, lui prit les deux mains et en souriant lui répondit :

— Ecoute, ne m'interroge pas, veux-tu ? Je ne puis te dire d'où je viens : plus tard, tu sauras tout, je te le promets, mais, pour l'instant, il m'est défendu de répondre à la question... et puis, il faut me laisser, je suis très fatigué... très.

— Tu ne viens pourtant pas de Paris... en pyjama ! ricana Suzanne que la jalousie tenaillait terriblement et que la colère reprenait.

— De Paris ? fit-il... pourquoi diable, veux-tu que je vienne de Paris ?

— Je ne sais pas, moi, mais je veux savoir d'où tu viens, tu entends, je veux le savoir, j'ai assez souffert de ton absence pour que tu parles.

— C'est un secret... comme dans *Boubouroche*... et puis, zut, tu m'embêtes, tu m'en demandes trop... ça ne te regarde pas après tout. Je viens d'où je viens. Je suis là, c'est le principal.

Ce disant, il s'était glissé dans son lit, décidé à ne plus parler.

— Non, mais, fit Suzanne, tu ne penses pourtant pas que je vais me contenter d'une explication aussi vague après les transes dans lesquelles ta disparition m'a plongée...

Maurice, énervé, lui tourna le dos et elle vit ses épaules se hausser d'impatience.

— Tu ne sors pas de chez une femme?... continua Suzanne.

D'un bond, Maurice se retourna furieux :

— Et cela serait?

Elle le regarda avec un étonnement si douloureux qu'il fut sur le point de comprendre que cette âme en détresse avait aussi un secret, aussi ajouta-t-il très doucement :

— Il faut comprendre, ma Suzanne.

Et Suzanne qui comprenait de moins en moins et qui, de plus en plus, voulait apprendre la vérité rétorqua :

— Comprendre quoi? d'où viens-tu? il n'y a pas de femme pour toi, ici ?

Cyniquement, il lança :

— Et Annette ?

— Annette !...

L'idée que cette petite fille de seize ou dix-sept ans pouvait être déjà prise comme une femme ne lui était pas venue. N'en croyant pas ses oreilles, elle répétait :

Annette? Annette ?... la petite Annette ?

— Petite !... petite, elle a presque dix-sept ans, j'en ai plus de dix-neuf .. Je vais t'expliquer...

Suzanne tendit vers lui ses mains suppliantes dans un geste de refus :

— Non, tais-toi ! Maurice, tais-toi !... j'ai mal, j'ai

si mal !... tu me fais tant de mal, tais-toi !... mon petit, tais-toi !... je sais... c'est assez...

Elle s'était affalée sur son lit, les poings aux yeux, en sanglotant.

Maurice, désemparé devant cette douleur aussi subite qu'imprévue et inexpliquée encore, mais qui commençait à soupçonner l'étrange jalousie, cause de cette douleur, s'était tu. Sensible pourtant, il sentit les larmes le gagner à son tour.

— Faut pas pleurer ma Grande, ma Suzon. P'tit mère chérie... Ce n'est pas si extraordinaire ni si terrible ce qui arrive... Voyons, tu ne fais pas partie de cette boîte à préjugés que gouverne ta mère. Et puis, Annette est très jolie, très gentille, tu en as convenu souvent toi-même. Tous les deux, on est jeune...

— Maurice, de grâce? implora-t-elle.

— Enfin, Suzon, qu'est-ce que tu as?

Il s'était penché sur elle, affectueusement de tout son cœur de gosse ému par cette grande tendresse qui se manifestait si brusquement par ce si gros chagrin et il lui caressait les cheveux en s'efforçant de lui lever la tête.

— Vrai, ma Suzon, si j'avais su que tu aurais une si forte peine, je me serais tenu tranquille... je t'assure pourtant que c'est de mon âge... il faut comprendre... Sapristi, je suis un garçon, moi. L'onanisme ne me dit rien et enfin, il fallait bien que j'approche un jour la femme. Annette est charmante... En tous les cas, elle vaut mieux que toutes ces femmes qui... font la noce. Annette, elle, toute menue... toute...

Suzanne se redressa et, à travers ses larmes, hoqueta :

— Et voilà que tu l'aimes... à présent !

— Ecoute... je l'aime... j'ai de l'amitié, oui, une

grande amitié pour elle... L'amour? sais-je ce qu'est
l'amour... à mon âge surtout, je prends du plaisir
avec elle, comme elle en prend avec moi, voilà tout.
Si c'est ça l'amour, c'est décidément un sentiment
pas bien encombrant et de tout repos.

— Enfin, toute la journée, tu penses à elle, tu
penses au soir, à la nuit qui...

— Moi? répliqua Maurice presque ahuri, je ne
pense à rien de tout cela, les premières fois, oui,
peut-être, c'était nouveau, n'est-ce pas? A présent,
non, le soir quand ça me dit, je monte, et nous allons
dans la Chambre rouge. Pas compliquée mon histoire
d'amour, hein?

— Ah ! fit Suzanne... et alors ?

— Et alors?... tu m'ennuies, non, tu ne penses tout
de même pas que je vais te donner des détails, à toi,
une jeune fille?

— Certes, et une vraie, moi, je m'en flatte

— La sage Suzanne !

— Passe. Dis-moi maintenant comment cela est
arrivé, demanda Suzanne qui, la rage et la jalousie au
cœur, s'efforçait encore de sourire.

— Soit. Seulement, pas de pleurs et pas de gron-
deries... jure-le, Suzon?

— Je le jure, répondit Suzanne en lui prenant les
mains, en les lui embrassant et en les rejetant tout à
coup presque avec dégoût.

Maurice raconta brièvement son aventure avec
Annette en en prenant loyalement toute la respon-
sabilité.

— ...Cette petite, vois-tu, n'y est pour rien. Elle
attendait un Prince Charmant... j'ai été celui-là
parce que j'avais l'âge et que j'étais à sa portée...
ç'aurait bien pu être un autre ! Savait-elle seulement
ce qui allait lui arriver... Moi-même...

— Evidemment non, puisque tous les deux, vous étiez vierges.

— Et un vrai vierge aussi, Suzon. Il y avait deux « vraies virginités ».

— Je n'en doute pas fit Suzanne, cachant mal sa souffrance.

— Que veux-tu aussi? Peut-être si depuis deux ans j'avais eu de l'argent dans ma poche cela se serait-il passé autrement... et ailleurs. Ce n'est pas avec les cent cinquante francs que papa — un riche pourtant — m'octroie par mois que je puis me payer des cigarettes, des livres et... des femmes... Aujourd'hui, ma petite, ça coûte cher une aventure. Tiens, fais le compte. Oh! c'est simple, mes camarades de Condorcet que je rencontre me le disent assez. Un seul dîner à deux *trente francs*. Divers : apéritifs, cafés : *dix francs*; chambre : *vingt francs* et pour la dame... cent francs pour le moins... et... sans être bien généreux... compte trente et dix et vingt et cent... total : cent soixante et dix francs... l'aventure, et une seule aventure par mois?... avec risques, encore!... Avant la guerre, avec vingt-cinq francs on pouvait avoir *le tout*... Et puis, te le dirais-je, non, je ne voulais pas d'une courtisane pour la première fois et encore moins d'une femme de maison close. Je ne regrette rien. Annette, elle...

— C'est économique Annette en tous les cas, siffla Suzanne.

— C'est facile de blaguer. N'empêche qu'autour de moi je vois bien ce qui se passe et ce qui se passe n'est pas... assez naturel. Il n'y a parmi mes anciens condisciples que Laffond, tu sais, le fils du nouveau riche, à qui son père donne mensuellement un billet de mille, qui se peut payer son content « au comptant » en fait de poules... les autres, bernique... pour un peu, vrai, ils se cotiseraient...

— Et... s'il survenait un enfant ? interrogea Suzanne.

— ...J'y ai déjà songé... eh bien, que veux-tu...
j'épouserais Annette...

— Ton père, tu n'en doutes pas, serait très honoré
et très satisfait de ce mariage.

— Il serait bien obligé de me donner son consente-
ment... à cause de l'enfant !

— Fie-toi à lui... Tu n'es, toi, qu'un gosse.

— Je ne nie ni ne renie ma jeunesse...

— Pas plus que tes amours ?

— Mes amours... mes amours... enfin, va pour mes
amours. N'empêche, tu sais, qu'Annette mise à la
mode serait une beauté.

— Sensationel beauty... Paul épousant Virginie...
Delicious !

Suzanne crânait. Tout à coup elle s'écroula sur le
divan en balbutiant dans de nouveaux sanglots :

— Je suis trop malheureuse...

— Oh !... C'est égal... ce que tu m'en veux... pour
si peu de chose, fit Maurice, absolument navré de
cette nouvelle crise.

— Tu as raison... répondit-elle en se levant...
Faut-il que je sois bête... d'ailleurs, je n'ai pas le
droit de t'en vouloir. Tu commences ton métier
d'homme... Cela ne me regarde pas comme tu disais
tout à l'heure... C'est égal, une petite bonne, non là,
vrai, j'aurais voulu à quelqu'un comme toi, pour ses
débuts surtout, quelqu'un de mieux.

— Une duchesse ?... D'abord, tu sais parfaitement
bien qu'Annette, ici, n'est pas considérée comme une
domestique ; c'est une ouvrière qui gagne très honorablement son pain, l'aiguille aux doigts... et plus
d'une duchesse, la chemise tombée, échangerait
volontiers sa couronne contre sa beauté de petit Sèvres
ancien.

— Comme tu la défends!

— C'e-t la moindre des choses, je ne suis pas un goujat. Elle vaut, à mes yeux, mille fois mieux qu'une horizontale en tous les cas. Chloé était digne de Daphnis.

— Elle devait, en effet, être assez curieuse cette première nuit, nargua Suzanne, démontée à son tour par le cynisme de son cousin.

— Curieuse?... non. Nous savions sans savoir. Notre jeunesse et notre désir nous protégeaient et nous conduisaient.

— Et, après? oui, tu comprends, après?... Vous devez causer cuisine, office, couture, que sais-je... moi? Elle doit te raconter les propos de Jean, le chauffeur, de la cuisinière Clémence...

— Tais-toi, Suzanne, interrompit gravement Maurice. Je te pardonne tout, d'abord parce que tu sais la grande affection que j'ai pour toi... seulement, je ne m'explique pas, te l'avouerais-je, ton injuste courroux. Si je me moque de tes ironies, je compatis à ta douleur, ta douleur qui reste pour moi... aussi inexpliquée qu'inexplicable... Et puis, tu avais juré de ne pas me gronder, de ne pas...

— Je ne te gronde pas, Maurice... Tu ne veux pourtant pas que l'on te propose pour le prix Montyon parce que... tu as déniaisé la petite Annette?

— Tu es rosse et injuste, Suzon... Admettons que... enfin que tout cela se soit passé hors d'ici... il m'aurait fallu de l'argent... qui m'en aurait prêté? donné?... que sais-je? Est-ce ta mère? ta sœur?... Toi-même si je t'avais dit : « Suzon, prête-moi deux cents francs... le désir de la femme me talonne, me démange, je veux aller à la femme, à l'amour, j'ai besoin de connaître ce phénomène ». Tu m'aurais envoyé promener...

— Moi ? s'exclama Suzanne, moi ? tu es fou !

— Oui, tu m'aurais fait un cours de morale...

— Ce n'est guère dans mes habitudes...

— La preuve... en ce moment... Eh bien, parle, réponds, qu'aurais-tu fait ?

— Ce que j'aurais fait ? Maurice... ce que j'aurais fait ? Si tu avais été mon ami comme tu prétends toujours l'être et si tu m'avais fait part de tes désirs, je t'aurais d⋅t...

Elle s'était arrêtée, émue, troublée, rougissante et le regardait ardemment.

— Quoi ? insista le jeune homme, sentant que Suzanne allait enfin s'ouvrir et, peut-être, livrer son secret.

— Rien, fit-elle tout à coup en éteignant les éclairs de ses yeux qu'elle baissa. A quoi bon... Qu'importe ce que je t'aurais dit... c'est fini... Je ne puis plus te confier ce que je t'aurais dit alors...

Devant le trouble de la jeune fille, Maurice se sentit envahi, à son tour, d'une émotion intense et ils se regardaient, interdits tous les deux, n'arrivant pas à détacher leurs regards maintenant comme soudés.

— Que m'aurais-tu répondu ? insista Maurice après un silence.

— Non, non... laisse-moi, c'est trop tard, te dis-je...

— Je veux le savoir, Suzanne. Sois franche comme j'ai été franc. Allons ?

— Ma fois, tant pis, répliqua Suzanne après un silence, tu l'auras voulu. C'est ma vie que je joue, tant pis... Maurice... je vais t'ouvrir mon cœur, cela me fera du bien, me soulagera...

— Je t'écoute, ma Suzanne.

D'une voix lointaine, elle murmura :

— Je t'aurais dit : Maurice, près de toi, il existe une

jeune fille qui, depuis des années, ne vit que dans l'espoir de te faire savoir un jour qu'elle t'a toujours aimé; cette jeune fille, elle est à toi. Trop âgée et trop pauvre aussi pour pouvoir prétendre être ta femme, elle t'offre tout ce qu'elle possède, sa beauté, son cœur et sa jeunesse avant que celle-ci se flétrisse. Prends tout cela pour que plus tard elle se souvienne seulement que tu l'as aimée quelques heures, que pendant quelques heures elle a eu, elle, la fille pauvre, son temps d'amour et de joie... Voilà ce que je t'aurais dit, Maurice.

Maurice, que ce subit aveu bouleversait et remplissait de joie, répliqua :

— C'est vrai, Suz., tu aurais dit cela... et... imbécile que j'étais, moi, je n'ai rien vu, rien senti... Oh ! je m'en veux... Et maintenant?

— Maintenant... il est trop tard, Mau. Que demandais-je ? Ton premier baiser, ta première étreinte... Hélas ! c'est une autre qui a eu tout cela.

— Pouvais-je savoir? s'excusa Maurice du ton d'un enfant qui cherche à se faire pardonner... Crois-tu que si j'avais su, j'aurais hésité ? Toi, si belle, si bonne... Parbleu oui, quelquefois je songeais à toi mais comme on songe à l'insaisissable... Je m'en voulais presque de lever les yeux jusqu'à toi, d'élever mon désir jusqu'à ta beauté, jusqu'à ta sagesse...

— Et moi, je me gardais jalousement pour toi. N'en parlons plus, c'était fou !... fou !... était-ce fou?...

— Tu ne m'aimes plus?... interrogea Maurice, navré.

— Peux-tu croire?... Seulement, maintenant, il faut se faire une raison. Tu as Annette, n'est-ce pas... F^{lle}e te suffit, j'espère?

— Mais pas du tout, Annette, c'est l'amourette, le petit sentiment inconsistant; Annette, c'est celle à laquelle on pense quand on est en sa présence... Non,

vrai, je ne me pardonnerai jamais d'être passé à côté
du grand bonheur... Toi?... songes-tu que je t'aurais
adorée. Tu aurais été mon grand et mon unique amour,
je t'aurais épousée...

— C'est une manie et puis... voilà les folies!

— Pourquoi?

— Et ma pauvreté?

— La belle histoire! Est-ce que j'aime l'argent,
moi? Mais je m'en moque, il me dégoûte, l'argent...
Tous les imbéciles et les fripons en ont aujourd'hui.
Il n'y a même qu'eux qui ont de l'argent.

— Je te remercie, Maurice... c'est gentil de me dire
tout cela.

— Et de le croire, sois-en persuadée.

— Je me serais contentée d'être ta bien-aimée... tant
que tu aurais voulu de moi; après, lorsque tu ne
m'aurais plus aimée, le plus tard, le plus tard possible, j'aurais repris ma vie de pauvre fille; cette
vie-là est toute tracée, tu sais...

Elle le repoussait doucement en gardant son attitude triste et résignée, les coudes aux genoux et les
mains au front. Le jeune homme qui pouvait plonger
les yeux dans le pyjama maintenant lâche, très
entr'ouvert, et qui voyait, en raccourci, et les seins et
presque aussi l'estomac de sa cousine, se sentait tout
chose, tout drôle. Après ce brûlant aveu, le désir de
la coucher et de chercher à la prendre ne lui venait
même pas. Une langueur inconnue pénétrait en lui,
une langueur pleine de chasteté, de suavité. Il s'assit
près d'elle, ferma les yeux et tendit ses lèvres.

— La paix, veux-tu? La paix... et l'amour, dis?

Suzanne voulut se reculer, mais une force, comme
un immense aimant, la courba vers lui; sans répondre,
elle lui tendit ses lèvres et longtemps leurs lèvres
restèrent unies. Lorsqu'elles se séparèrent, la jeune

fille — dans ce besoin de confession ou d'expansion qui suit une grande émotion — disait :

— Mon petit, moi, je n'ai jamais aimé que toi dans la vie. Enfant, rappelle-toi comme je te choyais, comme je te caressais? J'étais ta « petite mère chérie ». Une nuit... tu pouvais bien avoir dix ans et moi quinze, faute de lit — c'était à Bernières-sur-Mer, à l'auberge, le soir de notre arrivée — tu as dormi toute une nuit dans mes bras... et c'est le seul bon souvenir que j'ai de toute mon enfance, cette pauvre nuit où je t'ai eu dans mes bras. Et là-bas, à Neuwied, tu ne t'es jamais douté que j'ai failli te voler en quittant la pension, oui, pour n'être point séparée de toi! Et lorsque nous sommes venues habiter ici, toutes les trois, qui s'est plus que moi attaché à ton cœur, à ton cerveau, enfin à toi? Aux Tourelles, tout le monde sait que je n'aime que toi. Que de scènes avec maman à cause de toi! Mon petit, mon chéri, mais tout ce qui est à moi est à toi, le peu que je possède, mon cœur, mon corps, ma beauté, ma jeunesse, je te fais don de tout... même après ce que je sais. C'est lâche... qu'importe... Je le répète, tu es ma vie, ma joie... Oui! je l'avoue, j'aurais voulu t'avoir la première. Moi non plus, je n'osais pas... mais, du matin au soir, dans les autobus, sous la pluie, la neige, le soleil en dînant, partout enfin, et, du soir au matin, dans mon lit, éveillée ou dormant, je ne pensais qu'à toi, qu'à mon amour pour toi.

— Et je ne le savais pas!... et je ne savais rien! s'exclama Maurice avec indignation.

— C'est mieux ainsi, va, je t'aimais pour nous deux... Que de fois j'ai regardé cette porte dans l'espoir qu'elle s'ouvrirait sous la poussée de ta main et de ton désir. J'étais toujours prête... Moi, j'ai su que je t'aimais, à Vevey. Souviens-toi, le jour de la vipère...

— ... Quand tu m'as arraché à une mort certaine, tu peux le dire...

— Si tu veux. Ce jour-là, j'ai fait la découverte de mon cœur. Bien avant cela, souviens-toi encore, il y a longtemps, longtemps, je t'ai fait jurer que toujours, et quoi qu'il advienne, je resterais ta grande amie et même pour sceller cette grande amitié...

— ... Nous nous sommes piqués au bras, tu as bu de mon sang et j'ai bu du tien...

— Tu te souviens... Tes lèvres... encore... mon chéri.

— Ma grande !...

S'agenouillant devant Suzanne :

— Tu me dévoiles mon cœur ! Tu m'aides à me comprendre. Moi aussi, inconsciemment, je t'ai toujours aimée... J'avais l'air de me dégager de toi... tu sais pourquoi à présent... Moi aussi... je rêvais bien souvent de toi...

Plongeant encore ses yeux ardents dans les yeux de Maurice, elle lui dit gravement :

— Tu vas me promettre que tout est fini avec Annette ?

— Je te le promets... Seulement, n'exige pas que je sois dur ou méchant avec elle ; je veux même que toi, tu sois bonne ; elle n'a rien fait, cette petite... Songe qu'elle va assez souffrir de mon éloignement... Je lui dirai... enfin, je m'arrangerai...

— C'est promis. Pense beaucoup à moi pendant quelques jours...

— Quelques heures suffiront... il y a déjà si longtemps que je pense à toi !

— Quelques heures... si tu veux... je n'ai rien à te refuser. Je t'aime, mon petit, de tout mon cœur, de toute ma tête et de toute ma chair. Tes lèvres encore ?

Elle s'était levée et, à reculons, en lui envoyant des baisers, elle avait gagné la porte.

VIII

Phèdre (RACINE).

Un grand moment Suzanne resta devant cette porte fermée, mais qui s'ouvrirait désormais à la volonté de l'un ou de l'autre. Pour se mieux souvenir de ce matin terrible et délicieux, elle s'engouffra, brûlante de fièvre, dans le lit tiède, tira les couvertures pardessus sa tête pour ne pas voir le jour, en barres sur les persiennes; et, encore tremblante, haletante, le cœur toujours battant, elle s'abîma dans sa joie en revivant les derniers chers instants. L'événement qu'elle avait si longtemps souhaité était donc enfin venu... dans le même temps — hélas! — que la première désillusion !

Maurice, Annette! Ces deux noms accolés la torturaient. Elle s'imaginait ce premier accouplement dans la Chambre Rouge, juste la chambre au-dessus de la sienne !... Tout cela était heureusement fini, Maurice n'approcherait plus jamais Annette. Elle avait foi dans la parole du jeune homme. Comment, dans son désarroi, n'avait-elle point songé à Annette ! C'était vrai, pouvait-elle se douter que cette gamine qu'elle avait vu arriver de Nîmes à treize ans, qui était devenue une femme.... et une mignonne petite femme encore, allait lever les yeux jusqu'à son cousin ? Elle n'était guère à craindre cette minuscule rivale.

Evidemment, elle aurait désormais de l'ennui à la voir tous les jours, car elle ne pourrait s'empêcher de songer à leurs premiers ébats, aux premiers baisers de Maurice qu'elle avait rêvés pour elle. En réfléchissant, elle s'avouait que, tout de même, elle préférait une Annette bien nette, bien propre, toute neuve comme lui, qu'une de ces malheureuses qui font métier de leur corps. L'amour d'un homme, sa manière d'aimer surtout, ne dépendaient-ils pas souvent de l'initiation ? L'empreinte, en amour, subsistait toujours. Les premiers temps, elle souffrirait sans doute de ce rappel quotidien. Une autre qu'elle, connaissait la nudité du jeune homme ; une autre qu'elle encore, était au courant de ses intimités... Elle chassa ces idées de jalousie pour ne songer qu'aux joies futures. Il ne fallait point se montrer niaise et tenir rigueur à cette poupée et à ses amours. Aucun homme n'arrivait jamais à la couche nuptiale vierge de sens et vierge de cœur. Toujours, avant, il y en avait une qui avait eu le premier baiser et le premier émoi de la chair en éveil. C'eût été vraiment trop beau d'arriver tous les deux à l'amour dans l'état d'innocence, c'eût été un conte bleu vécu... Oui, mais Maurice et Annette, eux, l'avaient vécu ce conte !

Elle s'éveilla au bruit des robinets de la salle de bains. Maurice s'allait baigner. Nourrie des écrits scripturaux, elle fut reconnaissante à l'aimé de procéder à sa « purification ». A l'idée qu'il était à quelques mètres d'elle, probablement nu, elle se sentit glisser vers des chemins que, désormais, elle ne voulait plus prendre et, pour se conserver intacte et ne point succomber à la tentation, à son tour, elle se leva.

— Monsieur Maurice fait savoir à mademoiselle qu'il déjeunera à Paris avec son père.

C'était Annette qui venait annoncer cette nouvelle à Suzanne. Maurice avait trouvé ce moyen pour les mettre en présence.

— Entrez, Annette, j'ai beaucoup de choses à vous dire.

Et Annette, tremblante, apeurée, était entrée.

En quelques mots Maurice, avant son départ, lui avait appris que Suzanne, au courant de leurs relations, désirait lui parler gentiment. Aussi ne s'attendait-elle qu'à une quelconque remontrance.

— Vous savez, Annette, je sais tout.

Annette, les yeux baissés, gênée, répondit doucement :

— Monsieur Maurice m'a prévenu.

— Ne vous émotionnez pas. Ce qui va se dire ici restera entre nous. Vous savez que, chez *nous*, nous n'aimons pas le scandale.... Et puis, vous n'êtes pas la seule coupable, Maurice l'est plus que vous. L'affection que je porte à mon cousin vous garantit donc de mon silence... Seulement, vous allez me jurer que vous n'aurez jamais plus de relations avec lui... Que c'est bien fini.

Annette, qui ne s'attendait pas à une rupture, à une rupture si brutalement imposée surtout, devint toute pâle.

— C'est bien fini, n'est-ce pas. Jurez-le-moi? reprit Suzanne dont la voix soudainement s'était durcie.

Annette leva vers Suzanne ses grands yeux bleus emplis de larmes et doucement répondit :

— Je vous le jure, mademoiselle.

— Cela vous fait de la peine ?

Annette éclata en sanglots.

— Il ne faut pas pleurer, Annette. Voyons, v·· ·
même, vous conviendrez que ces relations ne sau-
raient continuer...

Elle allait ajouter : « Ici, dans cette maison surtout
où vous fûtes accueillie comme une enfant..., etc. ».
Elle se retint, s'en voulant d'avoir même failli tomber
dans une hypocrisie. N'étaient-elle, elle et sa famille,
recueillies dans des conditions analogues ?

— Mais oui, mademoiselle Suzanne... Je comprends, mais, n'est-ce pas, ça me fait de la peine... *il*
était si gentil avec moi. J'ai du chagrin, allez.,...
beaucoup de chagrin...

— Je conçois, je conçois... Ce n'est rien, ou plutôt
c'est déjà assez que vous ayez perdu ce que nous
autres jeunes filles... Vous me comprenez, je n'insiste pas ?

— Et puis, ce n'est pas tout, continua-t-elle d'une
voix plus sévère, avez-vous songé qu'un malheur, et
des plus conséquents, pouvait arriver, enfin, que vous
pouviez avoir un enfant.

Suzanne — c'était plus fort qu'elle — abusait de
sa force morale et de cette situation de « fille de
famille » qui lui était faite aux Tourelles. Elle avait
décidément de la rancune contre l'initiatrice, cette
enfant-femme, jolie, frêle et pimpante, minuscule
soubrette de comédie, qui se permettait d'avoir du
chagrin de la perte de Maurice, ce bien qu'elle s'estimait, maintenant surtout, en droit de prendre ; et,
son dépit de n'avoir pas été la première amante, per-
çait dans cet interrogatoire et dans tous ces conseils
— inutiles, les faits étant accomplis — qu'elle s'autorisait à glisser à sa rivale. A présent, à sa jalousie

trop longtemps contenue elle donnait libre cours,
parlait presque à la pauvre « Chloé » sur un ton com-
minatoire. Certainement, elle ne dévoilerait rien,
puisque, à temps, elle avait été mise au courant de
leurs relations; mais, à la première récidive, M. Sauvaget devrait être informé. Quelquefois, sa phrase se
faisait mielleuse.

— C'est pour votre bien... dans votre intérê'...

Sans insister, elle obtenait, par la suite, de la naïve
et craintive Annette des détails extraordinaires qui les
obligeaient à rougir toutes deux. Suzanne se décou-
vrait, non sans effroi, une rouerie insoupçonnée,
une affreuse capacité de juge d'instruction. Elle se
laissait aller, dans son avidité de savoir, à des
demandes cocasses, étranges, ridicules aussi ; toutefois, elle restait décidée à regagner les rives du bon
sens au moment où elle ou son interlocutrice se
verraient placée dans une trop fausse position. A un
moment, elle crut utile d'inven er un mensonge : un
mensonge qui briserait dans l'esprit d'Annette jusqu'à
la joie du passé :

— Vous croyez sans doute, Annette, que vous
étiez la première femme qu'il approchait? Quelle
erreur ! Apprenez donc que je l'ai rencontré, il y a
quatre ou cinq mois, au bras d'une de ces femmes
avec lesquelles il est dangereux d'aller... Vous me
comprenez ?

Cette calomnie lâchée, devant la souffrance réelle
de sa rivale martyrisée, elle se trouva odieuse, répu-
gnante. Une minute, son bon cœur reprenant le dessus, elle eut envie de lui crier que cela n'était pas....
Mais sa jalousie, plus forte que son bon sentiment,
l'obligea à se taire. Puis, un peu plus doucement,
elle revint sur cette question de l'enfant. Qui pouvait
affirmer qu'elle n'était pas enceinte? Il suffisait d'une

fois pour être prise ! La pauvre Annette, meurtrie, s'était alors jetée à ses pieds la suppliant de l'aider à sortir de ce nouvel ennui qui allait peut-être l'accabler. Suzanne offrit de la faire visiter par un médecin. Mais Annette expliqua à travers ses larmes que jamais elle n'oserait se montrer à un médecin et, crédule, confiante, implorait Suzanne, savante comme elle l'était, de l'examiner elle-même. Cette proposition, Suzanne fut sur le point de l'accepter et peut-être même se serait-elle prêtée à cette infâme comédie dont sa jalousie et sa luxure auraient pu se repaître si elle n'avait vu sa victime s'affaler accablée à ses pieds, vaincue par la douleur.

— Mais non, pauvre petite, je ne sais rien de ces choses-là, attendez.... et nous aviserons en temps voulu, dit-elle, émue plus qu'elle ne voulait le paraître.

Et en elle-même elle pensait :

« — Pauvre gosse, non, je ne puis vraiment la haïr. Elle est trop confiante, trop jolie, et je ne veux plus abuser de sa candeur.

Et comme Annette allait sortir, Suzanne la prit dans ses bras et pour se pardonner elle-même, elle l'embrassa en lui disant en souriant cette phrase d'évangéliste :

— Allons, Annette, soyez sage désormais... Allez et ne péchez plus.

IX

Hippolyte, endurci par de sauvages lois,
Entend parler d'amour pour la première fois.

Phèdre (RACINE).

Sur le palier, au moment où M. Sauvaget entrait dans sa chambre, Suzanne dit tout haut en embrassant son cousin.

— Bonsoir Maurice, bonne nuit... et, tout bas, elle ajoutait :

— A tout à l'heure.

Les portes soigneusement refermées à clef leur laisseraient le temps, en cas d'alerte, de regagner leurs chambres respectives et de refermer des deux côtés, au verrou, la porte de communication. Aucune surprise n'était possible. D'ailleurs, aux Tourelles, nul n'aurait jamais soupçonné qu'il pût s'établir entre Maurice et Suzanne d'autres relations que celles de l'amitié et du cousinage. Mme Champ re, qui n'ignorait point la réelle et forte affection que ces deux êtres se portaient mutuellement, même en les surprenant dans les bras l'un de l'autre, n'aurait jamais supposé qu'il pût y avoir entre eux une liaison charnelle. Comme tous, elle jugeait que la

tendresse de sa fille pour Maurice n'étant que maternelle, on ne pouvait s'offusquer d'embrassades. Tout
au plus pouvait-on déplorer un manque de tenue de
leur part. Elle n'ignorait point que cette affection
avait pesé lourdement dans la détermination prise
par M. Sauvaget d'hospitaliser les Champeyre.

Les lumières de la maison familiale éteintes, le
silence la prit dans son ombre, dans cette ombre propice à toutes les amours comme à tous les crimes.
Depuis des milliers d'années, les mâles rentraient
dans des cavernes ou des maisons lorsque le soir
tombait; depuis des milliers d'années, le mâle jetait
la pâture ou de l'argent aux siens et, depuis des milliers d'années quand l'ombre happait cavernes ou
maisons, il y avait des accouplements. Les uns,
mornes, sans joie; d'autres, plein d'envolées, de
lyrisme, de bonté, de beauté; de même il y avait
dans l'ombre aussi, des accouplements dramatiques,
tragiques, parce que conçus dans la haine, l'asser-
vissement, la misère, l'hypocrisie, la trahison ou
l'inceste.

... Et Suzanne s'était approchée de la couche de
Maurice. Le cœur battant, elle s'y glissa, sans voiles,
s'allongea le long du corps de l'enfant désiré et Maurice la reçut le cœur battant aussi et c'est presque pieu-
sement qu'il la pressa contre lui. Leurs lèvres s'étaient
cherchées, s'étaient prises longtemps, longtemps sans
parvenir à se désunir. Longtemps aussi, ni lui ni elle
n'avaient osé faire un seul geste tant ils se sentaient
dans une harmonie naturelle. Réciproquement ils se
burent les larmes qui coulaient de leurs yeux, car
ils pleurèrent de bonheur... Et, c'est en s'étreignant
passionnément, si fortement, qu'ils sentaient leurs
côtes craquer, que tous deux eurent, sans se prendre,

la révélation de l'amour ou la joie partagée du don
d'eux-mêmes.

Et maintenant, posément, Suzannne expliquait à
Maurice tout ce qu'elle entendait lui offrir d'elle et les
raisons multiples qui l'obligeaient à se garder *intacte*
malgré tout. Elle était si sûre de la durée de leur
amour qu'elle lui jurait que sitôt mariée ou en passe
de se marier, elle se donnerait *entièrement* à lui.
Néanmoins, et pour peu qu'il la désirât, elle lui
offrait tout de suite sa virginité. Mais elle lui expliquait qu'il était prudent que la preuve matérielle de
sa chasteté subsistât et elle expliquait les circonstances qui lui conseillaient sa conduite :

— Si tu étais majeur et riche, cette restriction
n'aurait point raison d'exister. Sans hypocrisie, à la
face de tous, bravant même la colère de ton père, tu
m'épouserais et, dès que tu aurais assez de moi, nous
divorcerions. Le sort en décide autrement. Il me faut
donc prendre les précautions nécessaires pour que la
joie de notre amour ne se transforme point en un
douloureux scandale. Néanmoins, encore une fois, je
suis prête au tendre et normal sacrifice; seulement,
réfléchis : « En me gardant nette, c'est le soupçon
qui ne peut ni t'atteindre ni m'atteindre, même surprise en tes bras, je nierais et laisserais au besoin les
médecins en décider. Et puis, mon chéri, devons-nous
être les esclaves de la plus banale volupté, si traî-
tresse dans sa finalité? »

Si le machiavélisme de Suzanne pour écarter tout
danger, les garer tous deux de toute suspicion, le charmait, ce rôle de demi-vierge, des limites duquel la
jeune fille entendait ne point sortir, le laissait perplexe.
Néanmoins, le romanesque de cette aventure cachée
allait lui procurer des sensations curieuses et des
émotions certainement neuves dont il était avide.

Détourner l'amour de sa voie naturelle lui semblait
aussi difficile que détourner un fleuve de son cours;
mais, puisque Suzanne prétendait la chose possible,
en tenter l'essai ne lui coûtait qu'un retard. Evidemment, ce recul volontaire, consenti de sa part et de
la sienne, acidulerait leurs amoureux ébats sans
compter que ces plaisirs, avant-propos nuptiaux,
devait offrir des variétés assez sensibles pour le
dédommager d'une jouissance qu'en son ignorance,
certainement, sa demi-amante qualifiait de banale.

Tous les êtres naissent avec un don au moins, il
suffit de découvrir ce don et de le perfectionner pour
lui faire atteindre les sommets. Suzanne — elle s'en
doutait — possédait le don de l'amour. A cette science,
probablement innée en elle, comme innée en lui était
la science philosophique, il suffisait de mettre un
champ d'expériences à sa disposition pour que
Suzanne en découvrît tout de suite, sans leçons et
sans conseils, les plus voluptueux arcanes. Dès la
première nuit, elle se révéla une terrible chercheuse
de caresses et le matin striait le haut des volets que
la demi-vierge avait soumis l'enfant — presque le
sien — à son amour. Maurice semblait d'ailleurs ravi
de ce servage.

La curiosité de la prise entière de sa cousine ne le
tenaillait plus. Avec Annette — la désolée Annette
qui devait se morfondre dans l'angoisse d'un enfan-
tement imaginaire — il avait connu l'abandon
complet et, pourtant, avec Annette c'était l'amour
bénin, enfantin, l'amour qui balbutie et va droit au
but, enfin un amour physique sans grand attrait qui
lui laissait l'esprit et le cœur vraiment trop libres.
Avec Suzanne naissait le grand amour — du moins
se le figurait-il? — l'amour de la jeune fille avec ses
hésitations, ses calculs conscients ou inconscients,

ses craintes, ses réserves, mais aussi l'amour ardent dans sa plénitude, les ardeurs juvéniles et les caresses rares découvertes dans ses recherches osées. C'était cet amour qu'il voulait, qu'il avait désiré, cet amour à fleur de chair, à fleur de sexe, plus scabreux, plus malsain, mais dont les frissons sont plus âcres, plus dangereux pour ceux qui s'adonnent avec fougue aux plaisirs des sens en y joignant un côté luxurieux qui n'est, après tout, que le côté artistique de l'amour.

Suzanne, à l'aube, sortit donc de cette couche, vierge, la tête vide et les membres meurtris. Dans son idée, elle avait égalé les plus ardentes amoureuses et son cas lui paraissait digne d'un poème, car il y avait dans cette bourgeoise, malgré ses étranges caresses, une convoiteuse d'idéal, une poétesse fervente de la chair.

Elle avait regardé son « petit » au départ et, sans crainte de le tirer de son profond sommeil, comme une louve, elle lui avait léché les yeux et la figure pour les rafraîchir et aussi pour se repaître de cette sueur d'amour dont la senteur l'enivrait encore. Et elle s'était réjouie à la pensée que, quand même, la prodigieuse amante qu'elle se sentait être avait été la véritable initiatrice de cet enfant, sien par le cœur, sien par l'esprit et maintenant sien par les sens. A présent, son amour pour Maurice lui semblait tellement immense qu'en y pensant des larmes lui montaient aux yeux et que, pour la seconde fois dans sa vie, elle songea à fuir la maison en emportant l'enfant avec elle.

Dans cet instant, elle regretta sa ridicule et inhumaine restriction et elle s'en voulut de ne s'être point donnée *entièrement*. D'abord, au cours de ses effusions, elle avait, elle, reconnu que le plaisir n'avait qu'une finalité relative; ensuite, elle sentait qu'un organe avant de servir devait être éduqué ; enfin, elle n'envisageait plus de la même façon cette question de l'abandon de sa virginité dont elle pouvait décidément disposer à son gré sans craindre les suites ou les complications, la prudence, l'hygiène et les soins aidant. Reniant ses calculs qu'elle jugeait froidement malhonnêtes et mesquins, si Maurice s'était éveillé, joyeusement, elle se serait offerte et, ce sacrifice, expiatoire de sa part, aurait eu comme digne conclusion de cette belle nuit d'amour, le rut sublime et grandiose du mâle triomphant de sa pusillanimité. Mais Maurice dormait de ce sommeil lourd des harassés, des ivrognes et des repus et rien, pas même la succion en rouge, presque sanglante, que les lèvres de sa cousine lui firent à la place du cœur, ne put l'éveiller.

Suzanne, ce jour-là, manqua ses leçons de la matinée ; et, c'est non sans mélancolie qu'elle consulta, après le déjeuner, son calepin, où il était écrit :

Clémence Rouget, de deux heures à trois heures : Trois Ländler de Weckerlin ; Albertine Fleuriot, de trois heures trente à quatre heures trente : premier concerto de Mendelsohn ; Yvonne Delaroche, de cinq heures à six heures : Nocturne de Field.

... Une barre sur le front, sans avoir revu Maurice, — lequel s'était fait porter malade — elle gagna la gare, son pauvre caoutchouc sur le bras et cachant en partie son rouleau de musique dans lequel elle emportait aussi une « *Petite Illustration* » qu'elle lisait dans les autobus au cours de ses pérégrinations parisiennes.

— Eh bien, à présent je suis fixée, je sais ce que je

vaux, disait, quelques jours après, Suzanne à Maurice, en entrant dans le corridor et sans même prendre le temps d'enlever son chapeau.

— Quoi?

— Je te dis que je sais ce que je vaux, mon cher. Tu parlais mariage l'autre jour!... Tu n'étais pas fixé aussi bien que je ne le suis aujourd'hui. Mon cher, on vient de me demander carrément ma main... ma main gauche, s'entend...

— Qui ça?

— Lubernier.

— Non?

— Si.

— Mais c'est un goujat!

— Pourquoi? Oh! il y a mis des formes. Il m'a dit « je vous épouserais certainement si j'avais moins de défauts et si, étant joueur comme les cartes, je n'avais la certitude d'être un très vilain mari... Par contre, écoutez-moi, je crois que je serais un... un... mettons un ami, assez discret et assez acceptable. Je pourrais vous distraire et surtout vous lancer au théâtre pour lequel, j'en suis certain, vous avez de très rares dispositions... et, du théâtre, vous le savez, on peut, avec de l'intelligence, prétendre à tout ce qu'on veut... ».

C'était exact.

Suzanne, place du Théâtre-Français, avait rencontré Lubernier, un Lubernier tout autre qu'elle se l'imaginait.

— Délicieux hasard! chère amie, s'était-il exclamé... d'abord j'ai une soif du diable et si vous voulez bien me le permettre, nous allons prendre, vous, une glace, et moi, de la bière, dans cet historique café de la Régence, côté gauche, loin des joueurs d'échecs. J'ai beaucoup de choses à vous dire, beaucoup... et vous intéressant particulièrement.

Et, assis tout au fond de la salle, il lui avait dit, en effet, des choses qu'elle avait d'abord jugé extraordinaires, et qui, à la réflexion, ne l'étonnaient nullement.

— Voyez-vous, ma chère amie, vous m'êtes très sympathique et, je vous le répète, si je n'étais pas persuadé que je ferais votre malheur, je vous épouserais quoiqu'il y ait plus de vingt ans de différence d'âge entre nous. Je suis incorrigible et ne désire nullement me corriger. Un moment, oui, j'ai sérieusement songé à vous épouser. Vous êtes vraiment belle et, en même temps, « jolie », ce qui est assez rare. Cependant, je ne voudrais pas abandonner mon petit rêve tout à fait et j'espère que vous n'êtes pas absolument perdue pour moi. Aux Tourelles, n'est-ce pas, cela durera ce que cela durera, mais votre intention, j'espère, n'est pas de végéter à Asnières, éternellement, et de donner des leçons de piano à trois francs le cachet.

— ... Pardon... cinq, avait-elle interrompu quelque peu gouailleuse.

— Cinq, cinq... parfait, nous disons : cinq. Vous avez de la chance, j'ai connu des professeurs de piano qui prenaient... jusqu'à cin... quante centimes de l'heure... il est vrai que c'était avant la guerre. Enfin, ce n'est pas avec cinq, dix, quinze et vingt francs par jour que vous comptez vivre et venir en aide à madame votre mère et à votre sœur...

— Je puis, en effet, me marier, avait-elle dit.

— Ça, mon amie, c'est une autre affaire... et je crois que vous vous leurrez. Vous n'avez donc jamais regardé la nouvelle jeunesse, celle qui vous entoure, celle dans laquelle, en effet, vous seriez en droit de prétendre trouver un mari? Egoïste, pressée d'arriver, pressée de jouir coûte que coûte, elle ne s'arrête plus

ni à la beauté de l'âme ni à la beauté physique. Le
moindre laideron qui aura cent mille francs de dot —
une paille actuellement — vous damerait le pion. Non,
de fiancé, d'époux à trouver dans cette jeunesse, il n'y
faut point songer et vous êtes trop intelligente pour
soutenir le contraire. S'il y avait des millionnaires
dignes de leurs millions et des nobles à la hauteur
seulement de leurs écussons, vous devriez tenir le
haut du pavé. Malheureusement, les Riches ne sont
plus que des parvenus et pour faire d'un parvenu un
bon Riche il faut au moins deux générations. La vraie
noblesse, celle du cœur, de l'esprit, du talent, de
l'éducation... et même du nom, n'a plus le sou. Le peu
d'argent qui lui reste, elle le met en devanture, peut-
être pour mourir en décor comme peut-être pour
préparer une colossale escroquerie qui la sauvera du
désastre final qu'elle entrevoit sans se trop tromper.
Donc, rien à faire de ce côté. D'ailleurs, comment parvenir à attirer, puis à fixer l'attention d'un possédant
de quelque qualité? Moi, je ne vois que le Théâtre.
C'est la seule porte ouverte sur la vie luxueuse qui
vous est due. Cette porte, j'en ai la clef. Par mes relations, et à la condition expresse que vous vous mettrez
sérieusement au travail, je peux vous hisser en
quelques années, trois ou quatre, sur le vrai plateau :
la Comédie-Française. Une harmonie naturelle — et
vous en êtes une — n'est pas à dédaigner. Vous êtes
instruite, très intelligente, très belle et très douce.
Votre chemin est de ce côté, je vous l'indique. Le
voulez-vous prendre?

— Voilà qui est nettement proposé, s'était écrié
Suzanne assez ironiquement, et... pour la réalisation
de ce programme magnifique, il faut, naturellement,
m'adresser à vous, passer par vous...

— Evidemment...

— Et, comme impresario, agent dramatique... et le reste, quelles seraient vos conditions?

— Mes conditions? je n'en mets qu'une. Dans cette lutte que nous entreprenons pour votre triomphe, vous m'autoriserez à rester à vos côtés... de temps en temps.

— Comme... amant?

— C'est-à-dire...

— C'est-à-dire que je serais une maîtresse... à votre entière disposition?

— Que vous la restiez surtout...

— Cela va de soi .. Outre vous, j'aurais le Nabab, enfin celui qui serait chargé de faire les frais de notre petite aventure...

— Je...

— ... Au besoin même, vous me passeriez un petit ami de cœur.

— Mais...

— Enfin, je serais richement entretenue, vous seriez l'ami de la maison...

— Ecoutez-moi, ma chère amie...

— Voyons, développez-moi votre programme. N'est-ce pas, une pauvre fille comme moi ne demande qu'à savoir. Je suis d'une ignorance rare sur toutes ces questions, je ne les connais que par ouï-dire ou par les romans, avait-elle sifflé en contenant mal ses larmes.

— Je ne savais pas vous froisser, je vous assure. Je pensais que, dénuée de ridicules scrupules, religieux ou autres, et voulant vivre une autre vie...

— Tout cela est vrai, monsieur Lubernier, mais ce qui est également vrai, c'est que je conserve une certaine honnêteté de fond qui m'interdit d'entrer dans vos combinaisons. Je ne crois pas que je me vendrai jamais à moins que la vente de ma personne ne passe d'abord par-devant un maire; scrupule enfantin, j'en conviens, mais scrupule dernier. Par amour, affection, bonté même, je crois que je me donnerais… mais entre cela… et ce que vous m'offrez… avouez qu'il y a un monde. Vous ne me déplaisez pas, j'avais même pour vous quelque affection… à défaut d'estime — je l'avoue — et, si tel que vous êtes, vous vous étiez offert sincèrement, peut-être, malgré votre vice, vos vices mêmes, vous aurais-je accepté! Sans doute, auriez-vous fait de moi ce… que vous disiez tout à l'heure et, probablement, par la suite aurais-je accepté… Cela se serait fait doucement… Mais froidement… Non, tenez, je préfère que nous en restions là.

— Comme vous voudrez. Je vous pensais de taille à tout entendre.

— Je vous l'ai prouvé, monsieur Lubernier.

— Enfin, j'ai agi avec loyauté parce que j'avais, moi, de l'estime pour vous et surtout… je vous voulais heureuse.

Les proxénètes doivent raisonner ainsi…

— Vous êtes dure, avait répliqué Lubernier en pâlissant.

— Ne seriez-vous pas, vous, de taille à tout entendre ?

— Certainement, comme je suis de taille à conserver certain secret.

— Me concernant ?

— Probablement.

— Peut-on savoir lequel ?

— A quoi bon.

— C'est que vous ne savez rien de moi, d'ailleurs, ja n'ai rien à cacher.

— Mais si…

— Dites une bonne fois ce secret; tenez, je vous mets au défi…

— Soit. Je vous avais demandé votre main, vous avez dit tout à l'heure que vous auriez consenti à devenir ma femme.

— C'est vrai.

— Et pourtant, moi, je sais que votre cœur n'est pas libre.

Suzanne s'était redressée.

— Vous dites?...

— Je dis que vous aimez votre cousin, Maurice, et j'ajoute que si j'avais été le mari...

— Vous êtes fou ou vous êtes méchant, avait jeté violemment Suzanne en se levant.

— Non, asseyez-vous, je n'ai pas fini. Et, plus bas, Lubernier avait ajouté :

— Vous ne cachez pas assez cet amour, ma chère; il éclate dans vos regards, dans vos gestes, et il faut être aveugle pour ne point s'apercevoir de ce sentiment,... partagé, j'en suis sûr...

Mais Suzanne s'était ressaisie et, dédaigneuse, avait répondu :

— J'ai, en effet, pour Maurice, la plus tendre et la plus dévouée affection, une tendresse de mère, une affection de sœur. Nous avons été élevés ensemble, et, en Allemagne, nous avons souffert ensemble...

Il l'avait interrompue.

— Je n'ai pas dit... que vous étiez sa maîtresse...

— Il n'aurait plus manqué que ça !

Imperturbable, Lubernier avait ajouté :

— Mais vous le serez, croyez-moi...

Tremblante de honte et de rage impuissantes, Suzanne s'était levée pour prendre congé.

— Après cette conversation, monsieur Lubernier, je crois, j'espère, que nous n'avons plus rien à nous dire...

— Pourquoi nous fâcher? Si je ne retournais plus

là-bas, aux Tourelles, Sauvaget qui aime ma société viendrait me relancer... et puis je n'ai pas du tout voulu vous offenser.

— Mais, je n'ai aucunement le droit de vous interdire les Tourelles, avait répliqué Suzanne sur un ton hautain. Ma mère, ma sœur et moi, nous sommes simplement *recueillies* aux Tourelles et nous n'y faisons pas la loi; c'est pourquoi vous auriez dû ne pas m'imposer cette conversation. C'était du tact, de la délicatesse.....

— Je vous croyais plus virile; est-ce un crime ?

— Une insulte tout au plus.

— Pas de grand mot, ma chère amie... je vous prie...

— Je vous en prie, moi, brisons là...

— Soit, mademoiselle Suzanne. Nous aurions fait un déplorable mariage et surtout un déplorable ménage. Je n'avais pas l'intention de vous faire de la peine, je vous le répète, et en rien je ne voulais vous froisser... Mais...

— Je vous demande pardon, avait interrompu Suzanne, mais moi j'ai un train dans vingt-cinq minutes et je n'ai que le temps de gagner la gare.

Elle avait salué Lubernier, éberlué de ce brusque départ et avait disparu du côté du Théâtre-Français pour prendre son autobus.

« — Lubernier n'est-il qu'un cynique ? s'était demandé Maurice. N'a-t-il vu réellement dans sa proposition que le côté pratique pour Suzanne en se réservant d'abord « l'intéressée » à titre d'intérêt?

Et il avait dit à Suzanne :

— Il a raison, surveillons nous. Sa psychologie est très fine si nous en jugeons déjà par ses dangereuses déductions.

X

> Juste ciel ! qu'ai-je fait aujourd'hui ?
> Mon époux va paraître et son fils avec lui !
>
> *Phèdre* (Racine).

En 1914, au moment où l'industrie du ciment était prête à entrer dans la crise générale, la cimenterie de Dennemont-sur-Seine — dont les bureaux étaient à Paris, 64, rue La Boétie, et dont M. Sauvaget était un des gros actionnaires en même temps qu'il en assumait la direction commerciale — lançait en France l'idée, prise à l'Amérique, des constructions ouvrières en ciment armé. L'affaire donnait, et tout de suite, d'inespérés résultats... lorsque la guerre éclatait et l'usine fermait ses portes, faute de main-d'œuvre. Néanmoins, dès le cinquième mois des hostilités, elle les rouvrit. Son stock considérable de ciment était réquisitionné et la Défense Nationale, fournissant des ouvriers, priait la cimenterie d'activer sa production. En effet, dès la stagnation sous-terrestre de l'ennemi, le grand quartier général augurait le salut du pays dans la construction hâtive de tranchées. La cimenterie de Dennemont fut donc une de celles qui fournirent le plus aux armées françaises et anglaises.

Après l'armistice, les cimentiers devenaient encore les vrais rois des régions libérées mais en ruines.

Loin d'imiter la superbe des métallurgistes, les cimentiers se tenaient tranquilles, préférant aux palais de marbre leurs vieux bâtiments. Cette humilité les mettait, au moins pour un temps, à l'abri de surcharges fiscales basées sur le luxe extérieur. Pourtant, derrière cette façade archaïque, l'industrie modifiait singulièrement sa physionomie. Elle concentrait tout ce qu'elle pouvait et englobait les petites entreprises. On s'apercevait et on convenait aussi que les méthodes allemandes avaient du bon, c'est-à-dire qu'il fallait se mettre le plus tôt possible au machinisme à outrance. La cimenterie avait de l'estomac. Pour digérer la viande, en l'occurrence la pierre, elle réclamait beaucoup de pain, c'est-à-dire du charbon : la moitié d'une demi-tonne de charbon pour produire une tonne de ciment! La Compagnie et M. Sauvaget entrevoyaient la possibilité, un jour, de cuire électriquement. Quelques essais en laboratoire ne leur avaient-ils pas fourni d'excellents résultats? Les bénéfices étaient sérieux d'autant que, par la batellerie de la Seine, la fabrique pouvait à meilleur marché se procurer des houilles. Le chaland accosté, une puissante grue électrique se mettait en devoir d'explorer ses flancs. La benne rocheuse déversait en cinq secs son contenu sur un tapis roulant, lequel, rapidement, le menait au stock. Un second transporteur, également mécanique, se saisissait du combustible et l'envoyait au séchoir d'où, dûment débarrassé de son humidité, il passait aux broyeurs. Une carrière de craie voisine préparait la substantique moelle. Le calcaire extrait était nettoyé savamment des silex qui le souillent et délayé dans d'imposants appareils ne mesurant pas moins de 9 mètres de diamètre. La pâte

élaborée traversait un tamis et, par l'intermédiaire
d'élévateurs, allait se faire pulvériser dans des tubes-
moulins. Alors, à coups de pompe, les molécules réa-
lisées étaient expédiées dans de colossaux mélan-
geurs-doseurs, de près de 20 mètres de diamètre où ils
étaient brassés comme du vulgaire houblon. Il fallait
en effet associer à la craie une argile extirpée à
quelques kilomètres de là. Une nouvelle aspiration
pneumatique mettait enfin la pâte à la disposition des
fours. Des engins rotatifs remplaçaient les vieux fours ;
ceux de Senneville-sur-Seine ne mesuraient pas moins
de 50 mètres de long et 2 m. 75 de diamètre. Et ces
fours géants pouvaient débiter, chacun, une centaine
de tonnes par jour. Le produit recuit tombait dans un
refroidisseur. Tandis que la chaleur abandonnée et
récupérée allait réalimenter les fours. Ainsi, le ciment,
mécaniquement était véhiculé dans d'immenses silos
de 10.000 tonnes. Plus tard, le « clinker » était entraîné
vers les broyeurs, congrûment moulu et, à l'aide de
vis et d'élévateurs, emmagasiné derechef dans les
silos. Enfin, de nouvelles vis emportaient les produits vers les « pesous et ensacheurs » prévus pour
300 tonnes par 10 heures.

C'était une usine. C'était l'usine colossale de demain.

M. Sauvaget chaque semaine se rendait à Dennemont.

Une fois, il y avait amené Lubernier. Celui-ci, après
avoir visité le tout, déclarait mélancoliquement en
regardant ce ciel strié de fils électriques et sous
lesquels roulaient des chariots pendus :

— Décidément, afin que les générations qui vont
nous suivre aient quelque idée de la vraie nature, je
crois qu'il serait bon que nos peintres se dépêchent de
fixer tous ces paysages. Dans cent ans, on ne verra
plus rien... Restera-t-il même des bois et des champs ?

Mon Dieu, qu'il sera donc difficile d'aller voir la feuille à l'envers en ces temps-là ?

De Mantes, par le train, M. Sauvaget se rendait ensuite au Havre où l'industriel n'avait d'autre affaire que d'aller rendre visite à une petite amie près de laquelle il s'encanaillait un petit peu durant vingt-quatre heures. Zoé Pompon, de son vrai nom Marguerite Lechaine, durant cinq ans, avait roulé de bouis-bouis en beuglants, s'intitulant pompeusement artiste lyrique. Tout le lyrisme de Zoé Pompon avait consisté à dégoiser des balivernes, à présider force soupers et à sabler un nombre respectable de bouteilles de champagne. M. Sauvaget, un soir d'ennui, l'avait emmenée et, la trouvant gaie et drôle — beaucoup plus à la ville que sur les tréteaux — par la suite la mettait dans ses meubles avec une respectable mensualité. C'était là l'envers de l'austérité de M. Sauvaget. Il ne craignait nullement de s'afficher avec elle dans cette ville puisqu'il n'y connaissait personne. Zoé Pompon, qui ne savait rien de la vie du directeur commercial de la cimenterie de Dennemont, le prenait pour ce qu'il prétendait être : un bon rentier brassant quelquefois des affaires. M. Sauvaget avait le bon goût de n'exiger aucune fidélité de l'artiste lyrique, pourvu que la dame de son choix ne fît pas parler d'elle et qu'elle ne cherchât pas à entrer dans sa vie. Or, arrivant un soir à l'improviste au café Frascati, il eut le déplaisir de rencontrer Zoé Pompon outrageusement pompette et que deux agents de ville emmenaient au poste pour sa scandaleuse conduite. N'avait-elle pas envoyé au cours d'une discussion, dans ce café select, le contenu d'un siphon à la tête d'un officier de marine ?

M. Sauvaget s'était bien gardé d'aller réclamer Zoé

Pompon. Il avait glissé deux billets de mille francs et un adieu bref dans une enveloppe, avait déposée celle-ci chez la concierge et purement et simplement avait repris le train. De ce jour, il n'entendit plus jamais parler de Zoé Pompon. Toutefois, au bout d'un mois, la solitude lui pesant, il se mit en quête d'une autre maîtresse plus calme, plus pondérée et, autant que possible, à peu près fidèle. C'est alors que, dans son esprit, germa le projet de se remarier, « car, pensait-il, si je dois avoir tous les ennuis du mariage, que j'en aie au moins quelques avantages ».

Un soir que M. Sauvaget regardait Suzanne Champeyre occupée à coudre sous la lampe familiale, il s'était dit :

« Pourquoi pas? »

« Pourquoi pas? Suzanne est une très jolie fille; elle a pour moi beaucoup d'affection; mon fils Maurice la traite comme une sœur, presque aussi comme une mère; elle a sauvé Maurice d'une mort certaine; elle est bien élevée, très saine, très sérieuse. En l'épousant, je fais sa situation, celle de sa famille et, par la même occasion, je me crée à moi un foyer durable et dans mon milieu. Il y a bien une différence d'âge. J'ai trente ans de plus qu'elle, mais je suis encore vert, solide au poste... malgré une légère endocardite... Si Suzanne avait des chances de se bien marier, certainement, je ne serais pas son rêve... Mais la pauvre fille — la fille pauvre plutôt — a trop de chances d'être laissée pour compte, nos jeunes gens d'aujourd'hui, pratiques, demandant la clef du coffre-fort avant la clef du cœur, ce en quoi, en toute vérité, je ne saurais leur donner tort.

Ce raisonnement, en somme normal, ne manquait pas de justesse et M. Sauvaget était sûr de la réussite de son projet le jour où, simplement, il l'énoncerait.

Le seul obstacle qui aurait pu exister aurait été un amour de Suzanne... Il se mit donc à l'observer, la fit suivre discrètement par une agence et, ayant acquis la preuve que la jeune fille, au dehors, avait une conduite parfaite (ne pouvant imaginer qu'une « mauvaise conduite » à l'intérieur — chez lui! — pût exister), il se prépara à demander sa main.

M. Sauvaget et Mme Champeyre se trouvaient dans le petit salon.

— Chère amie, maintenant que nous sommes seuls, il faut que je vous parle... très sérieusement.

De la main, M. Sauvaget désigna un fauteuil à Mme Champeyre et, continuant sa promenade dans le salon dont les portes avaient été préalablement fermées à clef, il commença :

— Ma chère amie, j'ai hésité longtemps et je me sens prêt de manquer de courage... D'abord, soyez assurée avant tout que, dans le cas où vous ne feriez pas droit à ma requête, les choses resteraient ici comme elles sont... C'est assez vous dire que j'entends vous mettre à l'aise... Voici. Depuis longtemps je recule devant l'aveu que j'ai à vous faire... Malgré mon âge, oui, j'ai des timidités de jeune homme qui me paralysent... Ne souriez pas, j'en suis à me demander si je trouverai les paroles qu'il me faut...

Mme Champeyre, toujours très maîtresse d'elle-même, esquissa un sourire.

Certainement, c'était une demande en mariage qui la touchait puisqu'on s'adressait à elle... probablement... un mariage pour elle?... Ses paupières cillèrent longtemps avant de répondre :

— Est-ce si grave que cela? Voyons, de quoi s'agit-il, grand Dieu!

— Il s'agit tout simplement du bonheur de ma vie...
fit gravement M. Sauvaget.

— Eh bien, mon ami, je vous écoute.

— J'ai cinquante-cinq ans... c'est vrai, continua
M. Sauvaget et... voyons, vous connaissez l'*École des
maris* de Molière, n'est-ce pas? Dans cette pièce, il est
démontré et prouvé qu'un homme mûr, instruit par
l'expérience et la vie, est mille fois plus capable d'édi-
fier le bonheur d'une femme qu'un... enfin qu'un
homme plus jeune... Un mari trop jeune, en effet,
ignore ou néglige bien des ménagements nécessaires
et bien des précautions essentielles... et le dernier
mot des folies n'est peut-être pas encore dit...
Voyons, me croyez-vous capable de rendre une femme
heureuse, ma chère amie?

Jamais Mme Champeyre n'avait été aussi embar-
rassée. Cillant plus que jamais, elle répondit, de plus
en plus persuadée qu'il s'agissait d'elle :

— Si vous pourriez rendre une femme heureuse?
Sans aucun doute, mon ami.

Et, peut-être avec intention, elle ajouta :

— Pour moi, j'en ai la certitude.

Sauvaget, démonté par cette assurance et aussi par
ce cillement, lâcha presque en colère :

— Tenez, c'est enfantin. Voici qu'au moment d'arti-
culer la phrase décisive, je tremble comme un éco-
lier... Mais derrière votre sévérité je connais la bonté de
votre cœur, votre indulgence, aussi je vais droit au but.

Et il articula lentement :

— Voulez-vous me faire l'honneur de m'accorder
la main de votre fille Suzanne?

A la stupéfaction qui se peignit sur le visage de
Mme Ludwige Champeyre, M. Sauvaget eut l'intuition
que, pendant un instant, il y avait eu un étrange
quiproquo.

Mais Mme Champeyre était déjà redevenue énigmatique.

— Suzanne? articula-t-elle, Suzanne? votre filleule?... enfin un peu votre fille... et doublement puisque vous étiez le cousin issu de germain de mon mari. Cette demande est, en effet, assez imprévue...

M. Sauvaget était mal à l'aise. Il ne voulait pas que tout le bien qu'il avait fait aux Champeyre fît, en quoi que ce soit, une quelconque pression, aussi ajouta-t-il vivement :

— Je vous répète que, quelle que soit votre réponse, jamais, ici, les choses ne changeront. Cela doit vous mettre à l'aise. Vous devez aussi comprendre que ma véritable intention est de resserrer à jamais entre nous les liens qui nous unissent déjà. Tout cela mérite considération. Pour le reste, vous dirais-je qu'on a l'âge que l'on paraît avoir... et que...

— Sans doute... sans doute, disait Mme Champeyre... Cependant une pareille disproportion !

— Mais, sapristi, ma chère amie, je me fais mal comprendre. Je sais que de tels mariages ne sont pas dans l'ordre des choses... cependant, dirais-je à mon tour, au-dessus des questions de purs sentiments, il y a l'avenir que j'assure à jamais à votre fille et à toute votre famille. C'est en quelque sorte une régularisation d'un ordre élevé.

Mme Champeyre troublée regardait Sauvaget.

— Écoutez, mon ami... moi, je ne puis vous répondre. Suzanne seule après tout doit décider. Je ne puis, vous le savez, la contraindre en rien. Si elle vous accepte... eh bien, si cocasse que cela soit, vous serez mon gendre, vous serez le gendre d'une femme qui a six ou sept ans de moins que vous...

— Cela ne sera pas banal, en effet, risposta Sauvaget, et sarcastique il ajouta :

— Peut-être comprendra-t-on aussi la bonté de mon geste.

La porte ouverte, Mme Champeyre appela :

— Suzanne.

Et quand Suzanne fut devant elle, elle dit :

— Voici M. Sauvaget qui désire t'entretenir d'une... affaire intéressante.

Elle avait un peu méchamment appuyé sur le mot *affaire*... sans en avoir l'air.

Lorsqu'ils furent l'un en face de l'autre, ils se regardèrent.

M. Sauvaget souriait.

— Dis-moi, Suzon, je viens de parler à ta mère d'un projet qui nous intéresse tous. Je voudrais assurer ton avenir. Je puis disparaître d'un moment à l'autre, étant cardiaque, et j'ai songé à t'établir...

— Établir? qu'entendez-vous par « établir », mon cher parrain?

— Je veux te marier.

— Me marier?

— Eh oui, c'est de cette façon qu'on établit encore le mieux les jeunes filles, tu sais?

— Certainement, parrain.

— Je voudrais donc te marier avec...

Suzanne, une seconde, pensa à Lubernier...

— Avec?

— Avec quelqu'un que tu aimes bien, que tu dis aimer beaucoup.

L'image de Maurice passa devant les yeux de la jeune fille, et elle eut, une autre seconde — l'espoir n'est-il pas une transaction du rêve avec la réalité! — qu'il s'agissait peut-être de l'être qu'elle aimait le plus au monde.

— Vous me mettez sur des charbons ardents,
supplia Suzanne.

— Non. Il faut d'abord que tu saches que, quelle
que soit ta réponse, comme je le disais à ta mère, il
ne sera rien changé à notre vie commune. C'est une
des conditions essentielles.

...L'image de Maurice se précisait de plus en plus à
ses yeux...

— C'est convenu... j'écoute, parrain.

— Suzanne, nos familles sont liées depuis longtemps. Je t'ai vue toute petite, je suis ton parrain...
Te rappelles-tu, un soir, tu étais déjà grandelette, le
soir de l'anniversaire de tes six ans! Tu portais une
robe courte, rose, avec une large ceinture de soie
noire. Tu vois que j'ai de la mémoire. Tu m'as dit très
haut avec un sérieux que je ne te connaissais pas
encore, à la fin du dîner dont tu étais la petite reine :

— « N'est-ce pas, parrain que, plus tard, tu seras
mon mari » — je venais de perdre ma femme — et,
comme tout le monde riait autour de la table, tu
ajoutas, vexée :

— « N'est-ce pas, mon parrain, que tu seras mon
mari et que je serai ta femme? »

Suzanne, pâle, riant nerveusement, répondit :

— Oui, je crois me souvenir...

Eh' bien, Suzanne, continua toujours en souriant
M. Sauvaget, ce que la petite fille voulait, la jeune
fille se résignera-t-elle à l'accepter?

Suzanne, terrifiée et tremblante, s'était reculée.

— Non, dit M. Sauvaget conciliant et calme, ne me
réponds pas encore. D'abord laisse-moi te dire que ce
mariage, qui est nécessaire pour toi et pour les tiens,
non seulement comblerait mes vœux, mais fixerait à
jamais notre situation à tous. Évidemment, je suis
un bonhomme à cheveux gris, mes joues derrière ma

barbe sont fanées, mon cœur meurtri ; aussi écoute bien et tâche de me comprendre : je ne te demande que ce que je suis en droit de te demander : ton affection. Ma femme restera surtout ma filleule... presque ma fille..., as-tu compris ?

— S'il en est ainsi... murmura Suzanne envisageant soudain cette demande d'une nouvelle manière.

— Mais oui. Il ne saurait en être autrement. Je ne suis pas assez sot, assez fat, assez prétentieux, pour exiger de toi un... grand amour, comme dans les romans romanesques... Non. A présent que mes intentions te sont connues tu peux mieux réfléchir sur la bonté de mes intentions. Ce qui m'engage encore envers toi, c'est l'affection que tu as toujours eue pour Maurice...

Suzanne tressaillit.

— ...Je serais heureux, bref, si je venais à disparaître, qu'il eût un lien réel avec toi, un lien plus sérieux qu'un cousinage éloigné. Tes conseils lui seront toujours utiles. A présent, réfléchis, veux-tu huit jours pour penser à tout cela ?

— Réfléchir ? Pourquoi ? Si vos intentions sont celles que vous venez d'exprimer, mon cher parrain, la réflexion devient inutile. Vous cimentez... si j'ose m'exprimer ainsi, deux pierres qui n'étaient que jointes et cela dans l'intérêt de l'édifice familial.

— C'est cela même et ton image est assez juste.

— Moi, je vous aime beaucoup, beaucoup plus que vous ne le pensez vous-même. Vous avez toujours été si bon, et ma réponse ne saurait décevoir votre espérance.

— Alors tu acceptes ?

— Mais oui, fit-elle simplement... puisque nos conditions sont les mêmes... Comme au combat ! avait-elle ajouté en riant.

Elle n'avait pas eu une hésitation. Du moment que M. Sauvaget entendait ne rien changer au genre de vie, aux habitudes... elle croyait sincèrement que ce « mariage blanc », loin de lui nuire et de nuire à son amour, répondait au contraire aux intérêts de tous. Soudainement aussi elle envisageait une vie plus large... C'en était fini des leçons, des devoirs, des autobus qu'on attend sous la pluie. C'en était fini aussi de l'*imperméable haï*, de métros qu'on attend dans les caves aux heures d'affluence. Toute cette vie de misères et de sacrifices apparents faits à la vertu et à la galerie, que sa mère avait eu le droit d'exiger, de lui imposer, afin de conserver des convenances pour sauver sa dignité cachée sous le rigorisme de sa morale calviniste. Toutes les raisons de se donner se pressaient dans son cerveau subitement illuminé par l'espérance dont les premières lueurs se levaient...

— Puisqu'il en est ainsi, ma chère Suzanne, nous allons annoncer la nouvelle aux tiens et, ce soir, à nos amis qui viennent diner... N'est-ce pas samedi?

— Oui... tout de même, laissez-moi le temps de me remettre... et puis, je désirerais, avant toute chose, annoncer... enfin, voir Maurice. C'est votre fils, et il me semble... Oui, donnez-moi encore une heure de..... liberté, voulez-vous?

— Tu as raison, sage Suzanne, toujours raison. Va.

Et M. Sauvaget, heureux, l'avait laissé partir en l'embrassant et en lui murmurant : « Merci ».

Elle monta d'abord dans sa chambre. Elle avait besoin de se remettre. Elle était si imprévue, cette demande en mariage!... C'était aussi gros de conséquences... Comment Maurice allait-il prendre cette nouvelle? Dans le même temps qu'elle le gagnait et se sauvait, elle et les siens, de la misère, le perdait-elle, lui, irrémédiablement! Le problème lui semblait cruel

à résoudre et Maurice seul pouvait en donner la solution. Maurice comprendrait certainement aussi que
refuser c'était peut-être faire naître un soupçon dangereux et puis, il s'agissait de lui faire comprendre, à
Maurice, que « rien n'était changé », que c'était un
mariage blanc, c'est-à-dire une promenade, le même
jour, à la mairie et au temple. Pour un homme de
l'âge de M. Sauvaget la question d'amour n'était plus
de mise... Suzanne avait cette étrange et fausse persuasion, comme beaucoup de jeunes filles, que les
hommes d'âge, c'est-à-dire ayant passé la cinquantaine, étaient impropres à l'amour ! Sa pensée galopait
à travers toutes les mauvaises raisons. En réalité,
puisqu'il y avait mariage blanc, ce qu'elle envisageait
avec joie c'était sa situation changée, une situation
qui lui assurait le bien-être, l'avenir — et même un
avenir doré — à elle et aux siens; c'était surtout la
liberté conquise. Ah! plus d'esclavage, plus de courses
dans la boue... elle se souvenait de sa rentrée aux
Tourelles, par une grosse pluie!... Avait-elle assez
souffert ce jour-là?... Elle serait désormais *chez elle*
et n'irait plus chez les autres presque comme les
femmes « en condition ». Ce qui la faisait sourire, c'est
qu'elle allait devenir aussi la belle-mère de Maurice.
En continuant à l'aimer, elle ne causait décidément
nul tort à son parrain devenant son mari. Certes, elle
l'aimerait bien sincèrement ce brave M. Sauvaget et
elle continuerait à le bien aimer comme par le
passé, bien sincèrement; son geste était élégant et
arrangeait décidément admirablement les choses.

Cependant, entre temps, elle eut une défaillance.
Elle eut envie de retourner près de M. Sauvaget pour
lui faire préciser... Une prudence compréhensible la
retint... Elle se persuada qu'ils s'étaient compris...
Autrement, elle était prête à lui dire : « Parrain,

j'aime votre fils. Donnez-le moi et je vous bénirai
toute ma vie. Du moment que vous, qui avez trente ans
de plus que moi, vous n'hésitez pas à demander ma
main, c'est que vous ne tenez pas compte, en homme
intelligent que vous êtes, des quelques années que j'ai
de plus que Maurice... »

Elle haussa les épaules, trouvant cette démarche
aussi ridicule, aussi inutile qu'intempestive et courut
retrouver Maurice dans sa chambre.

A l'ahurissement et à la stupéfaction qui s'étaient
emparés de Maurice à la nouvelle que Suzanne allait
épouser son père avait succédé une période d'attention. Il avait écouté sa cousine lui développer ses
raisons dont la principale était, en somme, que ce
mariage ne devant jamais se consommer, elle ne
lésait point l'époux en restant sa maîtresse à lui.
Tout de même, l'esprit critique de Maurice ne put
s'empêcher d'émettre quelques objections, non au
sujet du mariage blanc, la chose étant possible de la
part de son père qu'il considérait comme un chaste
et surtout comme un vieillard, mais au sujet du
mariage lui-même.

— En fait, dit-il en souriant, il n'y aurait que moi
qui pourrait ne point me réjouir, car enfin, dans cette
aventure, je perds plutôt que je ne gagne. D'abord, je
perds la moitié de mon héritage, ce dont je me moque,
tu penses bien, ce dont même je suis heureux puisqu'il te revient... mais je perds surtout la possibilité de
t'avoir pour femme un jour, et cela m'attriste beaucoup. Il me semble que tu aurais mieux fait de
refuser, Suzon, et d'attendre quelques années; mes
vingt-cinq ans ne sont pas si loin... Mon père, dont je
suis le fils unique, aurait fini par consentir malgré la
légère disproportion de nos âges.

— Refuser? Refuser, tu en parles à ton aise. Mais cela n'était pas aussi simple que tu le penses! Une fille pauvre comme je suis, et telle qu'on me connaît, ne peut refuser un tel parti quand il se présente que s'il existe une raison majeure, explicable, et cette autre raison ne peut être qu'une raison d'amour.

— Oui. Evidemment.

— Et puis, Maurice, qui sait si demain tu m'aimeras comme tu m'aimes aujourd'hui! En ce cas, en même temps que ton amour, je perds tout, moi; je n'ai plus rien, je reste la fille qui court le cachet, les jupes crottées... Non, à tout prix, je veux sortir de ma misère. Cela, même, fut toujours convenu entre nous. Rappelle-toi, ne serais-je pas depuis longtemps, entièrement, ta maîtresse s'il en était autrement? N'est-ce pas dans l'espoir d'un mariage possible que je me suis conservée intacte, car je le suis, intacte, si cocasse et si drôle que cela pourrait paraître aux yeux du vulgaire. Ecoute, encore une fois, rien ne change, nous ajoutons seulement une promenade à la mairie et une autre au temple.

— Oui, répondit Maurice sans conviction, mais... si le mariage n'était pas blanc?

— Oh! cela..., répliqua avec sincérité Suzanne, il me l'a fait nettement comprendre... et s'il avait des velléités de me considérer sérieusement comme son épouse... je divorcerais.

Point par point, autant que sa mémoire, assez fidèle, le lui permettait, elle répéta la conversation qu'elle venait d'avoir avec M. Sauvaget.

Pas aussi convaincu que l'aurait voulu Suzanne, Maurice conclut :

— N'empêche que si le mariage n'était pas blanc, comme tu dis, comme tu le prétends, nous nous trouverions dans une situation épouvantable... inextricable aussi!...

— Ecoute, Maurice, veux-tu que je refuse, il est encore temps.

— Cela vaudrait mieux, très sincèrement, Suzanne, ce serait plus net, plus propre...

— C'est bien. Seulement... quelle tristesse!... Nul doute, il va chercher la vraie raison, cela est sûr, et... et il la peut trouver. S'il la trouve, ma mère, ma sœur et moi, nous n'avons plus qu'à faire nos paquets : Pour nous... c'est la rue.

Maurice, perplexe, réfléchissait.

— Décide.

— Ah! zut, s'écria tout à coup Maurice, après tout, puisque ce n'est pas nous qui conduisons les événements, laissons-nous conduire par les événements.

Suzanne s'approcha de lui :

— Alors, embrasse... ta mère, bien tendrement, comme tu l'aimes, mon adoré. Enfin! je vais être à toi, entièrement à toi.

Il la retint dans ses bras :

— Ecoute, fit-il gravement, si jamais tu es à lui, songe que j'en mourrais.

Doutant, elle fit une moue :

— Tu es fou, voyons?

— Si, Suzanne, j'en mourrais... Qui sait... si je ne me tuerais pas?

— Grand fou, je t'aime trop pour cela.

Elle lui avait sauté au cou en riant et l'avait embrassé à pleines lèvres en disant : « Mon fils est fou! »

M. Sauvaget, à la demande de Suzanne, ne devait annoncer ses fiançailles qu'à la fin du dîner. Seule, Mme Champeyre était maintenant dans le secret; mais Mme Champeyre, encore refroidie par la fausse alerte, énigmatique, ne laissait rien paraître. Seulement, à la

dérobée, quelquefois, elle regardait Maurice et
Suzanne et alors ses yeux cillaient avec une vitesse
inaccoutumée. Jeanne, insignifiante comme les
enfants à l'âge ingrat, avec de la mie de pain s'efforçait de créer un chien. Annette aidait au service la
vieille Clémence, le docteur Jeséquel attaquait violemment le Gouvernement que personne ne consentait à
défendre, pas même Lubernier, ce soir-là dans ses
lunes. M. Sauvaget dégustait ses vins savoureu-
sement. Maurice, la tête dans son assiette, plus pâle
qu'à l'ordinaire, affectait d'être calme quoique travaillé par une légère fièvre. Suzanne s'était animée.
En souriant, M. Sauvaget, sans en avoir l'air, veillait
un peu trop attentivement à ce que les trois verres
placés devant elle fussent toujours plein.

Mais il faut croire que l'idée du mariage était aussi
dans l'air — peut-être les quatre convives y pen-
saient-ils trop vivement — car Jeséquel, lâchant soudain ses attaques contre le gouvernement du Bloc
national, se mit à déplorer le sort des millions de
femmes qui devaient vivre désormais sans jamais
connaître les joies de l'amour et de la maternité.

— En France, il y a plus de deux millions de
femmes qui auraient mieux fait de ne point naître. La
vie, pour elles, n'aura jamais les deux sourires qui lui
sont dus. Ni amour! ni enfant! En Angleterre, une
statistique récente accuse un surnombre de 1 million
700.000 femmes auxquelles le mariage et la maternité
sont interdits. Un moment, on a pensé que le féminisme apporterait des solutions à ces crises doulou-
reuses. Je ne vois pas de quelle façon le féminisme
pourrait donner aux femmes le moyen d'aimer et
d'être aimée... légitimement et d'avoir des enfants
légitimes.

— Et la solution, la voyez-vous, docteur? inter-

rogea Mme Champeyre, qui parlait plus ce soir-là pour
ne pas penser.

— Non, chère madame.

— Il y en a pourtant une, fit Lubernier, entrant dans
le vif du débat. Il faut flanquer par-dessus bord tout
le christianisme et toute la fausse morale qui en
découle afin de revenir aux lois naturelles, lesquelles
non seulement acceptent la polygamie, mais en fait
l'imposent à presque tous les mâles du genre
humain.

— C'est horrible, ce que vous dites là, s'écria
Mme Champeyre.

Oh! madame, protesta Lubernier, comme protestante,
il me semble que vous oubliez la « fameuse consultation » de Luther, de Mélanchton et de Bucer, qui
justifia la polygamie d'abord en faveur du landgrave
de Hesse assez justement qualifiée de « honteuse ». La
conclusion de cette thèse intéressante est nette, et je
me permets de vous la rappeler : Grande importance
des fiançailles ; caractère sacramentel donné à l'union
conjugale ; destruction des empêchements en dirimants
et prohibitifs ; reconnaissance du pouvoir des parents
en matière matrimoniale ; restriction considérable des
degrés de parenté et d'alliance... qui va, entre paren-
thèse, « pousser les belles-sœurs veuves dans les bras
d'un beau-frère... » comme chez les juifs... mais sans
« la maison du déchaussé » ; prohibition énergique des
mariages mixtes, toujours comme chez les juifs... Ne
vous mariez-vous pas surtout entre vous? Je continue :
caractère simplement prohibitif attaché au défaut de
célébration, mais interdiction, à peine de nullité, des
promesses clandestines ; admission du divorce pour
adultère... ou longue absence. » Bref, la Réforme a
fait descendre le mariage des régions supra-terrestres
où il a été élevé par le dogme catholique...

Ironique, sarcastique et quelque peu méprisante,
Mᵐᵉ Champeyre dit :

— Il ne vous manquait plus que de faire l'apologie
de cette... extraordinaire religion...

— Oh ! madame, je m'en garderai bien... seulement
voyez-vous, je la défendrai toujours, cette religion
catholique, contre les protestants qui l'attaqueront.
La Réforme, c'est entendu, fut une régression nécessaire, mais ce fut une régression... Le protestantisme
est purement critique et négatif. Tout notre socialisme
en émane et aussi toutes nos folies. Vous êtes les
créateurs du jacobinisme, des « blocs ». Vous adop-
tez la thèse dont nous périssons, dont la France périt,
et qui sait si Louis XIV et la Maintenon, en révoquant
l'Edit de Nantes, n'ont pas eu une vision de tout le
mal que vous pouviez faire au pays?... Nous sommes
des latins, des vrais latins et vous savez que chez les
vrais latins de haute civilisation, le protestantisme
n'obtient aucun succès. Votre Luther est une sorte de
barbare, un hérésiarque attardé... Je vous abandonne
Calvin... il y a certains êtres dont il vaut mieux ne
jamais parler. Mais je reviens, chère madame, au
mariage. Là encore, la Réforme, la prétendue Réforme
a favorisé le retour à la théocratie. Enfin, il reste à
déplorer son « anarchique rétrogradation relative au
divorce et allant jusqu'à tendre à la réhabilitation
dogmatique de la polygamie... » Ne vous récriez pas...
En 1917, l'Allemagne luthérienne fut sur le point,
afin d'avoir des enfants pour remplacer ses morts, fut
sur le point d'adopter les « mariages à côté » et sans
parler des Mormons...

— Mais ce ne sont point des protestants.

— C'est vrai, c'est inouï. Lorsque les protestants se
réunissent à trois ou quatre, pour peu qu'ils inter-
prètent à leur façon un verset de la Bible et pour peu

qu'ils trouvent à ce verset un sens neuf, ils partent du
pied gauche pour aller fonder une Eglise nouvelle...
N'empêche qu'à la moindre alerte, on les retrouve sur
un seul front, face à l'ennemi. Mais oui, madame, les
vôtres se reconnaissent à certaines heures et, laissez-
moi vous le dire en toute franchise, c'est contre nous
toujours. Si l'Amérique et si l'Angleterre, nos alliées,
n'avaient pas été en grande partie composées de protestants... comme l'Allemagne... depuis longtemps
nous aurions eu la paix que nous méritions. Mais à la
dernière heure, à l'heure des comptes, les « frères »
se sont reconnus sur notre pauvre dos de catholiques.
Plus tard, nos historiens découvriront cette simple
vérité.

— Oh!... protesta Mme Champeyre... Les nôtres ont
fait leur devoir.

— Qui dit le contraire? Ils se sont battus, bien battus... mais aussi, malheureusement pour nous aussi,
ils font la paix, ou plutôt ils ne veulent faire la paix
qu'en ménageant leurs frères.

— Mais, chère amie, fit en souriant M. Sauvaget en
se tournant vers Mme Champeyre, ne vous offusquez
donc pas toujours de ce que dit notre ami Lubernier.
Il ne vous a jamais caché qu'il faisait la guerre aux
protestants. Il révoquerait de nouveau l'Edit de Nantes
si cela lui était possible ..

— ... Et comment! Je vous l'ai dit tout à l'heure,
interrompit le journaliste en riant.

— ... C'est une idée fixe. Il ne nous fait pas l'injure
de nous englober dans sa haine... dans son mépris...

— ... Cela non, protesta Lubernier, riant toujours.

— ... Ni parmi ceux qu'il doit combattre...

— ... Ah! mais si! mais si! piqua-t-il cette fois.

M. Sauvaget, imperturbable, continuait :

— Il a tort, car, à part vous ici, qu'il respecte beaucoup trop... et votre fille...

— ... Certes, certes.

— ... Il n'y a plus ici de protestants; Jeséquel a lâché la Réforme à son retour de Johannesbourg.

— Et comment! gronda le docteur : un tas de moules, ces Boers.

— ... Non empoisonnées, avouez-le, répliqua M. Sauvaget. Mais ici, pour qui prêchez-vous? Suzanne et Maurice, depuis leur séjour chez les Moraves, partagent votre avis... Quant à moi, j'avoue que depuis la guerre mes idées ne sont plus les mêmes au sujet de ma religion — ne soyez pas étonnée de mes paroles, ma chère Edwige, je vous livre le fond de mes réflexions — j'ai la persuasion que le christianisme, s'il veut vivre, doit s'élargir et accepter de faire une seule Eglise dans laquelle toutes les religions se réclamant du Christ entreront... le protestantisme en premier...

Lubernier l'interrompit :

— ... Pourquoi en premier, il me semble que le catholicisme, malgré toutes ses fautes, reste l'origine. Le protestantisme, avec sa Bible à la main, est la plus insignifiante, la plus terre à terre des religions, la plus « pot-au-feu », elle manque vraiment d'envergure, demande la foi la plus banale, la plus bourgeoise. Elle n'eut, n'a et n'aura jamais d'accointance ni avec l'Art, ni avec la Poésie. Elle n'a pas d'artistes. Elle est sans passé, sans grandeur et sans avenir, puisque rien ne peut être ajouté à cet énorme livre indigeste et qu'on s'obstine à trouver admirable: *La Bible,* qui n'est, d'un côté, qu'un tissu de mensonges et, de l'autre, qu'un ramassis de petites sentences fades à prétentions philosophiques, ramassées au petit bonheur. Tout à l'heure, je crois avoir trouvé le mot juste pour vous dépeindre : « Vous êtes des demi-juifs ». Oui, en

lâchant le catholicisme enfantin, théâtral, mais non
sans fastes, vous vous êtes rapprochés des juifs. Vous
leur prenez leurs prénoms, leur manière d'être, leur
manière de voir, leur manière de sentir, de penser,
leur sectarisme. Comme eux, vous ne vous mariez
qu'entre vous ; comme eux, vous vous fréquentez presque exclusivement. Un *papiste* par vous est toujours
mal vu et vous cachez mal le mépris que vous ins-
pirent les catholiques parce qu'ils honorent la Vierge,
unique mère de Jésus, et honorent aussi les Saints,
médiateurs possibles entre l'homme et la divinité ;
parce qu'ils courbent leur front devant les deux doigts
levés d'un Pape, demi-idole dont on proclame l'infail-
libilité. Eh bien, vous avez tort de les mépriser parce
que leurs ridicules sont une preuve manifeste de leur
foi, de leur foi enfantine. Une foi raisonneuse, et surtout qui se croit raisonnable comme la vôtre, n'est pas
une foi, c'est une tyrannie imposée. Sur une petite
histoire de rien du tout sans intérêt aucun... et encore
inspirée d'autres fables, le catholicisme, lui, a bâti de
hautaines cathédrales que ses architectes, ses sculp-
teurs, ses peintres ont enluminées avec tant d'art, tant
d'ingénuité et aussi tant d'ingéniosité que l'imagination en reste vraiment frappée. Autour de tout cela,
des illuminés, des Pères et de craintifs philosophes
ont entassé des livres, encore des livres, toujours des
livres..., tant de livres ! que les cerveaux les plus incré-
dules hésitent avant de pousser le cri de l'absolue
négation. Remarquez que la base, le « rien du tout »,
la petite fable, enfin, reste : ridicule, enfantine, dispa-
rait, submergée sous cet amas de pierres et de livres.
Oui, cela est stupéfiant, mais cela est. N'empêche que
si l'Eglise avait manœuvré avec un peu plus d'humilité
et n'avait trop ouvertement montré son idée de domi-
ner — *Dominare* ! — elle aurait pu rester la dernière

religion des derniers hommes qui ont encore besoin de foi pour vivre, et surtout pour mourir.

— Mais, cher M. Lubernier, fit Jeanne de son petit air pincé, il me semble que je n'ai plus qu'à abjurer.

— Et voilà!... Crois bien, Jeannette, fit Maurice, pour avoir l'air de se mêler à la conversation, que si j'avais la moindre foi, je me ferais catholique. Malheureusement, ou heureusement plutôt, je n'ai aucune foi. J'ai la persuasion, au contraire, que tant que le Christianisme régnera sur la terre, il n'y aura que des malheurs... que le Malheur plutôt.

— Et vous avez raison, Maurice, assura Lubernier. Le Christianisme, nous nous évertuons à le crier aux hommes depuis tantôt deux siècles, le Christianisme a tué la joie de vivre et principalement en s'attaquant aux joies de l'amour qui est la base de tout l'édifice naturel...

— J'ai ma petite fille, M. Lubernier, interrompit Mme Champeyre d'un ton sec, et cillant décidément ce jour-là avec une précipitation inacoutumée.

— Oui, madame, voilà encore un des ridicules chrétiens : l'invention de l'innocence. Toutes les gammes du blanc, c'est-à-dire de la couleur négative, vont donner : les robes blanches, les cœurs blancs, les berceaux blancs, les âmes blanches, les pages blanches, les cérémonies blanches, les deuils blancs... les baisers blancs, les mariages blancs, les conversations blanches, les chambres blanches, les roses blanches, les oies blanches et, naturellement, anathèmes sur tout ce qui n'est pas blanc... Tenez, laissez-moi rire. Et c'est avec une quantité de sornettes pareilles, de pareils préjugés que le Christianisme a pourri la vie, que le Christianisme se montre d'une immoralité dégoûtante, révoltante... Le jour où les vivants, madame, feront revaloir le droit à la vie, des petites filles comme la vôtre, et à son âge, seront des mamans.

Mme Champeyre affectait maintenant de ne pas entendre.

— Vous êtes dur, Lubernier, dit enfin Sauvaget..., mais, je suis obligé de reconnaître qu'il y a beaucoup de vrai dans tout ce que vous venez d'avancer... Je ne fais partie des protestants que par naissance et éducation, mais je sais qu'il y a parmi les protestants des clairvoyants qui, encore une fois, désireraient la Réforme de la Réforme et même la fusion, la rentrée, si j'ose m'exprimer ainsi, dans le giron de l'Eglise.

— Je le sais aussi... Mais cette rentrée, cette fusion plutôt n'est plus nécessaire, elle n'a plus sa raison d'être de nos jours. Le mal a été fait... s'il pouvait seulement ne plus causer de ravages !... s'il pouvait surtout arriver que, dans cette lutte, les deux religions succombassent emportant jusqu'au souvenir de ce christianisme lui-même, ce christianisme qui a engendré tous ces socialismes ridicules et enfantins et à la tête desquels nous ne voyons en somme que des juifs ou des protestants.

— Et puis, dit encore Lubernier à Mme Champeyre, vous êtes contre la polygamie. Parbleu, vous en parlez à votre aise, vous ; vous avez été mariée et vous avez des enfants, mais demandez donc à Mlle Suzanne s'il lui plairait de vivre toute sa vie, écartée et de l'amour et de la maternité, c'est-à-dire du mariage, du vrai mariage.

Suzanne à ce dernier mot seulement sourit en regardant Sauvaget.

— Suzanne, dit celui-ci en se levant, n'a plus à se faire cette question ; et, puisque nous sommes sur ce terrain, laissez-moi vous annoncer mes fiançailles avec Mlle Suzanne Champeyre. Je gardais cette nouvelle pour la fin du repas...

Maurice, de plus en plus pâle, ferma les yeux.

Le Dr Jeséquel qui croyait avoir mal entendu répétait « Comment ? »

Lubernier, abasourdi par cette nouvelle, restait la bouche ouverte, n'en croyant pas ses oreilles. Quant à Suzanne, s'apercevant soudain avec anxiété de la pâleur grandissante de son cousin, elle s'écria :

— Maurice... Maurice, voyons, qu'as-tu ?... quelle sensibilité... mais... il se trouve mal !

Ces mots rappelèrent à la réalité le Dr Jeséquel qui avait fini par comprendre non sans un certain ahurissement que la petite Suzanne épousait son parrain.

Il alla vers Maurice déjà remis et qui s'efforçait de sourire en disant :

— J'ai pris trois cocktails... et cette nouvelle à laquelle je ne suis pas encore fait... c'est idiot... mais... ça va mieux... et il essayait de sourire...

— Et moi donc, ne put s'empêcher de lâcher Lubernier. Bien vrai, Sauvaget, vous pouvez vous vanter de savoir monter une pièce, vous, et bien cimentée encore, voyez-vous ça, une jolie fille comme Mlle Suzanne. Mon cher ami, je vais m'efforcer de suivre votre exemple. Sans compter que si j'avais su, je me serais mis sur les rangs...

— Officieusement ? sans doute ? fit en souriant Suzanne.

Il rougit, se rappelant l'entrevue au café de la Régence, mais protesta :

— Non pas. Officiellement. Tous mes compliments, mademoiselle Suzanne.

— Pour une surprise, vrai, c'est une surprise, continua le Dr Jeséquel.

M. Sauvaget appela Annette et lui parla à voix basse.

— Mes chers amis. Vous allez me faire le plaisir d'accepter une coupe de champagne.

Une heure plus tard, au moment du départ, sans en avoir l'air, Suzanne Champeyre, dans le salon, se trouva en face de Lubernier.

Elle lui glissa :

— Monsieur Lubernier, vous n'ignorez point qu'il y a quelque temps vous m'avez grandement et grossièrement offensée. Vous êtes convaincu aujourd'hui que je ne suis point des filles dont on fait des maîtresses...

— C'est juste, vous êtes plus forte que je ne le pensais, répliqua en souriant le journaliste ; et, d'une voix cinglante il ajouta en regardant Maurice, affalé sur un divan et plongé sans doute dans de tristes pensées :

— Je crois, mademoiselle, que vous allez jouer un bien vieux sujet de tragédie...

Et il s'éloigna se dirigeant vers Maurice auquel il serra la main en disant tout bas, toujours souriant mais les lèvres minces. pincées :

— Adieu... jeune Hippolyte...

DEUXIÈME PARTIE

L'IMPASSE TRAGIQUE

LYSANDRE : ... Jamais le cours des amours sincères ne fut sans trouble et sans orages. Mais tantôt les obstacles vinrent de la différence des conditions... tantôt une disproportion choquante séparant les années.

HERMIA : C'est un fléau que l'Automne des ans soit uni à leur printemps.

(Le Songe d'une nuit d'été,
SHAKESPEARE.)

I

C'est moi qui, sur ce fils chaste et respectueux,
Ose jeter un œil profane, incestueux.

Phèdre (Racine).

Dans la foule d'invités qui se pressait déjà dans un
coin du Temple et qui venait de défiler pour féliciter
les nouveaux époux, Suzanne se retourna tout à coup.
Elle avait senti sur le cou la respiration haletante de
Maurice, et ses petits cheveux noirs frisés au bas de sa
nuque se hérissaient sous cette haleine brûlante.
Elle chercha son regard et vit ses yeux apeurés qui
brûlaient d'une fièvre ardente. Elle sourit de cette
crainte et de cette muette adoration. L'un et l'autre,
de bonne foi, ne prenaient décidément pas ce mariage
au sérieux. L'idée seule que Maurice devenait son
beau-fils, qu'il l'était désormais, la rendait plus
tendre et aussi plus maternelle. D'un signe de tête,
elle l'attira loin de tous :

— Ne me regarde pas comme ça, je t'en supplie,
tu me fais défaillir...

Il murmura en souriant :

— Oui, *maman.*

— Dis-le encore, mon gosse chéri, fit-elle, les yeux
mourants :

— Je t'aime, maman !...

Ils rentrèrent dans la foule, grisés d'eux-mêmes, de leur amour, et dès qu'ils y furent mêlés, Suzanne prit la main inquiète et agile de son fils et se la glissa autour de la taille comme pour lui permettre de prendre, dans ce geste, et en cet endroit, entièrement possession de sa personne.

Leurs regards exprimèrent alors une joie si ardente qu'ils se serrèrent les doigts à se les faire craquer, qu'ils se sentirent trembler et que Suzanne eut l'impression que tout son être s'en allait en eau, dans le spasme qui lui était habituel.

Avant le départ pour le Temple, Mme Champeyre était entrée dans la chambre de sa fille, juste au moment où Maurice venait heureusement d'en disparaître en prenant, en caresse, un léger acompte sur le soir. La mère avait regardé sa fille et avait tourné autour d'elle comme si elle voulait l'entretenir d'un sujet particulier, puis, brève, cassante, sans bienveillance, ni intérêt elle avait jeté :

— J'espère que les choses se passeront bien. Tu pars demain pour la Côte d'Azur. Ta toilette te va très bien. Ne te fatigue pas tro .

Comme en sortant de la chambre de sa fille elle s'était presque heurtée à Maurice qui sortait de la sienne, elle l'avait regardé avec insistance et avait cillé en lui disant :

— Suzanne est parfaite en mariée, il faut la laisser tranquille à présent, n'est-ce pas ?

Maurice, perplexe, s'était demandé si Mme Champeyre avait des doutes et si elle les exprimait de cette manière ambiguë...

Mais Mme Champeyre en descendant avait ajouté :

— Comme il est convenu que nous continuerons à vivre en famille, il serait bon qu'on vous donne tout

le second étage occupé seulement par Annette ; vous
y seriez plus à l'aise et...

Maurice l'avait interrompu :

— Jamais de la vie, ma cousine. J'entends garder
ma chambre, j'y ai mes aises et l'habitude d'y travailler...

Tous deux, perdus dans ce flot d'invités, pensaient
à la nuit qui allait enfin les réunir, les souder enfin
complètement l'un à l'autre. Le nouvel époux avait
donné l'ordre que rien ne fût changé aux Tourelles.
Chacun devait garder sa chambre. Au retour de leur
voyage à la Côte d'Azur, tout devait être bouleversé,
la chambre de M. Sauvaget devait être transformée
en grand cabinet de toilette et M. Sauvaget prendrait
une autre chambre, celle d'à côté qui donnait directement sur la salle de bains. Cette nouvelle disposition isolait encore plus Suzanne et Maurice de toute
espèce de surveillance et les mettait à l'abri plus que
jamais de toute surprise possible.

Après cette nuit, ce serait, au retour, d'autres
nuits. L'attente de ce bonheur qu'ils jugeaient éternel
et qu'ils ne voulaient pas voir criminel — l'époux ne
devant jamais faire valoir ses droits, — les piquait
d'un frisson, d'une âcre et subtile volupté. Maintenant,
ls s'imaginaient que c'était eux qu'on mariait en
réalité ; et ils se tenaient, sérieux et dignes, sous le
regard des invités comme ils s'étaient tenus presque
recueillis sous l'œil du pasteur quand celui-ci avait
remis à chacun des nouveaux époux un exemplaire
luxueux de la Bible.

Soudain, Suzanne pâlit. Dans l'ombre, cherchant à
se dissimuler, elle aperçut le profil sarcastique de
Lubernier qu'elle avait cru rencontrer pour la dernière fois le soir de l'annonce des fiançailles. Elle eut

l'intuition que cet homme savait, qu'il l'étudiait, qu'il les étudiait tous les deux et brusquement, elle s'écarta de Maurice... D'ailleurs Sauvaget l'appelait pour l'avoir à ses côtés dans les embrassades, les sourires et les poignées de mains qu'il fallait prodiguer à tous ces gens de l'usine de Senneville et des Bureaux de la rue La Boétie, accourus pour féliciter le directeur ou l'ami.

Une vingtaine d'invités seulement devaient gagner Marguery où les attendait un déjeuner qu'on ferait assez hâtivement. Les époux comptaient être de retour aux Tourelles sur les cinq heures et encore devaient-ils, avant, passer prendre, avenue de l'Opéra, une malle monumentale spécialement commandée pour le voyage à Nice...

A trois heures et demie, Suzanne, à la sortie du restaurant, rue d'Hauteville, s'engouffrait la première dans l'auto et, à côté d'elle, prenait place son époux tandis que Maurice, assis en face d'elle, déjà échauffé par les vins fins et le champagne, sentait des bouffées de chaleur lui monter à la tête chaque fois que la jeune femme le frôlait de ses genoux auxquels elle savait donner une amoureuse pression.

Sur les neuf heures, fatiguées, Mme Champeyre et sa fille se retirèrent. La veuve durant tout le long du jour avait à peine adressé la parole à Suzanne. Elle ne semblait ni heureuse, ni fière, ni contente de ce mariage qui la mettait pourtant, et à jamais, à l'abri du besoin. Jeanne, stylée sans doute par sa mère, s'était effacée. Trois ou quatre fois, elle avait bien tenté d'accaparer Maurice... mais celui-ci s'était toujours échappé, attiré malgré lui, dans le sillage de la robe blanche de l'épousée.

M. Sauvaget, comme d'habitude, embrassa Maurice

à la porte de sa chambre et conduisit lui-même
Suzanne jusqu'au seuil de la sienne en lui recomman-
dant de dormir d'un trait si possible, les fatigues du
voyage devant commencer le lendemain.

.   .   .   .

... Doucement, chacun de son côté, ils étaient allés
à la porte de communication. Et lorsque celle-ci
s'ouvrit sous la poussée tremblante de Suzanne, elle
et Maurice s'étreignirent furieusement. Il fallut que
Suzanne fît appel à toute son énergie pour repousser
son beau-fils qui la voulait prendre sur-le-champ, sur
son lit de jeune fille et dans sa toilette de mariée que,
par raffinement, elle avait gardé, prétendant qu'elle
ne devait plus jamais la remettre. Et ce n'est que,
plus tard, lorsqu'elle jugea que tout le monde aux
Tourelles devait dormir, qu'elle réapparut en ses voiles
blancs dans l'embrasure de la porte. Alors, Maurice
la prit éperdûment dans ses bras, baisant violemment ce cou, cette nuque et cette bouche depuis si
longtemps sienne. Il porta Suzanne sur son lit et,
troussant toutes ces blancheurs crémeuses, il se rua
sur cette chair déjà mille fois possédée, vierge quand
même, et qui avait eu la force de se garder intacte
pour lui jusqu'au soir de *ses noces*...

II

Lorsque le train, après Corbeil, eut pris sa course à une allure qu'il devait conserver jusqu'à Laroche, Suzanne se leva, baissa à demi les stores du coupé-lit et, s'approchant de la portière, respira longuement. Une bouffée d'air lui souleva ses guiches et les agita quelque temps comme deux petits drapeaux noirs posés sur ses tempes.

Au loin, au-dessus des paysages tournaient autour d'elle, circulairement, dans la fuite du train; le soleil se couchait sur des nuages roses et or; des villas, surgies brusquement, tournoyaient un instant sur elles-mêmes et s'anéantissaient, rejetées hors du cadre des portières. Tout à coup le train plongea dans une tranchée, puis s'engouffra dans un tunnel dont la longueur lui sembla démesurée.

M. Sauvaget qui la contemplait en souriant lui dit:

— Assieds-toi donc, Suzanne. Tu vas finir par attraper froid. Il faut se méfier des derniers jours d'été.

L'esprit ailleurs, elle répondit

— Vous avez pris les livres, parrain ?

— Oui, mademoiselle, j'ai pris les livres que vous m'aviez prié de vous acheter.

Et comme elle le regardait, étonnée de ce « Mademoiselle » et de ce subit « vouvoiement ».

— Je t'ai déjà dit, ma petite Suzon, que maintenant il fallait à ton tour me tutoyer, ou, sans cela, je vous dirai aussi : « vous » et je t'appellerai « Mademoiselle ».

— Voyons, l'habitude est prise depuis si longtemps, si longtemps, parrain... Depuis hier, je m'essaie, j'aurai bien du mal...

— Mais non, observe-toi pour commencer, répliqua M. Sauvaget... Que diable, continua-t il en souriant... si je ne suis pas *encore* ton mari... laisse-le croire... Je suis tellement flatté, heureux d'avoir pour femme une... enfin... ma Suzanne qui est si jolie !...

Un mot, au passage, avait frappé Suzanne : *encore*... et elle se demandait anxieusement si c'était à dessein que M. Sauvaget l'avait prononcé... Mais non, elle était bien sûre que ce mot lui avait échappé sans qu'il voulût lui donner le sens menaçant qu'elle lui prêtait. Peut-être ironisait-il sur son cas... après tout, assez spécial, elle en convenait.

— Alors, fit-elle, dis-moi ce que tu as acheté, parrain ?

— Bien, dit-il... tu t'y feras, tu oublieras bientôt le « parrain ». Eh bien, ma chérie, voilà le lot, lis toi-même.

Ellle s'empara du paquet, en défit soigneusement la ficelle du bout de ses doigts aux ongles à présent rosés au carmin et jeta un coup d'œil distrait sur les titres :

— Tiens, une réédition de *la Faiseuse de gloire*, de Paul Brulat !... *le Martyre de l'Obèse*, d'Henri

Béraud ; *l'Evangile de l'Amour*, de Gomez-Carrillo ; *le Grand Secret*, de Mæterlinck ; *le Cinquième Evangile*... Evidemment, dès que ce mot évangile a sauté à vos yeux, vos mains ont sauté sur votre portefeuille... Heureusement que, cette fois, mon cher... tu es refait... La signature d'Han Ryner me fait augurer tout autre chose que... tu pensais.

— Tu deviens méchante, Suzon, sais-tu ?

— C'est l'effet du tutoiement, peut-être ?

Cependant M. Sauvaget qui avait mis sa casquette de voyage, se préparait à parcourir *Le Temps*.

— A quelle heure dites-vous... dis-tu, serons-nous à Lyon ?

— A cinq heures du matin. Tu vois que tu as le temps de te coucher, de te déshabiller complètement si le cœur t'en dit.

— Pensez-vous ?... Non... Penses-tu ?... me coucher ?

— Oh ! il n'y a qu'à baisser le cache-lumière, Suzanne. Tu aurais tort. Mets-toi donc à l'aise. Un pyjama est vite passé, je t'assure que tu me remercieras demain matin.

Elle sentit qu'il disait vrai.

— Tu as raison, après tout, parrain, fit-elle.

— Appelle-moi Louis... n'est-ce pas mon prénom ?

— Tout, d'un coup, alors ?

— Mais oui, mets les bouchées doubles.

— Alors, tourne-toi...

— Pourquoi ? Derrière ce journal, un vrai paravent, tu sais... je ne saurais te voir à travers l'article d'Henry Leyret que j'ai commencé tout à l'heure.

Elle le regarda, étonnée elle-même de ne pas être plus confuse et ayant tiré de sa valise son pyjama, elle se déshabilla, mais non sans quelque hâte. Toutefois quand elle se vit en combinaison, elle se sentit moins d'aplomb et c'est avec fébrilité qu'elle enfila son pantalon et revêtit son veston.

Son mari n'avait pas bougé.

« — Allons, pensa-t-elle, j'en suis quitte pour la peur. Il m'avait semblé qu'il m'observait.

Elle se glissa dans la couchette.

— Là, fit-elle, à présent, passez-moi mes cigarettes... et si tu veux, bavardons un peu.

— Bavarder ? certainement. De quoi veux-tu que nous bavardions ?

— Je ne sais pas, moi, du pays où nous allons.

— Tu le connais par tes lectures, aussi bien que moi. C'est un pays d'enchantement, un petit paradis sur la terre, surtout du côté du Trayas Tu verras, au soleil couchant, ce que peuvent être de beaux arbres sombres plantés dans de la terre rouge sur un fond de mer bleue avec, au premier plan, des rochers d'or.

— Rouge, jaune or et bleu, les trois couleurs fondamentales opposées les unes aux autres, bigre ! Il n'y a que Dame Nature qui peut se permettre une audace picturale pareille... Et Nice ?

— Splendide, la ville ; splendides les environs du Cap d'Ail ; splendide la route qui mène à Monte Carlo ; je te dis : le Paradis dans toute sa splendeur, tu verras, tu ne seras pas désenchantée.

— Et, à Monte-Carlo, tu as déjà joué, parrain ?

— Peuh !... cent francs peut-être, il y a dix ans, en passant, j'ai horreur du jeu.

— Tu me permettras de jouer une fois ?

— Si tu veux tenter la chance, je t'ouvre un crédit de cinq billets...

— C'est trop, je n'en prendrai que deux, un pour toi, l'autre pour moi... et certainement je gagnerai.

— Aux innocentes les mains pleines... On gagne

toujours les premières fois, c'est comme un fait exprès et... c'est là le danger.

— Où nous attend Jean, ton chauffeur ?

Il rectifia :

— Le nôtre... à Lyon. Nous resterons la matinée dans cette grosse ville, nous y déjeunerons et nous irons coucher à Avignon ; puis, par petites étapes, nous gagnerons Marseille, Toulon et, tout doucement, nous arrêtant un peu où les sites nous retiendront, nous nous dirigerons sur Nice.

— Bons hôtels sur la route ?

— De Marseille à Nice, oui... Avant... c'est à la grâce de Dieu et du Bædecker à qui nous nous fions. De là, si tu veux, toujours par les petites voies, nous toucherons Gênes et nous resterons deux ou trois jours à Pegli. Là, je te ferai manger des sardines fraîches aux petits pois, un mets du pays.

Ils bavardaient comme deux vieux amis qu'ils étaient.

— Vois-tu, Suzon, toute petite je t'aimais presque autant que j'aimais Maurice ; aussi conçois ma joie quand je t'ai vue grande fille t'attacher à mon fils. Ah ! si tu avais eu quelques années de moins, une dizaine, avec quelle joie je t'aurais mariée avec lui... s'il t'avait aimée, évidemment, autrement que comme un frère... C'est avec lui que tu partirais là-bas. J'ai eu tellement peur de te laisser seule sur la terre, j'avais tellement hâte d'assurer ton avenir, je voulais tellement te voir heureuse...

Emue, Suzanne lui tendit la main.

— Que vous êtes bon, parrain...

— Tu ne regrettes pas, au moins, répliqua-t-il en lui baisant les doigts.

— Regretter quoi ?... Les leçons imbéciles que je donnais, la boue, la misère à l'horizon, la vie sans

joie, sans aisance... oh non!... je ne regrette rien...
encore rien, ajouta-t-elle en le regardant en souriant.

— La misère! Oui, c'est ce que je voulais éviter
et... je n'ai trouvé que ce moyen-là, t'épouser.

— Mais... hasarda Suzanne... vous me laisserez
bien un peu de liberté, car, même en cage dorée,
l'oiseau s'ennuie...

— Tu feras tout ce que tu voudras. Tu es sérieuse,
bonne autant que belle. Rien, non jamais rien de toi
ne pourra atteindre l'ami que j'entends rester
pour toi. L'amitié, vois-tu, conclut-il mélancoliquement, c'est meilleur, ... et c'est plus sûr que l'amour...

Elle s'endormit lasse, bercée par la monotonie de
mesure à trois temps du rapide, en songeant à la
nuit précédente qui l'avait laissée meurtrie... mais si
heureuse!

III

> O toi qui vois la honte où je suis descendue,
> Implacable Vénus, suis-je assez confondue?..
> Tu ne saurais plus loin pousser ta cruauté.
>
> *Phèdre* (RACINE).

Mme *Suzanne Sauvaget à M. Maurice Sauvaget.*

Nice.

Mau, mon pauvre Mau !

Si tu savais !... C'est effarant, c'est effrayant ce qui vient d'arriver... (ce qui vient de m'arriver devrais-je écrire plutôt...) Je t'avais expliqué dans ma dernière lettre envoyée de Marseille, pourquoi je ne me croyais plus en sûreté avec *lui*. Je sentais que des choses extraordinaires se préparaient. Eh bien, ces choses extraordinaires se sont passées sans que je puisse me rendre compte exactement de quelle façon elles sont arrivées. Maintenant, j'ai envie de fuir, de me cacher, de disparaître, de me tuer tellement je me dégoûte, tellement je me méprise, tellement je me hais... Tu ne comprends pas, mon pauvre Mau ! Essayons de te faire comprendre.

Nous sommes deux pauvres gosses que notre naïveté

vient de précipiter dans la tragédie la plus mons-
trueuse... Comment t'expliquer tout cela ?

Lorsque ton père a demandé ma main, il m'a bien
fait comprendre qu'il tenait à ce mariage parce qu'il
nous tirait moi, et ma famille, de la vie misérable qui
nous attendait dans le cas où il viendrait à disparaître... Je n'ai pas rêvé, n'est-ce pas ?... et... c'est
bien ainsi que toi-même, que tout le monde dans notre
entourage, a compris son geste. Je n'ai pas hésité à
accepter cette union qui me rapprochait de toi pour
toujours parce que cette union ne devait jamais être
« consommée » (quel mot idiot !)

Tu comprends qu'aimant le fils, qu'ayant été si longtemps la demi-maîtresse de ce fils dont je suis l'amante à
présent, j'aurais mieux aimé mourir plutôt que devenir
la réelle épouse du père. Tout *nous* permettait donc de
croire que ce mariage était et serait « blanc ». Dans
ces conditions, en continuant à nous aimer nous ne *le*
lésions point lui, le Père. Dans notre histoire, il n'y
avait, en plus, qu'une cérémonie ridicule, à laquelle ni
toi, ni moi nous n'attachons d'importance, d'ailleurs.

Pour moi, c'était — à ton détriment seulement —
la vie matérielle assurée pour ma mère, ma sœur
Jeanne et moi-même. Je compris donc que le geste
de M. Sauvaget était un geste d'élégance et que ce
geste rare, dans le même temps, lui créait un vrai
foyer, un foyer durable. J'étais depuis si longtemps
ta « petite mère » pour rire qu'il ne me déplaisait
pas, je l'avoue, de le devenir pour de bon, car je crois
que je ressens pour toi toutes les amours à qualificatifs sonnants.

Il m'était donc impossible de voir en effet, dans
mon parrain, un autre personnage qu'un Père.... Lui,
le grand ami, le Parrain, le cousin des miens !

Je ne pouvais supposer qu'un homme ayant dépassé

la cinquantaine de cinq, même de six ans, fût à même
d'avoir encore des velléités amoureuses pour une
petite fille qu'il avait fait sauter sur ses genoux, alors
que lui était déjà marié et père de famille.

Pour nous autres jeunes filles, la vieillesse ne com-
mence-t-elle pas chez l'homme à la cinquantaine?
Près d'un homme de cet âge, nous nous sentons en
pleine sécurité. C'est notre tort. La faute en est à cette
éducation fausse et toujours faussée qu'on nous
donne. En l'épousant, et sur la foi des traités en
quelque sorte, je le répète, je ne pensais donc point
lui causer le moindre dommage en... devenant ta
maîtresse... (à condition, bien entendu, de continuer
à sauver les apparences ce, à quoi, nous autres, protestants nous nous entendons fort bien). Je me réservais
même, en mon for intérieur, le soin de le mettre au
courant si jamais notre amour avait des suites, persuadée qu'il accepterait une paternité dans laquelle il
n'était pour rien, mais qui lui tenait tout de même au
sang! L'idée que ce mari réclamerait un *soir* ses droits
ne m'était jamais venue... non, jamais... je te le jure
encore... et tu me crois. Naïfs! que nous étions naïfs
Cette idée, malheureusement lui est venue... Mau,
Maurice chéri, comprends-tu? Elle lui est venue cette
idée!... Il fut parfait dans le train qui nous emportait
à Lyon, parfait, en auto, de Lyon à Marseille... Préve-
nant, paternel, gai, se réjouissant de mes enthou-
siasmes, les provoquant au besoin... Bien que quelquefois, dans la journée, il m'embrassait trop en disant :

— Il faut bien laisser croire à Jean et me laisser
croire à moi que tu es *déjà* ma femme... c'est pour
« la galerie », embrasse-moi?

Partout, il prenait deux chambres, communiquant
si possible, ce qui me semblait très naturel, car ce
voisinage nous permettait de bavarder la porte

ouverte et d'aller l'un chez l'autre, comme nous dans « notre » appartement. Oui, je me sentais en pleine sécurité.

Nous arrivons ainsi jusqu'à Nice.

Mais voici qu'à Cagnes, on nous informe à l'hôtel qu'il ne reste plus qu'une seule chambre !...

Il sourit et dit au gérant :

— Ma foi, nous n'avons pas l'habitude de partager la chambre, ma femme et moi, mais, pour une fois...

Dès que nous nous trouvons seuls, furieuse, je lui dis :

— Vous êtes fou. Vous ne pensez pas une minute que je vais me coucher dans un lit avec vous ?

Il feint l'étonnement et me répond :

— Quelle importance vas-tu donner, Suzanne, à cet arrangement ?

— Non et non, vous ferez dresser un lit à côté du mien, c'est tout ce que je puis tolérer et j'en suis assez ennuyée, croyez-le.

— Soit, fait-il. Je remarque son air vexé.

Il donne des instructions et, après le déjeuner — un déjeuner plutôt froid ! — nous montons dans la chambre, dans *notre* chambre... Notre chambre !...

Là, il me prend les mains et me fait un discours qui renverse toutes les idées que j'avais sur lui, sur lui et sur notre mariage :

— Ma petite Suzanne, voici dix jours, me dit-il, que nous sommes mariés. Jusqu'ici je t'ai laissée — je t'ai délaissée, devrais-je dire plutôt — parce que je voulais que tu te fisses à l'idée que tout en restant ton ami, ton parrain, je devenais ton époux. Je ne suis pas un Troglodyte, moi. Je constate avec peine que tu n'as pas compris la délicatesse de mon procédé. S'il te plaît de ne voir toujours en moi que ton ami, ton parrain, ton bienfaiteur, ton tuteur, il ne m'est

guère possible à moi de ne voir toujours en toi éternellement que ma petite amie, ma filleule et ma
pupille. Mes sentiments sont tout autres... Ils se sont
transformés... Ainsi, tu n'as jamais songé que je
pouvais être ton époux... pour de vrai?

La stupéfaction la plus intense doit se peindre sur
mon visage... Je veux répondre... je bafouille et soudain me voilà sanglotant... Il me prend dans ses bras
et cherche à me consoler. Je me dégage, et je lui jette
à travers mes larmes :

— Non, en vérité, je n'ai jamais songé à ce que
vous dites parce que... ce que vous me demandez, je
ne le veux pas, je ne le peux pas ; tout mon être se
révolte à l'idée que moi, je vais, je dois être votre
femme. Je me refuse de toutes mes forces et cela est
si vrai que je préfère me séparer de vous... tout de
suite et, quoiqu'il m'en coûte, pour moi et les miens;
oui, je préfère le divorce... Il y a eu un malentendu,
mais de part et d'autre nous avons été de bonne foi,
je veux bien le croire... bref... Je ne sais plus trop ce
que je lui ai dit, j'étais folle... je pleurais, je grinçais
surtout des dents. Lui, qui ne m'avait jamais vu dans
cet état et s'étonnait de ma brutale explosion, me
suppliait de me calmer, m'assurait de toute son
amitié et me conseillait de n'être pas aussi catégorique
quant à l'avenir...

Il me pria de sécher mes larmes et de me préparer
à sortir. Son intention, disait-il, était d'aller au cap
d'Ail et, après, à Monte-Carlo. Nous dînerions tôt au
Café de Paris et nous irions au théâtre. Justement ce
soir-là, on devait jouer *Manon*.

Et tout ce programme fut exécuté, fut, hélas! trop
bien exécuté. Les cocktails, le dîner au champagne,
la pièce — et quelle pièce? Manon! — la musique...
et quelle musique?... Massenet!

Et après, nous nous sommes rendus à la maison
de jeu. J'ai jeté d'un coup 300 francs et j'ai gagné près
de 2.000 francs... Evidemment!... Après cela, nous
avons été souper. J'étais très gaie, je voulais être gentille pour lui faire oublier, n'est-ce pas... et soudain
je me sentis toute drôle. Je n'étais pas comme ivre;
j'étais vraiment ivre. J'avais été grisée, de sang-froid.
par un homme qui me voulait, un mari qui prétendait
avoir des droits sur moi! Non, je n'avais plus ma
tête. Pouvais-je me douter qu'il abuserait de moi,
dans la nuit! Oui, Maurice, c'est ainsi. Inutile de te
dire qu'en le trouvant au réveil à mes côtés, je me
suis sauvée d'abord dans la salle de bains et qu'ensuite
je suis sortie jusqu'à midi. Pas un mot depuis
deux jours n'a été échangé entre nous. Il garde
envers moi un silence énigmatique et moi un silence
plein de rancune; je le hais. Dans le fond, nous ne
savons nullement quelle attitude nous devons adopter
l'un vis-à-vis de l'autre. J'ai songé un moment — le
lendemain — à partir, n'avais-je pas de l'argent, les
deux mille francs gagnés au jeu! Mais où aller? Te
rejoindre?... et puis?... Comment vas-tu prendre à
présent cet épouvantable viol, car c'est un viol, un
viol légitime, mais ce n'en est pas moins un viol.
Quelque chose, quelqu'un — ton père! — a sali notre
amour. Je te dis que ma situation, ta situation, notre
situation est effrayante. Que va-t-il sortir de tout cela?
Encore, si je pouvais savoir ce que tu penses, mais
dans deux jours, nous partons pour Milan. Nous
partons! il me traîne à Milan... alors, pas de nouvelles! Oh! si j'avais pu, si je pouvais te laisser
ignorer!... Quelle infamie viens-je d'écrire là!

Ta malheureuse Suze.

Milan.

Oui, Maurice, nous nous reparlons. La paix a été signée. Il m'a juré, qu'il attendrait que je comprenne la situation! Oh! Ce n'est plus comme avant... S'il savait le mal qu'il s'est fait dans mon esprit, comme il regretterait sa conduite! J'ai de la haine pour lui. En voilà un qui a perdu d'un coup, toute mon amitié, toute ma reconnaissance et tout mon respect, et tout cela pour une petite satisfaction charnelle, ou plutôt une satisfaction d'amour-propre (quelle ironie dans petite certains mots composés!) Il ne s'est aperçu de *rien*. — Hier, nous nous sommes trouvés dans un café où l'on soupe, en face la Scala. Il y avait là un tas de femmes qui « cherchaient ». Je lui ai demandé d'en inviter une... Après bien des difficultés, il a consenti à satisfaire ma curiosité. A un moment donné, j'ai profité d'une de ses « courtes absences » pour dire à la femme qui baragouine un français bizarre :

— Il y a cinq cents lire pour vous si vous arrivez à l'emmener chez vous.

Mon projet? tu le devines! Je le pinçais et le divorce, notre *divorce charnel*, je l'obtenais à l'amiable. La femme, une jolie rousse, avec des yeux noirs a ri et a accepté. Sous un prétexte quelconque, sans même lui laisser le temps quand il est revenu, je suis sortie. Je suis restée une heure dans la cathédrale de Milan (ce morceau de saindoux posé sur une place!) Quand je suis revenue, ils étaient toujours tous les deux attablés l'un à côté de l'autre. Il avait, lui, les yeux très brillants. Elle m'a fait un signe affirmatif, ce qui voulait très certainement dire qu'ils avaient pris rendez-vous. Non, ce que j'étais heureuse...

A la sortie, désenchantement complet.

— Tiens, voilà l'adresse de cette grue... ou plutôt de cette jeune fille qui « fait sa dot ».

Et il m'a expliqué que parmi toutes ces *grues* comme il dit, certaines se ramassaient une dot dans la prostitution. Mariées, elles devenaient d'excellentes mères de famille — (ô les chemins tortueux de la vertu, Justine!) — Je ne pouvais pas lui dire : « Vous auriez dû pousser plus loin votre enquête. »

Nous partons à Gênes demain matin.

Nous partons! Inutile de t'écrire que je regarde sans voir tout ce qu'on me montre. Un cicerone nous accompagne, un cicerone qui s'obstine à m'appeler « Mademoiselle » et à me faire des yeux langoureux. Sur la façade de *Santa Maria della Passioni*, j'ai lu : *Amori et Dolori sacrum*. Voilà une église où j'aurai ma place, moi, désormais « consacrée à l'amour et à la douleur! » Au musée, un musée où s'entassent croûtes sur croûtes, j'ai pu tout de même admirer des restes de fresques de Fra Angelico. En somme, le *Frate Morte* de Velasquez est le diamant de ce musée.

Gênes.

Autre cicerone, autre ville, — plus curieuse celle-là avec toutes ces *ruelles* débouchant sur la mer — Une grande statue en sortant de la gare gâte tout le paysage. Par le tramway on peut gagner Pegli, délicieux petit Trouville, un Trouville tout bleu avec des palmiers. En regardant les paysages, la mer, je me casse la tête pour chercher à deviner tes pensées et tes souffrances, car tu dois souffrir horriblement mon pauvre petit et que faire? Il me faut gagner Venise qui terminera enfin ce voyage... de noces — ce voyage atroce.

Venise.

Je ne sais pas si elle est morte, cette vieille ville, mais, sincèrement, elle sent le cadavre. Quelle puanteur, aux pieds de tous ces palais, se dégage de ces canaux ! Oui. Décor d'Opéra-Comique avec bel éclairage. Tout semble artificiel. Peut-être que, vue avec toi, cette cité des Doges m'apparaîtrait féerique. En face de toutes ces tragédies passées je songe à la nôtre dont le premier acte commence. En gondole, nous sommes allés à Saint François-dans-le Désert. C'est dans cette petite île que le saint François d'Assise, en débarquant d'Afrique, voulut prier et, que, dérangé par les oiseaux siffleurs, il leur dit : « Petits oiseaux, vous m'empêchez de prier Dieu. » Il n'y a plus de Dieu... et il n'y a plus d'oiseaux. Par là, on doit aussi comme en Provence, les prendre maintenant pour des « casquettes ». Au fond, Venise c'est du romantisme hors cadre, du romantisme en pierre de taille, en eau, en ciel, en décor enfin. Pas de commodités réelles. J'ai vouloir voir la *casa Mesani* où George Sand écrivit ses *Lettres d'un voyageur* à côté de l'*Enfant sublime numéro deux* (A. Musset) Pagello ! *Elle et Lui ! Lui et Elle, Elle ! Lui !* — (Elle? Moi ! Lui? Toi ! —) Dans quatre jours — Asnières ! — Asnières? Ton amour ou ta haine ou... ton mépris... et peut-être tout cela en même temps. *Chi lo sa ?*

Suzanne ne se trompait pas. Maurice, malade, torturé, ressentait pour elle ces trois sentiments d'opposition factice : l'amour, la haine et le mépris.

IV

Phèdre (Racine).

Depuis son retour de Nice, à moins d'incidents imprévus qui l'obligeaient à sortir, Suzanne consacrait presque toutes ses après-midi à la musique. Elle s'enfermait dans le salon et, sinon pour une raison sérieuse, elle avait prié qu'on ne la dérangeât point. Tant que la lumière du jour lui permettait de lire sa partition, installée devant son Erard, Suzanne jouait. Elle jouait pour tuer l'heure, pour abrutir sa peine ; elle jouait comme elle aurait pris de l'alcool, car la musique comme l'alcool avive peut-être mais déplace sûrement certaines souffrances, surtout la musique russe. C'était à cette musique — la plus humaine donc la plus douloureuse, que s'adonnait la nouvelle Mᵐᵉ Sauvaget. Mais sitôt le crépuscule tombé, elle quittait son piano, s'affalait sur le divan bas et, dans la pénombre, toujours refuge propice à la souffrance des gens et des bêtes, elle se mettait à sangloter. Et presque tous les jours, il en était ainsi depuis son retour de voyage de noces.

Décevant voyage ! terrifiantes noces ! triste retour surtout !

Elle qui s'était imaginée que Maurice compatissant à son malheur la serrerait sur son cœur avec une passion contenue... Maurice lui avait tendu la main en tremblant, une main brûlante de fièvre et, dans ses yeux cernés, elle avait lu avec épouvante l'inexorable décision de la rupture !...

... Et il avait fallu sourire à la mère... raconter à la sœur... prendre un air heureux pour M. Sauvaget, à présent galant, empressé auprès de sa jeune femme... Tout cela sous les regards méprisants de Maurice. M. Sauvaget, s'étant aperçu de la mine mauvaise de son enfant, s'était enquis avec une mansuétude toute paternelle et toute amicale à la fois :

— As-tu quelque chagrin ? quelque sujet de mécontentement ?

— Non, avait répondu Maurice, pour l'instant, je ne dors pas bien... j'ai des tas de choses en tête et s'il me fallait pour me soigner, les abandonner, je sens que je tomberais véritablement malade ; mieux vaut donc ma fatigue qui me donne ma mine de papier mâché.

Et le soir, avant de monter se coucher, — quand elle s'était approchée de lui pour l'embrasser, selon la vieille habitude d'antan — avec quel dégoût il s'était reculé !

Suppliante, elle avait murmuré :

— Maurice !

Il avait ricané, secoué la tête et était entré chez lui. Elle l'avait entendu fermer sa porte à clef. Vivement, Suzanne s'était précipitée dans sa chambre, avait couru à l'autre porte dans l'espoir que le verrou n'était pas poussé... La porte à l'aide d'un instrument spécial était condamnée par le bas. Alors, la malheureuse s'était agenouillée devant cette porte, sanglotant faiblement, mais assez fort pour que sa plainte arrivât à son amant également terrassé par la douleur. La porte était restée close.

Le lendemain et depuis, de bonne heure, Maurice partait pour Paris et rentrait le soir pour le dîner sans donner d'autres explications que des travaux qui le retenaient à la Bibliothèque Nationale.

« — Il a raison, avait pensé Suzanne, il faut que je tue en moi cette passion devenue odieuse à présent que j'appartiens au père. Je ne puis être, en effet, en même temps et au père et au fils !...

Mais elle se révoltait contre le destin :

« — Je n'ai pas voulu être au père ; non, c'est par surprise qu'il m'a eue, j'ai épousé le père parce que je voulais uniquement être plus près du fils. C'est le père qui est le coupable... Lui, ne devait jamais m'approcher. C'était même la condition tacite de ce mariage disproportionné. Il aurait donc suffi que, par surprise, cet étranger me prenne, que dis-je, me viole pour que je sacrifie mon amour qui est ma vie. Non, tout cela, je ne l'ai pas voulu et je ne le veux pas, c'est mon cœur seul qui doit commander ici... Je me révolte à la fin !...

Et elle se mettait à sangloter plus fort :

« — Je suis infâme, je mens, je mens, je lui mens à mon amour, moi, je lui ai menti...

Suzanne, en effet, n'avait pas été qu'une seule fois à son mari. Depuis Nice, M. Sauvaget, dans les divers hôtels où ils étaient passés, s'était toujours arrangé pour avoir deux lits dans une chambre commune. Chaque nuit, il était allé la trouver dans le grand lit qu'il lui cédait toujours. Plusieurs nuits de suite elle s'était énergiquement refusée... Un soir, par lassitude,

par dégoût, par veulerie ou par désespoir, le savait-
elle... elle avait abandonné son corps en se donnant
pour excuse que le nombre de fois — à présent qu'il
l'avait eue — importait peu. D'ailleurs, le ciel médi-
terranéen toujours beau, l'atmosphère un peu spéciale
mais toujours d'amour, agissait sur les sens de cette
créature essentiellement sensuelle.

« — Et tout est contre moi, gémissait-elle, la figure
perdue dans les coussins, tout. Je n'ai rien fait pour
être la victime que je suis et je me dégoûte... oh, que
je me dégoûte !...

Suzanne osait à peine s'avouer que, dans les bras de
son mari, elle avait fini par goûter un plaisir parce que
privée sans doute mais peut-être aussi parce que cette
prise, pour elle, se pimentait, d'un souvenir qui le
rendait incestueux. Elle avait beau s'accuser d'être un
monstre, elle n'en était pas moins, à certains moments,
la proie de cette luxure qui la poussait, dans les bras
du père, à penser à Maurice, son fils ! Elle ne voulait
pas convenir non plus que, certains soirs, quand il
rentrait de Paris, elle aimait à tourner autour de lui,
dans sa chambre, pendant qu'il se mettait à l'aise,
avec l'espoir qu'il *irait* à elle. Il y avait trois semaines
que ce supplice durait et que la malheureuse cherchait maintenant elle-même dans ces rapports un
palliatif — presque l'oubli ! — à sa réelle douleur. Le
cœur humain est plein de ces mystères insondables !

Une après-midi, qu'elle s'anéantissait dans la
musique de Tchaïkosky, d'Ockialki, de Fibich, la porte
s'ouvrit soudain et Jeanne, une Jeanne affolée, san-
glotante, pâle, défaite, parut, tenant dans ses mains
un objet qui ressemblait de loin assez à un album.

Elle fit douloureusement :

— Oh ! Suzanne, oh ! Suzanne !

— Qu'est-ce que tu as? s'écria Suzanne en se précipitant sur sa sœur.

— Si tu savais?...

— Mais quoi, parle?...

— ...Ce qu'il y a dans cet album et elle le désignait dans un geste de dégoût ou de suprème épouvante.

— Eh bien, donne? fais voir?

— Oh!... Suzanne.

— Est-tu folle? s'écria Suzanne... à quoi rime alors ton entrée dramatique? Ne fais pas l'enfant; donne-moi cet album?...

— Ecoute, Suzanne, fit Jeanne en resanglotant..., écoute, il vaudrait mieux que tu ne le regardes pas;... tu serais écœurée!

— Donne, commanda Suzanne décidément intriguée.

D'une prise brusque, elle lui arracha presque le livre des mains, l'ouvrit et resta comme pétrifiée.

A la première page, comme ouvrant symphoniquement le poème de la chair, son père et sa mère...

Nerveusement, elle tourna la page et vit que le « poème » se déroulait avec ampleur, avec sérénité...

Pour toute autre qu'elle, cette révélation eût été déconcertante. Elle pensa :

— « Et après... ils s'aimèrent... tant mieux », et songeant à sa mère : « La glace brûle. »

A cause de Jeanne, elle referma le livre et demanda très calme :

— Tu l'as regardé?

— Penses-tu... dès que j'ai vu... ce que c'était, je l'ai fermé cet album.

— Où as-tu trouvé cette... « machine-là »?

— En cherchant ma dernière poupée; tu sais bien : Juliette, *la petite Yette*, celle qui avait les cheveux blonds et les yeux noirs... enfin, ma dernière.

— C'est tout?

— Oui, je l'avais à plusieurs reprises, demandée à maman ; elle me promettait toujours de la chercher... tout à l'heure l'idée m'est venue d'opérer moi-même ces recherches et...

— ...et tu as trouvé ceci... C'était enveloppé?

— Non. Si le paquet avait été enveloppé, je ne l'aurais peut-être pas défait, une poupée même empaquetée ne ressemble guère à un album empaqueté.

— Tu aurais dû le remettre en place et ne m'en point parler.

— Je n'aurais pu garder pour moi seule cette effarante trouvaille..., et puis, j'étais suffoquée, révolutionnée... songe donc tout d'un coup... apprendre brusquement ce que l'on s'efforçait de me tant cacher !

— Evidemment, fit Suzanne ennuyée, c'est une initiation un peu brutale, j'en conviens, mais ne fais pas ta Sainte Nitouche...

— Et mon père ! et ma mère ! Suzanne, n'est-ce pas épouvantable !... Ah ! ce que ça me dégoûte de l'amour, ce que c'est sale, l'amour, pouah ! Moi je n'aimerai jamais, c'est trop dégoûtant...

— Ne dis pas de bêtises, Jeannette. L'amour ce n'est pas que *ça*...

— Oui, mais c'est *ça* aussi.

Toutes les deux restaient l'une devant l'autre, gênées.

— Il va falloir remettre cet album à sa place de façon que maman ne s'aperçoive jamais qu'il a été dérangé, tu m'entends? Tu me fais l'effet d'une petite fille qui est entrée sans frapper dans la chambre de nos parents..., cela n'a pas plus de gravité à mes yeux.

— Soit, mais maintenant, fit Jeanne, en pleurs c'est bien fini, il me semble que jamais plus je n'embrasserai maman... comme avant.

— C'est idiot, ce que tu dis là. D'abord, ne pleure pas, ma petite Jeanne. Voyons, tu as seize ans bientôt, tu n'es plus une enfant ; il faut donc que tu comprennes que le spectacle qui vient de te tomber par hasard sous les yeux est... peut-être des plus naturels. Ce brave papa aimait notre mère à sa manière... cela ne nous regarde pas... Qui sait ce que nous ferons plus tard ? Et puis, va, petite fille, les hommes quand nous les aimons, nous devons nous les attacher par tous les moyens, et le plus grand de ces moyens c'est ça... vois-tu... c'est la volupté.

« — Tu ne découvriras ni la nudité de ton père, ni la nudité de ta mère », récita Jeanne mélancoliquement, cherchant à sourire à travers ses larmes :

— Ah ! ma pauvre fille, tu n'as donc jamais lu le Vieux Testament dans ton Oswald ? mais c'est encore plus effarant que ce que tu viens de découvrir. Les pères couchent avec leurs enfants et ce ne sont que des histoires de coucheries et de meurtres. Ton David a la mentalité d'un apache. Seuls les hommes qui tuent et les femmes qui trompent ont droit à l'Histoire. Va, sœurette, si tu arrachais le masque à tous ces admirateurs hypocrites de Testaments, plus ridicules qu'odieux, tu ne trouverais que des visages crispés par le rut, la haine ou l'envie... Crois-moi, de tous les péchés, c'est encore la luxure le plus bénin ; du moins celui-là ne fait de mal à personne. Hier, les artistes seuls se permettaient de dessiner... mettons des obscénités ; aujourd'hui par la photographie, cette pseudo-obscénité est à la portée de tous... et... pourquoi ne le serait-elle pas ? Après ce que tu as vu, je puis bien te parler franchement, Jeannette ; c'est même mon devoir. La vie n'était pas laide, elle était naturelle, c'est nous qui l'avons compliquée, ma petite, cette pauvre vie, en créant le mal, en cherchant

le mal là où il n'était pas. Les anciens n'attachaient pas
d'importance à l'amour, car ils ne voyaient en lui
qu'un désir physique à satisfaire et une volupté à tirer
de cette satisfaction ; mais est venu le christianisme
qui a tout faussé, les esprits, les consciences, la morale
naturelle, tout, enfin !... Non, je t'assure que je ne
vois rien d'ignoble dans ta découverte... que l'ennui
d'y voir ma mère par trop en contradiction avec sa
manière de se conduire dans la vie. Evidemment, il
vaudrait mieux que cet album ne fût jamais tombé
sous nos yeux ; cela était surtout inutile. Notre mère
pourtant ne saurait déchoir à nos yeux, parce qu'elle
s'est prêtée, passivement, volontairement... ou même
avec amour, à des voluptés que nous serons peut-être,
je le répète, les premières à rechercher plus tard avec
nos maris ou avec nos amants. Ce serait odieux et
profondément injuste. Tant que tu n'étais pas avertie,
Jeanne, tu pouvais pécher — quel mot ! — par ignorance. Mais, je t'ouvre les yeux. Je dois t'avouer que
le catholicisme a des idées plus larges sur cette matière
que la religion réformée. N'empêche tout de même
que le christianisme a inventé un nouveau tourment :
le tourment de la chasteté. Par exemple, contraindre
une jeune fille à la stérilité est un crime que devraient
punir les lois, car ce ne devrait pas être en vain qu'on
ose forcer une femme à se rebeller contre la loi naturelle et la loi universelle. Ce crime est cent fois, mille
fois plus grave que celui de priver du jour un enfant
encore en gestation dans le sein maternel. Il peut
même être vertueux d'empêcher un enfant de s'éveiller
à la vie quand on sait que la misère ou des souffrances
dues à des maladies ancestrales condamnent le pauvre
être à une existence douloureuse,... sans joie !... Si les
Etats raisonnent autrement, c'est qu'ils y ont un puissant intérêt. En Suisse, où l'extension du territoire

est impossible, le droit à l'avortement depuis la dernière guerre, existe. Par contre, il est infâme d'interdire la naissance, la vie à donner avec ses espérances, ses illusions, à une créature faite pour la procréation et qui désire procréer.

Jeanne avait écouté sa sœur avec le plus profond ahurissement.

— Mais tu es une anarchiste, s'écria-t-elle scandalisée.

— C'est donc que les anarchistes, sur ce chapitre, ont raison; mais es-tu bien sûre de ne pas encore accuser à faux, tout au moins avec l'esprit qu'on t'a imposé, l'esprit qui n'est pas le tien?...

— Mais qui donc te change ainsi?

— Quoi, veux-tu dire?...

— Quoi, si tu veux?

— Le mariage... oui, le mariage, peut-être!

— C'est vrai que tu n'es plus la même, Suzanne, et c'est vrai que tu as bien changé depuis ton retour. Quelquefois, à la dérobée, je te regarde, je ne te vois plus sourire. Tu es grave, solennelle... Serais-tu malade? triste? Aurais-tu des chagrins, voyons. A présent que tu m'as remontée, laisse-toi remonter à ton tour?

Elle avait pris familièrement la tête de Suzanne et l'avait couchée sur sa jeune poitrine. Suzanne, émue, sentit les larmes lui monter aux yeux et elle dut se raidir pour répondre :

— Je n'ai rien. Je m'ennuie un peu. Maman est de plus en plus loin de moi; toi, n'est-ce pas, tes cours t'absorbent et te prennent tout ton temps? Maurice...

— Oh! celui-là, on ne le voit plus ici, interrompit Jeanne.

— C'est vrai. Quant à mon mari, il part le matin et

revient le soir... Ce n'est pas très gai pour une jeune femme, sais-tu?...

— Tu regrettes tes leçons?

— Ma foi, il y a des jours où je les regrette, oui... c'était une occupation, après tout...

— Mais pourquoi ne sors-tu pas?

— Où diable veux-tu que j'aille. Que puis-je faire? Courir les magasins? les thés? les dancings? Grand merci!... je laisse ces plaisirs aux poupées...

— Dans le fond, c'est vrai, répliqua Jeanne. Quand on a la liberté, on ne sait souvent qu'en faire.

— Ici, tout marche comme avant, reprit Suzanne. Maman continue à gouverner la maison et si je voulais faire valoir mes droits, Dieu sait tout ce que j'entendrais... et puis, cela m'ennuierait...

— Aussi, pourquoi as-tu fâché ton mari avec Lubernier..., il était amusant, il parlait tout le temps, il faisait enrager tout le monde en n'étant jamais d'accord avec personne; ici, enfin, il mettait de la vie. Maurice lui-même avait fini par lui tenir tête.

— Ecoute, Lubernier m'avait très gravement manqué et... je lui ai simplement fait comprendre qu'il m'avait offensée... Oui, j'ai peut-être eu tort... la vengeance est souvent bête et inutile... et l'amour-propre est une sale chose...

— N'empêche que nos soirées du samedi étaient très amusantes...

— J'en conviens.

— Et Maurice, d'où vient qu'il te boude depuis votre retour?

— Tu t'en es aperçue?

— Il faudrait vraiment ne pas vouloir s'en apercevoir; à peine t'adresse-t-il la parole.

Suzanne hésita avant de répondre, puis jeta :

— Mon mariage lui a peut-être déplu.

— C'est ce que j'ai pensé.

— Dame, tu n'ignores pas qu'en m'épousant M. Sauvaget partage sa situation avec moi; c'est un gros morceau qu'on enlève à Maurice.

— C'est vrai; pourtant, il paraissait si désintéressé... Mau?...

— Peut-être, jusqu'au dernier moment, a-t-il cru que ce mariage ne se ferait pas?...

— Et il t'aimait tant... Dis donc, il a peut-être été jaloux?

Suzanne tressaillit. Nerveusement, et en haussant les épaules, elle ricana.

— Maurice, amoureux de moi!... ce que tu es godiche, ma Jeanne.

— Mais on est jaloux de tout ce que l'on aime... Moi, par exemple, je...

— Oh! toi, c'est vrai, tu es jalouse de toutes tes amies...

— Tu l'as remarqué?

— Tu te charges d'en faire la démonstration... aussi, n'as-tu pas d'amies.

— J'aime mieux cela...

Jeanne regarda Suzanne et, sans en avoir l'air, laissa tomber :

— Qu'est-ce qu'il peut bien aller faire au second, Maurice, quand tout le monde est couché?...

— Tu dis?

Suzanne s'était levée, bouleversée par cette soudaine révélation.

— Je dis que, deux fois, entendant du bruit dans l'escalier, j'ai ouvert doucement la porte de ma chambre et, par deux fois j'ai vu Maurice qui allait au second.

Interloquée d'abord et, malgré la jalousie qui lui élargissait sa blessure, Suzanne, qui s'était reprise, répondit avec calme :

— Il paraît qu'il va se décider à prendre la Chambre Rouge pour nous laisser le bas ; sans doute s'entraîne-t-il à travailler là-haut... C'est du moins ce que je pense.

Jeanne, avec indifférence, fit :

— Ah bon !

— Tu ne sors donc pas, aujourd'hui jeudi, Sœurette ?

— Mais si... Alors, l'album ?

— Remets-le en place.

— Entendu, je sors, je vais jusqu'à Colombes voir mon amie Lucie Mesnard..., une petite camarade du cours, très gentille et très bien élevée.

— ... et qui, plus tard, finira par se laisser photographier... comme les autres, sœurette, oui, comme les autres...

Presque tout de suite après le départ de Jeanne, Suzanne avait déposé sur la table de Maurice et sous enveloppe, ce laconique billet :

« Jeanne ayant découvert que tu montais la nuit au second, j'ai cru bien faire en portant dans la Chambre Rouge quelques-uns de tes livres ainsi que quelques papiers ; et je lui ai dit que, pour nous laisser le premier, tu t'habituais à travailler là-haut. Je t'ai donc installé une manière de table de travail... »

Ce dernier coup l'avait écrasée. La seule affection de sa vie, non seulement s'écartait d'elle, mais la trahissait. Et c'était le hasard, le hasard cruel, comme toujours, qui venait encore lui faire sentir sa douleur de façon aiguë Ainsi, Maurice était retourné à Annette, simplement, délibérément, dès qu'il avait su ce qui s'était passé à Nice... ce qu'elle avait eu la naïveté de lui écrire dans toute sa candeur et toute sa loyauté plutôt !

Toute sa souffrance lui remontait au cœur et elle cherchait, sans y parvenir, à s'indigner.

« — Tu as ton mari, il a sa maîtresse, lui soufflait sa logique! Quoi de plus naturel, c'était l'enchaînement normal des faits. Mais cela ne l'empêchait point de souffrir, d'aimer? cela l'empêchait-il, lui, de souffrir aussi, et de l'aimer aussi? car elle ne doutait pas une seconde de l'amour de Maurice. Elle savait combien elle lui était chère malgré tout. Elle n'ignorait point que l'amour-propre, une certaine fierté et surtout la répulsion que l'inceste inspire à tout être humain l'éloignaient d'elle. Cette situation tragique pourtant devait se dénouer un jour d'une manière ou d'une autre. Cette torture d'aimer un homme et d'être à un autre ne pouvait durer qu'à la condition de posséder aussi cet autre. N'était-elle pas prête à toutes les concessions... même les plus infâmes... les plus dégradantes?

« Eh bien, soit, concluait-elle, je garderai mon mari et il gardera sa maîtresse », mais nous nous aimerons quand même. Je le reprendrai.

En effet, dans sa pensée, cela devait s'arranger ainsi. Le côté sacrilège de l'aventure reculait devant la satisfaction de son amour, plus impérieux que jamais, à présent que la jalousie fouettait sa chair surexcitée. Annette, d'ailleurs, n'était pas à craindre, et puis Annette était en son pouvoir, n'est-ce pas? dépendait d'elle et uniquement d'elle. Si elle le jugeait à propos, elle s'en débarrasserait le cas échéant. La volonté de Maurice ne tiendrait pas devant la sienne, elle le savait. Et puis Annette pouvait aussi servir de truchement. Au besoin, elle protégerait leurs amours sans le savoir, quitte à discuter avec son mari ou avec sa mère, si quelque chose venait à transpirer. Annette? Plus elle y réfléchissait, et plus elle comprenait combien la présence de la jeune fille dans leur inceste futur — le mot ne lui faisait plus peur — était nécessaire pour masquer l'inceste lui-même et en détourner les soupçons. Cette rivale n'était pas dangereuse ;... autant elle que les autres, plutôt elle qu'une autre qu'il verrait dehors, qu'il aimerait dehors... Annette? mais il aurait fallu aller en chercher une si elle n'avait pas été là. Enfin, ses souffrances allaient finir, elle allait brusquement conquérir Maurice, sa *chose* à elle, tout à elle, plus que jamais à elle. Elle connaissait la faiblesse de son amant et sa passivité.

Dans la chambre de Maurice, elle s'empara de l'instrument que, chaque soir, il mettait sous la porte pour la caler. Avec son insouciance, il le laissait traîner sur la table ; puis, elle alla quérir un tournevis et commença par dévisser la targette du verrou ; après quoi, elle appela Annette avec laquelle elle se montra très expansive. Elle poussa la gentillesse jusqu'à l'embrasser parce que, l'ayant affublée d'un de ses chapeaux, elle la trouvait délicieuse. De Maurice, pas un mot.

Le soir, en revenant, Maurice trouvait la lettre de Suzanne. Il s'étonna, se demanda comment Jeanne avait pu savoir qu'il montait à la Chambre Rouge lorsque tout le monde dormait aux Tourelles? Perplexe aussi le rendit l'acte de Suzanne. Le procédé lui plaisait : il était délicat, mais indiquait tout de même le détachement de sa belle-mère. S'était-elle libérée si vivement de son grand amour pour lui? Cette pensée le rendit triste. Il voulait bien lui bouder, acceptait la réciproque, mais consentait difficilement à ce qu'elle oubliât si vivement le passé. Cet oubli sans souffrance le révoltait. Il se remémorait la douleur immense, le chagrin fou, la révolte mauvaise qui s'étaient emparés

de lui lorsqu'il avait appris « l'événement », le *mariage*
tout de même *consommé* qui, d'un coup, lui enlevait
sa maîtresse et lui mettait presque de la haine au
cœur pour son père. Trois jours, il avait pleuré, refusant de se lever, repoussant toute nourriture, prétextant une fatigue intense. Jeséquel appelé avait conclu
à un peu de neurasthénie. Afin de ne pas troubler le
voyage de noces, il avait exigé qu'on ne télégraphirait
pas. La chose était difficile aussi, étant donné les
déplacements continuels du « couple ». Puis, il était
parti cinq ou six jours, soi-disant pour se remettre,
du côté de Vaux. Là, dans une auberge, près de la
Seine, dans les bois, il avait trouvé la solitude qu'il
désirait et il avait pu pleurer et se lamenter tout son
saoûl. Il était enfin parvenu à vaincre le dégoût de la
vie qui s'était emparé de lui à l'annonce fatale. Dans
cette nature frêle, sensible, si vite abattue, la santé
avait pourtant repris le dessus grâce à sa raison.
Comment avait-il pu s'abuser, au point de croire qu'un
mari, même comme son père, n'aurait point d'exi-
gences? Il accusa Suzanne de fausseté, d'hypocrisie.
Ce mariage n'avait été qu'une issue pour sortir de sa
vie terne et pour entrer dans une vie plus large. Vingt
jours il eut la force de ne point ouvrir ses lettres, de
les mettre dans un tiroir et quand, à son retour de
Vaux, il en eut pris connaissance, il les brûla. Quelquefois il se sentait injuste. Non, Suzanne ne l'avait
pas poussé volontairement dans cet abîme noir, dans
cet abîme du fond duquel il était impossible de sortir
sans laisser son cerveau, son cœur et toute sa dignité.
C'était la fatalité. Tous les deux s'étaient engagés libres,
librement et de bonne foi dans la voie de l'amour ; tous
les deux avaient cru au « mariage blanc... Son intelligence à lui et la perversité de Suzanne ne les avaient pas
défendus d'être aussi naïfs que des enfants ! Ils avaient

agi avec une légèreté inconcevable... incommensu-
rable, ridicule et leur amour devait s'éteindre, devait
mourir s'ils ne voulaient pas tomber dans l'inceste.
C'était la tragique aventure qui se présentait de face
et dans toute son horreur. Son premier mouvement
avait été de fuir, de s'en aller vivre à Paris ; seule, la
crainte que cette fuite n'éveillât des soupçons l'avait
encore retenu. Pourtant, avec terreur, il se demandait
ce que pourrait être désormais cette vie, familiale en
apparence, avec une belle-mère luxurieuse comme
l'était Suzanne et sa faibl sse à lui, sa faibles-e doublée, hélas! toujours, de son amour! Il se sentait
comme un naufragé perdu sur les flots et qui attend
le secours d'une voile à l'horizon. Le secours vint.

Il ne parlait presque plus à Annette. Dans les
premiers temps, lorsque Suzanne avait exigé la rupture,
tous les deux s'étaient empressés de s'éviter, de se
fuir. Elle et lui craignaient par-dessus tout d'être
trouvés ensemble par Mlle Champeyre. Pourtant,
depuis le mariage de son père, Maurice, à la dérobée, avait vu souvent que les yeux d'Annette étaient
rouges comme si celle-ci avait pleuré et, plusieurs
fois, il avait été tenté de lui demander la cause de
son chagrin. Et comme il souffrait terriblement, il
s'était fait le reproche d'avoir fait souffrir pareillement
cette petite poupée qui s'était donnée à lui avec tant
de simplicité, de gentillesse et d'amour. Il s'avouait
s'être conduit avec elle comme un mufle et un sauvage
et il se le reprochait amèrement. Il lui arrivait à présent de lui parler, de lui sourire aussi. Un matin, à
son retour de Vaux, errant dans cette grande villa des
Tourelles, sachant Mme Champeyre, Jeanne et Annette
parties pour Paris, il s'était glissé dans la chambre
de la jeune fille, poussé par ce besoin de revoir les
lieux où l'on *fut* heureux. Il s'était assis sur le petit

lit de fer qui lui rappelait tant de choses... lorsqu'il
avisa dans un coin un petit coffret qu'il ne lui connaissait pas. Il eut un petit serrement au cœur assez
désagréable. Très probablement, Annette, pour se
consoler, n'avait trouvé rien de mieux que de prendre
un autre amoureux et, c'etait dans ce coffret, qu'elle
enfermait ses souvenirs. C'était bien là l'armoire d'un
poupée amoureuse ! Cette pensée lui faisant mal, il
s'était levé pour partir. Quand, presque malgré lui,
il se dirigea vers le coffret. L'ayant pris, sans scrupule, il l'avait ouvert.

Mais sitôt qu'il y eut jeté un coup d'œil, il s'était
écrié, ému jusqu'aux larmes :

— Pauvre petite gosse !

Sur le couvercle intérieur, dans un cadre de papier
doré, se trouvait sa photographie à lui, avec la date
sacrée de la nuit où elle s'était donnée, puis, bien
rangés, quelques-uns de *ses* crayons, une plume d'or
cassée, un gant, de ses cheveux, un mouchoir de soie
(qu'il croyait avoir perdu !) enfin divers objets minus-
cules lui ayant appartenu. Et il était resté là, peiné
d'avoir fait tant de peine, désolé d'avoir troublé le
cœur de cette malheureuse enfant, qui, craintive,
comme certaines fleurs à la nuit, s'était tristement
refermée. Cette découverte en le troublant profondément avait été un palliatif à sa propre douleur, si elle
souffrait par lui, il souffrait par une autre et tous deux
maintenant, dans leur cœur, ils portaient le regret
d'un grand amour trompé ! S'ils avaient su ! Pauvre
Annette ! Elle n'avait pas compliqué son amour, elle,
elle s'était simplement donnée de toutes les forces
de son cœur et de son corps... si menu... si frais !...

Le soir même, alors qu'il s'était encore laissé aller
à pleurer, il avait cru entendre un léger bruit à sa
porte. Se croyant espionné par Mme Champeyre,

peut-être par Jeanne, il avait été brusquement à son seuil.

C'était Annette !

— Qu'est-ce que tu fais là, lui avait-il dit doucement en la voyant terrorisée. Et comme elle n'avait pas répondu, il lui avait pris la main.

— Entre, j'ai à te parler.

La « pauvre petite gosse » avait d'abord fixé ses grands yeux bleus sur son ancien amant, et s'était effondrée à ses pieds en disant :

— « Je ne le ferai plus...

— Qu'est-ce que tu ne feras plus ? Annette.

— Je n'irai plus écouter à votre porte, je vous le promets.

— Tu viens donc écouter à ma porte, avait continué le jeune homme visiblement intéressé par ce préambule.

— Oui, quelquefois, avait-elle répondu franchement.

— Alors, Maurice avait eu un doute effrayant :

— Depuis longtemps ?...

— Oui... depuis... que vous ne m'aimez plus... monsieur Maurice...

— Oh ! je t'en prie, Annette, il n'y a devant toi ici que Maurice, tout court. Après ce qui s'est passé entre nous, cette intimité t'est plus que permise... Tu disais donc que depuis... enfin... depuis... sept mois.

— Huit, rectifia Annette gravement.

— Depuis huit mois... tu viens écouter à ma porte.

Elle fit un signe affirmatif et se voila la face...

— Diable, continua Maurice... c'est très grave ce que tu m'avoues là... Sais-tu pourquoi c'est grave ?

Elle baissa la tête qu'elle tenait toujours dans ses mains.

— Alors... tu sais ?...

Annette leva vers lui ses yeux et dit tranquillement :

— Je sais que vous l'aimiez : je sais qu'elle s'est mariée et je sais que vous pleurez maintenant.

Maurice, épouvanté, se laissa choir sur son divan.

— Il ne manquait plus que cela, murmura t-il... accablé... Puis tout haut : Il va de soi que tu n'as jamais parlé à personne de la curiosité...

— Jamais à personne, Maurice.

— Pourquoi venais-tu?

— Pour souffrir un peu et pour pleurer beaucoup, le soir, dans ma chambre... cela me faisait aussi du bien de pleurer.

— Et pourquoi viens-tu... maintenant, fit tristement Maurice.

— Parce que je sais que, maintenant, c'est vous qui pleurez...

— Tu ne pleures plus, toi? dit Maurice avec amertume.

Elle avait répliqué de son petit air sérieux :

— Oh! si, plus qu'avant puisque à présent, c'est vous qui pleurez...

— Tu dois nous juger... terriblement? interrogea Maurice.

— Non... répliqua Annette franchement... je ne comprends pas.

— Tu as raison, tu es simple, toi, tandis qu'elle.

— ...Elle va droit au but... elle m'a chassé pour prendre ma place...

— Et tu ne la juges pas?

— Non. Elle était la plus belle et aussi la plus forte... mais ce serait aujourd'hui, fit-elle avec défi...

— Tu te défendrais.

— Oui.

— Tu la détestes.

— Plus maintenant..., avait-elle dit en souriant. Elle a un vieux mari...

— Tu es vengée...

— Elle est punie.

— Mais elle est riche!...

Annette avait fait un geste dédaigneux. Maurice avait voulu la confesser sur l'intime pensée qu'elle avait du mariage de Suzanne. Cet être simple sans doute allait éclairer l'impasse obscure dans laquelle follement il s'était engagé.

— Tu ne crois pas sérieusement, voyons, qu'elle soit la femme, la vraie femme de mon père?

Elle avait regardé le jeune homme avec étonnement.

— Pourquoi non...

— Il l'aime comme sa fille aussi?

— Sait-on jamais comment l'on aime, avait répliqué Annette en souriant.

— Eh bien moi, Annette, je l'ai cru.... et, elle aussi, a cru qu'elle serait aimée comme sa fille... Nous avons été des enfants, hélas! nous ne le croyons plus.

— Pauvre Maurice!...

— Ecoute, avait continué Maurice, je me suis ignominieusement conduit avec toi... si, si, ne proteste pas, ma conduite m'apparaît dans toute son horreur; pourtant sache que je n'ai pas cherché un instant, un seul, à abuser de ta crédulité...

— Je le sais..., mais Suzanne est venue!... Et c'est elle qui m'a écartée pour prendre ma place. .

— Elle m'aimait, Annette: elle m'aimait vraiment depuis si longtemps... depuis toujours, c'est son amour qui m'a touché...

— Je le sais encore, c'est pourquoi je n'avais qu'à me taire... vous ne m'aimiez plus.

— C'est ce qui te trompe, Annette, je t'aimais très sincèrement... je t'ai pourtant sacrifiée, me diras tu... C'est encore vrai... et pourtant, bien souvent, je pensais à toi... Je m'en voulais de ma dureté, de mon

ingratitude. Je m'excusais en songeant que tu ne
m'avais guère aimé toi-même, puisque tu avais abandonné la lutte à la première demande. Tu aurais dû te
défendre?

Elle avait eu un sourire et avait hoché la tête!

— J'étais vaincue d'avance; elle m'avait fait peur
et puis... quand j'ai été forcée de m'éloigner de vous,
j'ignorais qu'elle vous aimait. Je croyais qu'elle avait
agi pour mon bien, uniquement. Si j'avais su...
qu'elle me chassait pour prendre ma place, sans
doute, aurais je résisté. Je ne pouvais pas me douter...
Mademoiselle Suzanne Champeyre!...

— Oui, avait répondu Maurice. En effet, tu ne pouvais pas te douter, je le conçois.

Il s'était approché d'Annette, et lui avait pris les
mains.

— Ecoute. Dans ma peine, tu es le seul être qui es
venu, et, par deux fois, mettre un peu de joie et me
rendre un peu d'espoir... car c'est mettre de la joie au
cœur d'un homme qui n'est encore qu'un enfant que
de lui prouver qu'il est aimé alors qu'il se croit
abandonné de tous. Quand j'ai vu ton pauvre visage
bouleversé et tes larmes, je me suis arrêté sur mon
triste chemin et je me suis demandé si tu m'aimais
encore... je sais que tu m'aimes toujours, Annette; ne
proteste pas. Pour me pleurer beaucoup, pour te
pleurer un peu, je suis monté dans ta chambre, j'ai
ouvert ton coffret — pardonne-moi, j'étais avide de
tendresse! — et j'ai eu la preuve que tu m'aimais
toujours...

Annette avait éclaté en sanglots.

— ... et ... je me suis aperçu, ava''. continué le
jeune homme, que moi, je n'avais jamais cessé de
t'aimer complètement, car mon désespoir se serait
enflé d'un autre désespoir si j'avais découvert, par

exemple, que non seulement tu ne m'aimais plus, mais que tu en aimais un autre. C'est bizarre, mais cela est... Est-ce à dire que l'homme peut avoir, dans le même temps, deux passions au cœur? C'est probable, c'est certain. L'homme est un animal contradictoire ! Ainsi, depuis que tu es là, il me semble que ma peine s'en va comme un mauvais mal... Je te raconterai. Je n'ai rien à te cacher de jadis; mais... que tu as dû souffrir, ma petite chérie...

Elle avait voulu protester en souriant :

— J'ai surtout attrapé un gros rhume... Dame, dans les couloirs, cet hiver; il ne faisait pas chaud... malgré les radiateurs.

— Pauvre petite gosse... c'est à cette porte que tu as attrapé ce gros rhume qui te fait tousser depuis si longtemps?

Elle avait fait « oui » de la tête...

— Ce fut la juste punition de ma curiosité, avait-elle continué. Tout cela est passé, Maurice, tout cela est même du passé. Il ne faut plus souffrir, il ne faut plus pleurer.

— Oh! dès que je serai seul tout à l'heure, avait-il dit en hochant la tête, le passé reviendra tenace, féroce, épouvantable, si tu savais!...

— C'est pourquoi il ne faut pas que vous restiez seul, ni tout à l'heure, ni demain, ni jamais...

Maurice avait pâli.

— Que veux-tu dire ?

Elle avait eu un petit geste adorable de mutinerie et en frappant sur un coussin :

— Je reste..., oui, je reste et je ne veux plus que tu pleures ou bien, tu pleureras sur mon cœur qui t'a tant aimé, vilain Maurice, et qui t'aime tant toujours.

Et Annette était restée ce soir-là dans la chambre de Maurice.

.   .   .   .

— A présent. avait dit Maurice, grâce à toi, Annette, je vais vivement guérir, reprendre goût à la vie..., travailler, j'en suis sûr. Je ne sais quand *ils* reviendront, peu nous importe. Veux-tu, tous les deux, nous allons nous sauver d'ici, aller à Paris? Nous trouverons bien un petit coin. Nous ne sommes pas gros tous les deux. Nous vivrons ensemble comme deux jeunes amoureux... Evidemment, il y a la question d'argent... Bah! quand mon père verra que je suis décidé à ne pas t'abandonner, il s'adoucira... et puis, il me semble qu'il me doit quelques comptes... Le principal c'est d'avoir de l'avance... où en avoir?

— Mais moi, j'ai de l'argent, avait répliqué joyeusement Annette... j'ai au moins sept à huit cents francs... seulement... avait-elle ajouté, seulement: Qu'est-ce qu'on dira?

— Ça, je m'en fiche, ma chérie... Avec sept ou huit cents francs, au prix de la vie, on ne va pas loin. Mais avec ce que je possède cela ferait dans les onze à douze cents francs...

— Oui... certainement, disait Annette... mais... qu'est-ce qu'on dira?

— On dira que le fils Sauvaget s'est *collé* avec la petite Annette... qu'est-ce que cela te fait puisque...; dès que je le pourrai, je t'épouserai...

Annette avait regardé Maurice avec stupéfaction.

— Tu m'épouseras... pour *de vrai*.

— On n'épouse pas pour *de rire*, que je sache... et je suis payé pour le savoir, Annette.

— Oh! que c'est gentil de me le dire, Mau. même si cela ne se doit jamais faire... Alors tu m'aimes vraiment?

— Mais je n'ai jamais cessé de t'aimer... Je te le répète...

— Et Suzanne?

— Je l'aime... beaucoup moins, tu peux me croire.

— Si, tu l'aimes encore.

— Possible, mais elle me dégoûte, et, si je l'aime encore un petit peu; toi je t'aime beaucoup... beaucoup, énormément.

— Enormément... mais quel mot gros pour moi qui suis si petite !... Ecoute, Mau, moi, je ferai ce que tu voudras ; pourtant, réfléchis encore, ne fuyons pas. Attendons leur retour...

— Vois tu, Annette, fit Maurice soucieux, il vaudrait mieux pour nous, pour eux et pour tous que nous partions avant ce retour.

— C'est si grave ?

— Je ne veux pas revoir Suzanne à présent, sachant que mon père... Il est préférable que nous ne nous rencontrions plus. Pense dans quelle situation épouvantable je me trouve. En fuyant seul, sans doute, pourrais-je faire naître des soupçons; en fuyant avec toi, tout s'explique... comprends-tu ?

— Oui, et de Suzanne, Mau, tu n'ac rien à craindre, à présent, je suis là et elle ne m'abusera pas comme elle l'a fait. Je n'ai plus peur d'elle, puisque tu m'aimes aussi... tu me défendras, n'est-ce pas ?

— Je te le jure, Annette, je ne t'abandonnerai plus, plus jamais...

— J'ai foi en toi... alors... attendons... Si, dans un mois ou dans deux mois tu veux encore partir, tu n'auras qu'à me faire un seul signe, moi, ta petite poupée, elle te jure qu'elle te suivra.

— Malgré ton « qu'est-ce qu'on dira » ?

— Alors, c'est moi qui m'en ficherai.

Quelques jours après, le « couple » revenait.

Et Suzanne, par Jeanne, venant d'apprendre *qu'ils* se rencontraient dans la Chambre Rouge.

V

Phèdre (RACINE).

Suzanne était entrée à pas de loup dans la chambre
de Maurice. Elle avait attendu que tout le monde fût
endormi. Attentive au moindre bruit, elle était certaine que Maurice n'avait pas bougé et qu'Annette
n'était point venue le rejoindre. Elle pensait aussi
qu'Annette, quelquefois, devait descendre chez lui.
Probablement ne se rencontraient-ils pas toutes les
nuits dans la Chambre Rouge. A tâtons, ses souvenirs
l'aidant, elle se dirigea vers le lit de son cousin.
Elle entendit sa respiration calme, rythmée et jugea
qu'il dormait. Peu à peu aussi ses yeux s'habituaient
à l'obscurité et puis, cette nuit-là était assez claire.
Néanmoins elle voulut le mieux voir. Elle fit jaillir la
lumière très atténuée du « plafonnier ». Le sommeil
avait dû surprendre le jeune homme en pleine
lecture, car un livre ouvert gisait sur son lit. Elle
s'empara du livre et le posa doucement sur sa table.

Longuement elle contempla son ancien amant. Elle
le trouva très pâle, si pâle qu'une seconde elle se
l'imagina mort. Elle hésitait. Maurice réveillé pouvait se révolter, la chasser peut être !... Elle replongea
la chambre dans les ténèbres et, hardiment, s'allongea près de lui. Le jeune homme par habitude se
recula, ouvrit son bras droit, l'attira sur sa poitrine
et se remit à dormir, persuadé qu'il tenait Annette
dans ses bras Suzanne voulant profiter de sa méprise
ne bougea plus. Elle savait combien, sans ouvrir les
yeux, il aimait à être pris...

Il ne s'aperçut de la substitution qu'au moment ou
Suzanne, bien plus forte que lui, lui tenait les poignets
et lui maintenait les flancs de ses longues jambes
fines et musclées.

Alors il avait fermé les yeux et s'était abandonné.

.   .   .   .

— « Ne parle pas..., ne m'accuse pas..., ne pleure
pas. Non, ce n'est pas grave; non, ce n'est pas odieux.
Tu sauras tout. Ma vie ne dépend plus que de toi, uniquement de toi. Je ferai maintenant tout ce que tu voudras. Tout m'est égal pourvu que de temps en temps,
je sois à toi et tu sois à moi.

Il y a Annette ?... Tu garderas aussi Annette, si tu
veux. Je n'ai pas le droit, je n'ai plus le droit d'être
jalouse. D'ailleurs, en la circonstance, Annette me
sert, nous sert... Je comprends tout, je ne suis pas
coupable, je te le jure; toi non plus, tu n'es pas
coupable. Nous sommes en ce moment deux grands
malheureux jouets d'une exécrable fatalité. Mais je
t'ai retrouvé, je te garde, ne pleure plus... Si tu veux
fuir, fuyons. Je donnerai des leçons. Ton père te doit
des comptes d'ailleurs... mais oui, l'héritage de ta
mère. Je sais, ce n'est pas grand'chose. Toi! tu auras
de quoi vivre... Toi ! toi seul m'intéresse dans la vie...

Nous avons été des dupes, mais des sincères... Je suis donc décidée à partir d'ici si tu ne consens pas à me faire l'aumône de ton amour... C'est atroce... Oui, j'ai été violée, je te le jure. Tu vas tout savoir, car, entre nous, je ne veux plus de mensonges. De là bas, je n'ai pas osé te l'écrire. Durant dix jours je me suis refusée, puis, un soir, lassitude, ennui, dégoût, je me suis laissée reprendre, j'espérais qu'après cette ignominie presque voulue, j'aurais la force de mourir... J'ai acheté un petit revolver, je n'ai pas eu le courage de me tuer. On laisse en soi certaines déterminations s'exagérer et puis on se perd, on se noie dans cette exagération même, ce qui fait qu'on a tellement dépensé d'énergie dans la volonté d'agir qu'on n'a plus la force d'agir... Je te donnerai le petit revolver... le jour où tu ne voudras plus de moi, tu n'auras qu'à me le rendre. Ce jour-là, je serai peut être moins lâche. Il y a bien le divorce... Non. Evidemment, ce serait un trop gros scandale. Comment sortir de ce dédale? Je ne vois pas... je n'imagine rien...

Tu te tais?... Tu as raison... toutes les paroles sont vaines.

— Tout à l'heure, il me semble qu'on a frappé?

— Oui, tout à l'heure il m'a semblé qu'on a frappé. C'était peut-être Annette.

— Je ne le pense pas : J'ai été bien dure... pour elle... que veux-tu, je t'aimais! Il ne faut pas qu'elle me haïsse... Non, ne lui dis rien encore, attends. Comment sortir de toute cette situation embrouillée? Il faut être logique. Si nous restons ici, il ne faut pas qu'*il* ait des soupçons, c'est pourquoi, Annette... et puis cela me semble très juste, j'ai un mari, tu as une maîtresse. Moi, je sais que tu m'aimes de tout ton cœur, de tout ton cerveau; si tu veux, c'est moi qui t'aime de toute ma chair soumise. Si tu savais, pendant ces dernières

semaines, les souvenirs du passé m'affolaient... Non
je n'ai point de remords. Par les liens les plus intimes
je t'appartiens. Tu m'as eu vierge, Mau. J'ai beau
être un être de luxure, je ne suis pas un être de mensonge. Si tu savais la joie que j'éprouve à être en ce
moment dans tes bras, à t'avoir une heure, même
en sachant qu'une autre, demain, ce soir peut-être!
sera comme je suis... ainsi... Et tu voulais tuer le
passé? notre passé? C'est ici, dans cette chambre que
je vivrai désormais ma vraie vie. Aujourd'hui, je
regarderai dans tes papiers, je me retremperai dans
ta pensée comme je me suis retrempée dans ton être...

Elle disait tout cela à voix basse, une voix de
prière, et Maurice sentait que cette femme dans le
désarroi de sa pensée, perdue dans sa tragique situation, cherchait la vérité comme le pilote dans une
nuit de tempête cherche le phare ou l'étoile du Nord.

Elle interrogea :

— Est-ce qu'elle vient souvent dans cette chambre,
Annette?

Il murmura :

— Rarement, quelquefois, le matin en descendant...
deux ou trois fois elle m'a en effet visité la nuit,...
tout à l'heure j'ai cru que c'était elle...

Elle fit : Ah!... simplement et s'efforça de sourire.

Il continua :

— Oui, elle entre, par le couloir, la clef est par
terre... comme si elle était tombée... elle n'a qu'à la
ramasser.., c'est moi qui lui ai demandé de venir
quelquefois... Ici, dans ce décor, elle me rappelle toi,
continua-t-il.

— Bien vrai? fit-elle haletante.

— Hélas !

— Et tu l'aimes ?

Il répondit sans hésitation :

— Je l'aime... et jamais, je ne l'abandonnerai plus ; car ce serait trop lâche. Je l'aime... oui, parce qu'elle m'a ouvert ses bras quand j'étais dans l'affliction et que ce petit être a maintenant une foi inébranlable dans mon affection et, enfin que la quitter serait maintenant la tuer.

Elle dit d'une voix grave et basse :

— Tu dois l'aimer, Maurice. Moi, je l'aimerai, je m'efforcerai de l'aimer comme une mère, comme une sœur et je me souviendrai qu'à présent elle protège notre amour... Tu lui diras que je suis venue?

— Oui, plus tard, elle en souffrira un peu, certainement, mais elle comprendra, car elle est suprêmement intelligente par le cœur et elle m'excusera.

Suzanne leva la tête.

— Il fait jour, mon chéri, je m'en vais... je t'aime...

Quand elle fut dans sa chambre elle s'affala sur son lit et pleura longtemps étouffant de sanglots dans son oreiller. Et quand elle eut bien pleuré, elle se redressa, chercha à faire taire son cœur en le comprimant de ses deux mains. Et elle pensait : « Je tuerai ma jalousie, il le faut, il le faut, il le faut... si je veux le garder, lui ! »

En apparence, la vie reprit aux Tourelles, simple, calme et tranquille. Sous les neiges souvent il y a des boues, des immondices ; sous les eaux claires et verdoyantes des étangs, il y a les vases et des bêtes monstrueuses à faire frémir d'horreur !

Maurice, plus tard dans la Chambre Rouge, avait avoué à Annette la façon dont Suzanne était redevenue sa maîtresse. Elle avait bien pleuré un petit peu la jolie poupée ; mais, du moment que Maurice lui restait aussi, elle s'était consolée. Elle était à cet âge, heureux et normal après tout, où l'on accepte, sans les approfondir, les passions humaines. Les rapports entre les deux femmes ne manquaient point d'une certaine aménité, et Suzanne cherchait même toutes les occasions de lui faire plaisir. Quand toutes deux parlaient de Maurice, l'une avait l'air de le considérer comme un jeune frère et l'autre comme un jeune maître. Dans leur rapports, les pires ennemis ne se mas quent pas plus que les vrais amis.

Des mois, des mois, Maurice, séparément, les aima.

Une nuit, après les affres des râles et des excès de toutes sortes, Suzanne dans ses bras, nue — mettant également nue sa pensée luxurieuse — parla.

Elle parla bas, tout bas et longtemps. L'aveu d'un désir fou lui sortit des lèvres. Ses yeux devaient briller de convoitises. Elle dit sa souffrance d'ignorer « d'autres joies » et sa torturante jalousie d'être éloignée des « autres ébats ». Maurice d'abord feignit ne pas comprendre, puis il se cabra, non par pudeur, non plus par dégoût — (ne voulait-il pas tout connaître?) — mais simplement parce que c'était la porte ouverte à l'orgie, source d'ennuis, et qu'il ne voulait pas non plus profaner un amour presque chaste. L'Enfer se pencha plus près de ses oreilles, évoqua les grâces des tableaux libertins, la recrudescence des joies charnelles, paradisiaques et le contraignit à l'acceptation...

Le lendemain soir, elle allait les surprendre dans la Chambre Rouge.

La réputation des Sauvaget et des Champeyre était intacte. Les voisins (car, en France, le voisin, c'est bien le grand policier, « l'œil de la conscience publique », comme dit le feuilleton, c'est-à-dire le plus cruel

ennemi) n'auraient oser formuler la moindre attaque
contre les habitants des Tourelles. Autour de la lampe
familiale, le soir, il n'y avait (— n'est-ce pas ! —) que des
braves gens. On pardonnait son aisance à M. Sauvaget
parce que cette aisance datait d'avant la guerre. On
avait approuvé son geste élégant lorsqu'il avait épousé
Suzanne Champeyre — une jeune fille si réservée, si
belle ; parfaite enfin ! — Maurice était gentil, travail-
leur, il ne se débauchait pas, lui, au moins !... la petite
Jeanne suivait sérieusement des cours et préparait
avec ardeur son « brevet simple ». Quant à Mme Champeyre, si lointaine, si réservée, elle était respectée.
Quelques personnes parlaient bien de son avarice ;
mais on lui pardonnait ce vice en le dénommant
« excès d'économie » parce qu'elle avait recueilli une
orpheline : Annette ; et qu'on savait que, dans ses
après-midi, elle se rendait à des réunions de bonnes
œuvres...

Oui, la vie familiale aux Tourelles semblait simple,
calme et tranquille.

VI

Et voici. Vers mon cœur tout mon sang se retire,
J'oublie, en le voyant, ce que je viens lui dire.

Phèdre (RACINE).

Conduire deux ou plusieurs amours dans le même
temps est assez fréquent de nos jours. La vie moderne
avec les affaires pressées, les rendez-vous urgents, les
déplacements proches ou lointains, nécessaires
— prétend-on — facilite toutes les rencontres passagères et même durables. Un homme marié (ou non)
peut avoir aisément deux ou trois ménages en dehors
de son domicile, même si celui-ci est conjugal. A
toutes les femmes jetées en plus grand nombre sur la
terre, cette facilité ne saurait qu'être agréable. Sans
cette polygamie, la plupart des femmes ne connaî-
traient jamais l'homme. La Nature, ennemie presque,
indifférente en tous les cas à tous nos codes et à toutes
nos petites morales de convention, en créant plus de
femmes que d'hommes, loin de défendre la polygamie, l'inflige, l'ordonne et la rend presque obligatoire
pour tous les mâles.

Certes, se partager ouvertement entre deux femmes
est encore assez rare. Outre que celles-ci peuvent se

jalouser jusqu'au drame, subsiste toujours la question
de l'enfant qui ne saurait être l'éternelle victime de
nos passagers égoïsmes. Le fait de vivre maritalement
avec deux concubines, accepté à quelques lieues d'ici,
ne saurait donc passer dans nos pays que si le trio
s'entend à sauver les apparences. Le jour où les religions actuelles subiront le sort des grandes religions
qui les précédèrent, c'est-à-dire disparaîtront, ce
jour-là, très certainement, une polygamie de bon
goût et de bon aloi s'implantera tandis que la mono-
gamie, créée spécialement par le Christianisme pour
la femme, et dont la femme se trouve être à présent
la première victime, sera repoussée définitivement
par les femmes elles-mêmes.

La conception de la famille sera autre comme sera
autre certainement la conception de la patrie. Tout est
sujet à révolution, donc à évolution.

Maurice pensait que l'homme n'avait à tenir compte
d'aucune borne dès qu'il s'agissait de ses plaisirs, à
la seule condition, toutefois, que ces plaisirs ne
gênassent en rien la liberté du voisin. Seules, sa force
et sa volonté commandaient. Comme tous les Natu-
ristes et les Rationalistes, la continence, loin d'être à
ses yeux une vertu, était une faute ou plutôt une
erreur commise envers la Nature, violée alors dans
son droit le plus imprescriptible : la reproduction. La
question sociale lui semblait donc beaucoup plus
basée sur la plus grande liberté des sens que sur la
question nourriture qu'il s'agissait simplement, après
entente cordiale, de réglementer. Il importait peu que
l'opinion contraigne à penser et à agir autrement.
L'Humanité, d'ailleurs, se dédommageait terriblement
de toutes les chastetés imposées.

Ces trois êtres s'affectionnaient. Suzanne ayant eu

une légère indisposition, avait aménagé dans son vaste
cabinet de toilette — une chambre vide donnant sur
sa chambre à coucher et qu'on avait transformée à son
retour de Nice — un lit de camp destiné à Annette
qui l'avait soignée et où la jeune fille pouvait coucher
encore, le cas échéant. Suzanne, de cette façon,
ouvrait la porte à son amie et fermait sa chambre à
son mari. Celui-ci acceptait tout en souriant. D'abord,
la chambre de sa femme était trop voisine de celle de
Maurice et cette promiscuité le gênait ; ensuite,
M. Sauvaget n'était ni l'homme du soir, ni l'homme
de nuit. Son long veuvage et ses habitudes de vieux
garçon, reprises à la longue, lui faisaient chérir la
chambre où l'on est seul, où l'on a ses aises et où l'on
jouit d'un repos plus réconfortant.

Annette, docile, naïve aussi puisque ignorante du
vice, après étonnement, petite souffrance et légère
révolte, s'était pliée, la curiosité aidant, avec une
grâce gamine et presque en riant, aux fantaisies de
son amant et de sa maîtresse. Elle avouait d'ailleurs
aussi, comme Suzanne, préférer ces jeux amoureux à
la tromperie cachée qui aurait excité sa jalousie beaucoup plus douloureusement. Cette sensation d'un
amour partagé excluant donc la tromperie n'apporte-
rait-elle qu'une alternative à la jalousie, toujours féroce
et origine de tant de meurtres et de tant de vilenies,
mériterait, pour cette stupéfiante mais importante
raison, d'être examinée plus attentivement par la
philosophie indépendante.

Le trio — l'Equipe, comme disait spirituellement
Suzanne — pouvait donc, chacun rentré chez soi, se
trouver quand même réunie. Des portières lourdes
accrochées à toutes les portes et des tapis épais étouf-
faient tous les bruits de cet appartement soudainement
formé au cœur de la villa. La simple mise en place

d'un loquet remettait tout en ordre. Excepté
Annette, ne savaient-ils pas tous les deux que ces
sortes d'intimités étaient beaucoup plus fréquentes
que le vulgaire ne le supposait; que le mal n'existait
aussi que pour ceux qui n'en usaient point par manque
d'audace, de franchise ou parce que retenus par des
principes d'une morale qu'ils jugeaient désuète,
morale basée toujours sur des principes religieux
inculqués dès l'enfance et dont il était difficile, plus
tard, de s'affranchir complètement.

Pour ceux qui restent convaincus que le Christianisme a arrêté l'humanité en marche le jour où courut
sur la mer Égée ce cri dont l'écho se fait encore
entendre en nous : « Le Grand Pan est mort », pour
ceux-là existait le droit de haïr une religion qui
fauche les libres énergies, calfeutre et gélatine tous les
êtres qu'elle touche, une religion, enfin, qui fait
mépriser la vie et considérer un jour de plus... comme
un jour de moins.

N'était ce pas par l'Amour qu'on s'élevait jusqu'à
la Mort, et n'était-ce pas par la volupté qu'on cueillait
les fleurs les plus belles de la Vie?

C'est ainsi du moins qu'ils raisonnaient leur cas.

Des nuits, Maurice et Suzanne se rencontraient,
seuls. Tous les deux finissaient par concevoir l'un
pour l'autre un amour d'où les plaisirs de la chair,
sans être exclus, n'avaient plus qu'une importance
relative et assez secondaire — et c'est peut-être pourquoi alors la présence d'Annette ne les troublait point.
En amour, le libertinage n'est jamais que de l'espié-
glerie. Suzanne pouvait, avait pu sembler une dépra-
vée et Maurice un vicieux ; la dépravation de Suzanne
et le vice de Maurice étaient factices comme tout ce
qui peut naître de deux imaginations toujours en tra-

vail. En réalité, leurs sentiments dominaient maintenant leurs sensations. Leur amour, né brutalement, violemment, de leurs premiers désirs charnels, s'en affranchissait de plus en plus et se métamorphosait mystérieusement en cette sorte de grande amitié, presque extra-terrestre comme celle, par exemple, du Dante pour cette Béatrice à qui le poète divin ne parla jamais si ce n'est pour lui adresser quelques paroles insignifiantes.

Suzanne disait à Maurice :

— Ecoute, j'ai compris. Je veux être dans toutes tes voluptés; jamais, je ne t'en refuserai aucune. Mon bonheur et ma joie sont dans le bonheur et la joie que je puis te procurer. Dans mon amour, je ne veux pas de mesquinerie. Il peut arriver que d'un jour à l'autre je t'aime moins, mais il n'est pas possible que je ne t'aime plus. Le seul doute que je n'ai pas, c'est celui de ton amour et c'est pourquoi par-dessus tout je t'aime et par-dessus tout tu m' imes. »

Et cela était vrai. Des heures, ils restaient dans les bras l'un de l'autre, sans autre désir que de se sentir respirer et vivre, et s'ils se prenaient, à la suite d'un de ces longs embrassements, leurs cœurs communiaient fervemment dans un sentiment inconnu, bien supérieur à la chasteté. Alors, une langueur nouvelle les penchait jusqu'à leur faire monter des larmes aux yeux. Leur étrange mentalité — née très certainement d'une instruction et d'une éducation des plus à côté — leur créait une conscience non moins étrange et qu'ils auraient eu peine à expliquer eux-mêmes. C'était la seule voie nouvelle cherchée par Maurice et inconsciemment trouvée par lui. En somme, ils agissaient en tout et pour tout en donnant libre cours à cette sorte d'instinct qui ne se développe que chez les êtres dont la jeunesse a ignoré les sentences et les férules. Ce qu'ils pouvaient craindre, c'était uniquement ce « choc en retour » qui ne manque jamais de se produire lorsqu'on attaque des institutions férocement imposées par des Etats et des préjugés non moins imposés par des morales partout encore à bases religieuses.

Suzanne lui avait dit, une fois :

« — Lorsque deux êtres se rencontrent et qu'ils sentent comme nous le sentons, toi et moi, qu'ils sont créés l'un pour l'autre, le plus grand crime qu'ils peuvent commettre c'est de se fuir, de refuser l'accouplement somptueux que leur offre l'Idéal réalisé. Nous ignorions que notre amour était si grand et vois ce qui est arrivé ! Si tu savais combien notre amour nous dépasse tous les deux. Aussi, va, j'en suis fière, et il y a des moments où l'envie me prend de le hurler à la face de tous, cet amour, quitte à me voir chasser d'ici. Que m'importe à moi la richesse ? Ai-je besoin de toilettes ? Je ne veux être riche et belle que pour toi. Oui, Maurice, j'entends être dans toute ta vie, de toute ta vie et je suis heureuse d'être belle, d'être vibrante, d'être vicieuse pour t'offrir ma beauté, ma passion et ma luxure, puisque tu aimes ma luxure. Mais, si tu me voulais chaste avec toi, réservée, froide, je crois que j'arriverais à me modeler à ton désir. Il y a des fois où je me figure que tout est découvert, que notre fuite s'impose et que nous fuyons et que la misère que tu ne peux connaître —, la misère qui m'a frôlée, moi ! — nous enlace dans ses terribles filets ; alors, je vole pour toi, je tue pour toi, je me prostitue pour toi, comme le ferait vertueusement la mère pour son enfant. Je me suis tellement identifiée à toi que je me sens alors plus ta mère que ne l'était ta mère, phénomène curieux dont l'explication physiologique se pourrait trouver dans l'essence

de la chair dont je me suis enivrée. Ne suis-je pas
capable de continuer tes phrases, d'achever tes pensées. Le mot que tu vas dire, ne l'ai-je pas sur mes
lèvres. Si tu souffres, je pleure ; si tu es joyeux, je ris,
et bien avant que ta souffrance ou ta joie se soient
manifestées....

Ils faillirent être pris.

Un après-midi, le jardinier râtissait les allées de ce
coup sec, particulier aux gens de métier et qui semble
tirer de la musique des cailloux qu'ils font danser,
lorsqu'ils entendirent des pas pressés dans l'escalier.

C'était Jeanne. Partie avec sa mère pour faire des
visites, elles avaient trouvé sur leur route un « amour
de bibelot » dont Jeanne tout de suite avait eu la
plus pressante envie. Point assez munies d'argent
ni l'une, ni l'autre, Jeanne, entre deux trains, revenait
en chercher aux Tourelles.

On avait frappé.

Suzanne d'un bond était debout, poussait le verrou,
indiquait à Maurice la porte de sa chambre ; puis,
jetant sa robe de chambre sur la nudité d'Annette
pétrifiée, répondait d'une voix calme :

— Qui est là ?

— C'est moi : Jeanne, ouvre ; je viens chercher de
l'argent pour maman. Elle m'attend au Printemps.

— Eh bien ! attends aussi une minute, ma petite,
car j'ai les pieds dans l'eau et Annette est en train de
me les essuyer, avait répliqué posément Suzanne.

Deux minutes après, la mise en scène complétée,
elle ouvrait.

— Comment, tu t'étais couchée, questionnait Jeanne
en regardant le lit encore ouvert.

— Oui, après le repas, je me suis sentie fatiguée.

— Et Maurice ?

— Maurice?... Il est peut-être à côté, peut-être au café, peut-être canote-t-il.... Est-ce que tu es venue chercher de l'argent ou t'enquérir de ce que fait Maurice?

— C'est de l'argent; donne-moi deux cents francs. Veux-tu?

Suzanne prenait son sac, en tirait deux billets de cent francs et les tendait à sa sœur.

— Ce qu'elle est drôle, Annette, dans ta robe de chambre, s'esclaffait Jeanne.

— Drôle? Pourquoi? Je la lui arrange cette robe et la mets à sa taille.

— Tu es « un amour de grande sœur »... Figure-toi qu'on a vu à Paris, chez un antiquaire, dix « amours de petits Chinois en ivoire », au milieu des desquels trônait un « amour de petit Bouddha... et pas assez d'argent... sur nous! Ce qu'ils feront bien sur ma cheminée mes Chinois!...

Cependant, Jeanne partie, ils se regardèrent.

— Faudra tout de même faire attention, dit enfin Suzanne.

Et, sitôt Annette sortie, une idée lui vint : Pourquoi M. Sauvaget n'aurait-il pas connaissance des rapports entre Maurice et Annette? Mais celui-ci se récria. Il ne voulait pas qu'Annette eût des ennuis, sans compter que cette découverte pouvait la faire chasser des *Tourelles* par son père. Toutefois, Suzanne insista : Elle se chargeait de faire comprendre à son mari que, loin de blâmer leur conduite à tous les deux, elle l'approuvait; elle donnerait des raisons d'hygiène, de tranquillité. Est-ce que dans la plupart des maisons bourgeoises, les fils ne couchaient pas avec la domesticité? Est-ce que les parents intelligents, sensés, ne fermaient pas les yeux sur ces scandales intérieurs qui ne transpiraient presque jamais

au dehors. Elle vanta surtout les avantages que cette
découverte amenait non seulement dans leurs rapports, mais rendait désormais leur sécurité complète. Tous les trois y gagneraient. Maurice hésitait.
Un nouveau scrupule lui venait. Après avoir entraîné
Annette dans leur aventure, il ne lui semblait ni élégant, ni juste de la compromettre... Suzanne lui donna
l'assurance que M. Sauvaget, sur ses conseils, n'en
ferait jamais cas ; enfin, elle plaida tant et si bien
que Maurice se rangea de son avis.

Le lendemain, de bon matin. M. Sauvaget fut
réveillé par Suzanne.

— Maurice est dans sa chambre avec une femme...
probablement avec Annette, lui dit-elle à voix basse ;
lève-toi, viens les écouter... mais, surtout, ne dis rien...

— Cependant... protesta M. Sauvaget.

— Rien... je t'expliquerai après, ne dis rien.

Son mari enfila son pyjama, passa dans la chambre
de Suzanne, alla appliquer l'oreille à la porte de communication — bien fermée des deux côtés cette fois
— et revint plus étonné que fâché ainsi qu'elle l'avait
prévu.

— Tout de même, fit-il, perplexe nous ne devons
pas tolérer ce scandale.

Suzanne haussa les épaules.

— Pas de grands mots, mon ami. Il y a longtemps
que moi, je me doutais de la chose, mais, qu'y faire?
Maurice a vingt ans, Annette, dix-huit ; tout ce qui
arrive était à prévoir. Si tu veux m'en croire, il vaut
mieux que cela se passe ainsi. De cette façon, ni
Maurice ni Annette, ne *courent*. Ici, ils ne risquent
rien....

— Rien ?.... Pardon, répliqua Sauvaget..., et un
enfant ?

— Maurice doit en savoir, sur ce chapitre, plus long que nous le pensons.

— Tout de même, avoue...

— J'avoue que Maurice serait peut-être impardonnable et encore... si son gousset était mieux garni, mais ce n'est pas avec les deux cents francs que tu lui donnes par mois qu'il lui est possible de faire figure, d'acheter ses livres — et Dieu sait s'il en achète, et à quel prix ! — de s'entretenir de cigarettes, de s'offrir une consommation de temps en temps et même de se payer une... hétaïre dont le prix...

— Oui, certainement, interrompit M. Sauvaget... tout de même deux cents francs !...

— Deux cents francs ! Deux cents francs ! c'est à peine quarante francs avant la guerre, voyons. Le prix de ton ciment n'a-t-il pas quadruplé aussi ?...

— Mais c'est un enfant, Maurice !

Suzanne rehaussa les épaules.

— Voilà bien les parents... un gamin ! un gamin ! un gamin de vingt ans, mon cher ami, est un homme depuis trois ou quatre ans. Si, à ton âge, tu aimes encore la femme, avoue qu'il serait étrange de contester ce droit à un jeune homme.

M. Sauvaget n'aimait point qu'on fît la plus petite allusion à son âge, aussi concéda-t-il vivement :

— Il y a du vrai dans ce que tu dis, ma chère Suzanne. Tu es un être plein de sagesse et, ce qui me touche plus que tu ne saurais le croire, c'est la véritable affection maternelle que tu as pour Maurice. Tudieu, comme tu le défends ! quelle indulgence !...

— Ne l'ai-je pas un petit peu élevé, éduqué et, surtout instruit ? Les soins dont j'ai entouré sa seconde enfance me permettent d'avoir pour lui des sentiments affectueux et d'être plus clairvoyante que tu ne l'es. Outre cela, mon âge (elle appuya sur ce mot, férocement...) m'autorise maintenant à avoir une certaine camaraderie avec Maurice; aussi lui parlerai-je aujourd'hui sérieusement et lui montrerai-je les dangers d'une telle relation ou plutôt les suites naturelles qui peuvent résulter d'une telle liaison... que je ne condamne pas, en principe; car, pour parler franchement, je préfère apprendre cela, encore une fois, que d'apprendre qu'il boit, découche, fait la noce et court toutes les femmes au risque d'attraper des sales maladies.

Et M. Sauvaget, son mari, avait souri en lui déclarant qu'elle était non seulement la perle des femmes clairvoyantes et sages, mais encore la perle des belles-mères.

Dans tous les drames, dans toutes les tragédies, il y a toujours un côté burlesque, comique et ridicule comme dans beaucoup de pièces de Shakespeare il y a souvent un clown.

VII

> Je ne crains que le nom que je laisse après moi.
> Pour mes tristes enfants, quel affreux héritage !
>
> *Phèdre* (RACINE).

— Mais enfin, qui est-ce ?

— Je vous répète, monsieur Maurice, que le bonhomme ne veut pas dire son nom... Mais, vous savez, ajouta le père Rouzier, le mari de Clémence, il n'a pas l'air bien dangereux, ni bien riche non plus.

— Dis-lui qu'il m'attende au jardin.

D'un geste de mauvaise humeur, le jeune homme avait jeté son stylo sur la table Par-dessus son pyjama, hâtivement, il enfila un pantalon et endossa un veston.

Dehors, il se trouva en face d'un homme, type d'artiste à barbe blanche, coiffé d'un chapeau à larges bords. Une grande pèlerine — une cape de curé peut-être ! — lui tombait presque jusqu'aux pieds.

L'étranger le salua poliment. Le « bonhomme » sembla sympathique à Maurice.

— Vous désirez... monsieur ?

— Un petit quart d'heure d'entretien... Pouvez-vous me l'accorder?

— Bien volontiers.

L'homme s'était arrêté et l'air vraiment grand seigneur se présenta :

— Je suis Jacques Sauvaget..., votre oncle.

Maurice le regarda éberlué.

— Ah!. . vous êtes?...

— Le frère de votre père; oui, donc, votre oncle...

Il souriait.

— Eh bien, mon oncle, allons si vous le voulez bien dans le fond de ce jardin. Là vous me direz la raison qui me procure votre visite; car je pense qu'il vous a fallu une sérieuse raison pour franchir le seuil de cette maison... qui ne vous est pas précisément ouverte... sans que je sache pourquoi d'ailleurs, je vous l'avoue.

— La raison est assez forte, en effet, et je sais gré à mon frère de n'avoir pas essayé de me nuire dans votre esprit. Cela m'évite de chercher à me disculper.

— Je n'ignore pas, que, dans toutes les familles, il y a des dissensions. Un malentendu peut séparer plus gravement deux frères que deux amis.

— Observation assez juste. Voulez-vous me permettre d'ajouter simplement ceci : Pas plus à mon frère qu'à nulle autre personne, ici-bas, je n'ai jamais nui ni cherché à nuire. Nos dissensions sont d'un ordre particulier et encore je crois que, par-dessus tout, il faut mettre notre mésentente sur une incompatibilité d'humeur réelle qui nous obligea presque toute notre vie à nous fuir. Mais... passons.

— Je n'ai jamais osé interroger mon père sur la cause de votre désaccord. Je sais seulement qu'il vous reproche d'avoir dilapidé votre fortune...; celle qui vous venait de votre père.

— Dilapider! répliqua Jacques Sauvaget avec amertume. Après tout, c'est juste. En effet.. , mais d'abord, voulez-vous me permettre de vous demander si vous êtes au courant de l'origine de cette fortune paternelle?

— Mais, je crois savoir que mon grand-père était banquier.

— Oui, c'est ainsi qu'il dénommait le triste métier qu'il faisait... Non, cela n'est pas. Sauvaget était un usurier et un usurier d'envergure qui aurait donné des leçons à Gobseck lui-même. Presque toute sa fortune, pour ne pas dire la totalité de sa fortune, il l'a... mettons : trouvée, dans ces bureaux « d'achats de reconnaissances du Mont-de-Piété ». A Paris, il en possédait une douzaine! Là, on *prêtait*, en effet, très peu d'argent sur des reconnaissances de valeur... et à quel taux! Vous êtes trop jeune pour avoir connu cela. Permettez-moi de ne pas insister. Cela n'empêchait point votre grand-père d'opérer dans d'autres mondes. Les fils de famille le connaissaient bien, allez... Un détail vous le peindra sous un autre angle. A toutes ses victimes, les pauvres surtout, il exigeait qu'on offrit *gracieusement* un petit Evangile soit de saint Mathieu, soit de saint Marc, soit de saint Luc, soit de saint Jean...

— Hein?... fit Maurice, interloqué.

— ... Il achetait ces exemplaires au kilo, comme les pasteurs missionnaires, continua imperturbablement Jacques Sauvaget, et ce geste le posait assez bien, car cet étrange propagandiste était fort honoré à l'Oratoire où il siégeait à côté de ce baron Schickler, espion allemand notoire, qui présidait à Paris, même avant la guerre, aux destinées du protestantisme de la France. Voilà, jeune homme, qui était mon père, qui était votre grand-père. Un jour, dans ma vingtième année, publiquement traité de fils d'usurier par un individu que je ne connaissais pas, je dus envoyer des témoins à l'insulteur. Celui-ci, étonné de mon geste, avant de me rencontrer sur le terrain, tint à me faire parvenir les preuves de ce qu'il avançait. Hélas! je dus me rendre à l'évidence... c'était une victime.

— ... Vous vous battîtes?... interrogea Maurice curieusement?

— Sur le terrain?... incapable de me battre pour une vilaine cause, je fis gravement des excuses à ce malheureux que notre père avait presque entièrement dépouillé de ses biens.

— C'est la première fois que j'entends... balbutia Maurice...

— Laissez-moi finir. Je quittai la maison paternelle et, pour vivre, je donnai des leçons. Lorsque le père mourut, il m'avait déshérité en partie, c'est-à-dire qu'il avait avantagé votre père, mon frère... Moi, avec l'argent qui me revenait, je fondai une institution libre selon les principes d'un homme que j'admirais alors, le professeur Robin. Comme les temps n'étaient pas révolus (ils ne le sont pas encore!) j'y laissai ma fortune. Du moins, j'avais rendu honorablement — à mes yeux — l'argent mal gagné de votre aïeul.

— ... Et mon père sait tout cela?... interrogea Maurice.

— Votre doute vous honore, Maurice, mais sur ce sujet je ne puis malheureusement garder le silence quelque envie que j'en aie... Votre père sait tout cela; il l'a su dans le même temps que moi. Seulement, votre père a une conception de la vie différente de la mienne. Comme vous le disiez tout à l'heure les malentendus entre frères sont plus graves qu'entre amis.

Maurice gardait le silence, une barre au front, les yeux perdus sur le sable, triste tout à coup.

— A présent, reprit Jacques Sauvaget, j'ai eu deux raisons de vous approcher. La première, c'est que j'ai vu, en lisant une revue de jeunes, que vous vous des-

tiniez aux lettres et qu'il m'a semblé que quelques con
seils vous seraient peut-être nécessaires avant de vous
engager tout à fait dans cette carrière atroce don'
heureusement, vous ne connaîtrez peut-être, vous,
étant donné votre fortune, que les beaux côtés...

— Je ne me destine à rien, répliqua Maurice,
admettez que je m'amuse. Je n'ai pas d'ambition et
n'en veux pas avoir.

— Je vous approuve.

— Quelle est votre autre raison? interrogea Maurice.

— Elle est plus délicate. De la faillite de mon institution... j'ai pu sauver deux existences, deux charges,
deux devoirs, enfin deux malheureux enfants qui ne
me sont rien par le sang, mais que j'ai élevés... péniblement, très péniblement. Le premier...

Maurice leva la tête, regarda son oncle et lui vit les
yeux pleins de larmes.

— ... le premier est mort à Verdun... et l'autre...
va peut-être mourir... oui, des suites des gaz
asphyxiants. Pour le sauver, car l'Etat... Enfin, il
faut que, le plus tôt possible, je l'envoie en Suisse où
j'ai pu trouver, grâce à quelques relations, un sanato-
rium qui l'accueille dans des conditions acceptables :
vingt francs par jour... Moi, je travaille beaucoup,
beaucoup... pour les autres... Oui, je vous initierai un
jour au secret de ce monde des lettres... Celui pour
lequel je travaille en ce moment vient de manquer à
ses engagements, momentanément je l'espère ; à cause
de cela il me met dans l'obligation de tendre la main
ailleurs... si je veux sauver... mon enfant. Alors...
voilà, je me suis dit...

— C'est inutile de continuer..., fit Maurice ému, en
se levant. Je vais vous chercher ce qu'il vous faut, du
moins tout ce dont je puis disposer. Il venait de songer
aux deux mille francs que Suzanne avait mis de côté...

— Si j'implore..., commença Jacques Sauvaget.

— Bah! Trop heureux de vous être utile et aussi trop heureux de donner une bonne direction à l'argent du grand-père... laissez donc ; cela ne sort pas de la famille : Votre enfant n'est-il pas un petit peu mon cousin?

— ...

— ... Alors, disait le soir Maurice à Suzanne, tu comprends, j'ai été chercher les deux mille francs et les lui ai donnés.

— Tu as bien fait, Maurice. Je me souviens maintenant : mon père, tout en blâmant ses idées, avait une grande estime pour Jacques Sauvaget. Plusieurs fois il chercha à renouer des relations avec lui, mais celui-ci se déroba, je crois qu'il avait peur de maman. Les deux ou trois fois qu'il vint chez nous, elle le reçut très poliment, trop poliment, sans plus.

— Comme elle recevait Lubernier, je vois ça!..

— A peu près, avec cette différence, toutefois, qu'elle était obligée de faire bonne mine à Lubernier tandis qu'elle ne desserrait pas les dents quand Jacques Sauvaget était à table... Pense donc, il avait osé dire qu'à tout prendre, le catholicisme était plus attrayant, plus attirant que la religion réformée!...

TROISIÈME PARTIE

L'ÉTAU

DEMETRIUS : Dites le regard d'un mourant, percé au cœur par le trait de votre barbarie ; et cependant, vous qui m'assassinez, votre œil est aussi brillant, aussi pur que l'est Vénus, là-bas, dans sa pâle sphère de crépuscule.

(Le Songe d'une nuit d'éte.
SHAKESPEARE.)

I

... Et comme en novembre, Annette toussait encore,
le docteur Jeséquel, qui craignait pour elle les
grands froids, ordonna le départ immédiat pour la
Côte d'Azur.

— On n'a pas soigné cette gamine à temps, avait-il
dit. La montagne la tuerait.

Depuis de longues semaines, Suzanne et Maurice
n'osaient se communiquer leurs impressions, leurs
craintes à son sujet. Maurice surtout se jugeait res-
ponsable.

— Tu n'y es pour rien, nous n'y sommes pour
rien. Jeséquel vient de parler enfin à ton père : Ata-
visme effrayant... Avec des soins on pourra la sauver.

— « Je ne sais ce que je donnerais pour qu'elle se
remette, avait répondu tristement Maurice.

— « Ce n'est rien, affirmait Annette, c'est mon vieux
rhume, celui du corridor, tu sais, Mau? Il ne veut pas
partir encore ; au premier soleil, allez, il s'évaporera.
Quelle idée de m'envoyer à Nice où, sans vous, je

vais m'ennuyer à mourir... ou mourir en m'ennuyant. »

M. Sauvaget avait dit simplement à Suzanne : « Je ne veux pas abandonner cette petite, étant donné ce qu'elle est à Maurice. Tu vas la conduire à Nice et tu l'installeras dans une bonne pension de famille. Vous partirez toutes les deux, si possible, après-demain.

Le soir, Suzanne avait du subir les reproches de Maurice. Il voulait être du voyage. Son père, étant au courant de son intrigue, n'avait qu'à continuer à fermer les yeux. Suzanne, en effet, regrettait de n'avoir point parlé d'emmener Maurice. Un voyage pareil avec lui aurait été délicieux. L'oubli était réparable. Le principal était que Mme Champeyre ne fût pas consultée, car, son avarice aidant, elle n'aurait point manqué de soulever quantité d'objections. Depuis quelque temps, Maurice et elle se sentaient observés par Mme Champeyre. Sous des prétextes différents, déjà, il lui était arrivé d'aller frapper et à la chambre de Suzanne et à la chambre de Maurice ; pourtant les relations de ce dernier avec Annette échappaient encore à ses investigations. Suzanne attendit donc le moment du départ de M. Sauvaget, et s'arrangea de manière à lui glisser la demande de son beau-fils et à l'appuyer au moment où il montait en automobile. M. Sauvaget avait refusé mollement.

— Ce pauvre petit est assez désolé de ce qui arrive, avait insisté Suzanne. Il serait cruel de ne pas le laisser accompagner sa petite amie malade et puis, sérieusement, il m'a menacée de nous rejoindre... avait déclaré finalemeut sa femme.

— Et l'argent ? avait objecté en souriant M. Sauvaget.

— Oh ! l'argent, avait-elle répliqué, un fils de famille sait toujours où en trouver... sans compter que

certains de ses amis qui sont riches et qui sont au
courant de sa situation n'hésiteraient pas à lui
avancer... Une fois là-bas, avec nous, nous aurions,
je crois, quelques difficultés à le « semer » ce que,
moi, je ne ferai pas... tu le penses bien.

— Tiens, tu m'embêtes avec ton fils, avait dit son
mari en riant... Je constate seulement que tu prends
l'habitude de faire pas mal de crocs-en-jambe à la
correction, laquelle exige...

— Et puis, avait interrompu Suzanne, Maurice
sera notre cavalier. Ce sera parfait. De quoi aurais-je
l'air, là-bas, en cette saison surtout, toute seule avec
ma poupée malade. Ce n'est pas tout. Tant qu'à faire
ce voyage, qui est très coûteux, que Maurice et moi
nous en profitions. De cette façon, Maurice et moi
nous pourrons rester une huitaine à Nice avec Annette
et nous reviendrons tout doucement en longeant la
Côte. Et elle avait ajouté ironiquement : « Cela me rap-
pellerait notre voyage de noces. »

— Allons, accordé, n'insiste plus. Ce chenapan fait
de toi ce qu'il veut. Evidemment, du moment que j'ai
commencé à fermer les yeux sur cette intrigue, fer-
mons-les jusqu'au bout. Il t'accompagnera donc, ce
qui, en réfléchissant, ne me déplaît pas trop. Dame,
jeune, jolie... toute seule... Prends ton cavalier. Tiens,
je vais faire mieux. En arrivant à Paris, je passe
rue Saint-Lazare retenir un coupé lit pour demain
soir. Es-tu contente?

— Très, mon ami.

Et, en effet, Suzanne était si contente qu'elle lui
sauta au cou et l'embrassa.

Partis de Paris dans une tourmente de neige, ils se
réveillèrent après Toulon, dans un paysage printanier, presque dans un champ de roses! Maurice et

Annette, saisis par les merveilles qui se déroulaient devant leurs yeux, poussaient des exclamations joyeuses et délirantes.

— Mais c'est le Paradis, c'est le Paradis, répétait Maurice comme un refrain... et je n'avais jamais songé à venir par ici, mais je suis une brute, un idiot, je veux mourir ici, moi.

Il s'était arrêté soudain sous le regard réprobateur de Suzanne.

— Moi aussi, laissa tomber gentiment Annette en souriant tristement.

— Tu es folle, Nette, dit Suzanne. Ici, tu vas te remettre, au contraire, et en quelques semaines encore.

— Peut-être bien, répliqua avec indifférence la jeune fille toute à son enthousiasme. C'est si beau !... Regarde, Mau, la mer qui bat aux pieds de ce petit château. Et ces collines de l'autre côté !... Elles sont bleues, roses, violacées !... et ces arbres d'une teinte si sombre. On dirait des cyprès. Moi aussi, je voudrais bien mourir ici, mais... plus tard. D'abord... vivre, ici... avec vous... ce serait le rêve !... N'est-ce pas, vous n'allez pas me quitter tout de suite... dites, tous es deux... vous me le jurez?

Elle s'était jetée dans les bras de Suzanne avec, soudainement, de grosses larmes dans ses yeux d'azur tendre.

— Non, ma chérie, répliqua Suzanne, Mau et moi nous allons rester avec toi exactement huit jours et nous repartirons doucement. Dans trois ou quatre mois, nous te le jurons, nous reviendrons te rechercher et nous t'emmènerons, cette fois, pour de bon, bien guérie de ta vilaine petite toux. Que veux-tu, il faut te soigner.

Ils descendirent à l'hôtel Mirabeau, un hôtel tranquille, presque familial. Malgré la température molle

et le calme atmosphérique qui les abattirent les trois
premiers jours, ils coururent Nice et les environs
tantôt en tramways, tantôt en auto ou en voiture de
louage. Après, le grand air et le vent qui souffle du
large sur cette mer d'un vert tendre si transparent,
vivifièrent leurs poumons et, à cette nonchalance des
premiers jours, succéda bientôt cette envie de vivre
qui s'empare si intensément des riverains sollicités
de tous côtés par la joie et les plaisirs.

A l'hôtel, leurs trois chambres communiquaient
et, le soir, vraiment ils auraient pu se croire aux *Tourelles*.

Une nuit, l'avant-veille de leur départ, ils entendirent Annette tousser, se plaindre, puis pousser un
cri. Lorsqu'ils furent près d'elle, ils s'aperçurent,
consternés, que la petite vomissait le sang à pleine
bouche. Le lendemain matin, Suzanne dut se mettre
en quête d'une pension de famille. On lui en indiqua
une dans le quartier de Brancolar. Au fond d'un petit
parc, sous des pergolias fleuris, se trouvait la villa
désirée. Suzanne visita. Elle fut contente de la
chambre, une chambre spacieuse dont une fenêtre
s'ouvrait sur l'est et l'autre sur le midi. Comme on y
conduisait, plus tard, Annette, avec sa malle, la
malade eut, dans la voiture, une syncope. Un médecin
fut appelé séance tenante. C'était un vieux praticien,
justement spécialiste des maladies de poitrine. Après
avoir examiné Annette, il prit Suzanne à part :

— Cette jolie demoiselle est-elle votre parente ?

— Une toute petite cousine, une orpheline...

— Voici. Si, tous les jours, à quatre heures, elle
veut bien être rentrée et si elle veut bien ne pas sortir
avant dix heures du matin — les jours de beau temps,
naturellement — et si elle veut bien suivre le régime
que je vais lui indiquer, je promets sa guérison

entière pour le printemps. Mais il faut une sagesse exemplaire... Restera-t-elle seule, ici ?

— Oui, docteur, mon beau-fils et moi, dès demain matin, retournons par petites étapes à Paris, mais puisque vous êtes le médecin attaché à la villa, voulez-vous, de temps en temps la venir voir et nous tenir au courant de sa santé ?... Vous nous comblerez de joie ! Pouvons-nous compter sur deux visites par semaine ?

— C'est entendu, madame, donnez-moi donc le nom de son médecin habituel, j'ai besoin de quelques renseignements supplémentaires qu'un confrère seul peut me donner.

— Le Dr Jeséquel.

— Le... browniste ?

— Oui, docteur, un homme charmant, un ami pour nous.

— Ses théories ne manquent pas de logique et ses aperçus biologiques, malgré leur audace, ne sont pas à dédaigner...

— A présent, docteur, nous allons profiter de votre présence pour prendre congé d'elle... nos malles à faire... tout le tintouin du départ... Je voudrais tant lui éviter la grosse peine de la séparation ! Devant vous, elle n'osera pas rendre sa peine trop bruyante.

— Elle n'en souffrira pas moins, répliqua le docteur en souriant. Tenez, je vais faire mieux. Comme je suis son voisin — j'habite à quelques minutes d'ici — je vais, ce soir, désobéir à son régime et l'emmener dîner chez moi. Ma femme sera enchantée. Nous n'avons plus d'enfant, ajouta-t-il tristement... celle que nous avons perdue était blonde comme elle, et aurait son âge... Quel est son prénom ?

— Annette.

— Mademoiselle Annette, dit-il tout haut en

revenant vers la malade qui se rhabillait, je vous
emmène dîner ce soir et, à neuf heures, je vous recon-
duirai ici... Est-ce entendu ?

Annette, que le départ proche faisait trembler,
accepta. Elle fut sage. Il y eut bien quelques larmes
de part et d'autre lorsque Maurice, du jardin où il
s'était tenu pendant la consultation, monta lui faire
ses adieux. On fit appel au courage d'Annette et elle
eut la force d'accompagner Suzanne et Maurice jusqu'à
la grille. Là, on s'embrassa le plus correctement du
monde et Maurice et Suzanne s'éloignèrent en laissant
Annette avec le docteur.

Pendant que Maurice, debout à la portière du train
qui les emmenait à Beaulieu, regardait le paysage
rendu fantastique par le coucher du soleil, Suzanne,
les yeux perdus sur la mer, songeait à la douceur de
ce climat engourdissant à certaines heures — les
heures chaudes de la journée, — excitant à certaines
autres heures, avec son trop-plein de sève et de
parfums. Certainement Maurice pensait à Annette.

— Avoue, Maurice, que tu es bien loin de moi, dit-
elle tout à coup.

— Ma foi, répondit Maurice en se laissant choir sur
la banquette, j'avoue que ce à quoi je pense n'est pas
précisément gai. Cette pauvre gosse que nous laissons
là, toute seule, et qui, peut-être, va mourir... car, moi,
tu sais, je n'ai guère d'espoir dans sa guérison !...

Suzanne lui prit les mains :

— Je t'en voudrais si tu ne souffrais pas ; cela prou-
verait la sécheresse de ton cœur. Moi, j'espère.

— Ne suis-je pas un peu la cause de sa maladie ?

— Là, je t'arrête, mon chéri. Je n'ai rien voulu
dire au docteur puisqu'il va écrire à Jeséquel ; mais tu
sais aussi bien que moi qu'Annette, étant la fille d'un

alcoolique, était marquée pour cette maladie. Si elle traverse cette première crise, qui est la grande épreuve, elle se peut relever et même guérir. Quant à être coupable, toi ?... non. Raisonne. Si Annette ne t'avait pas connu, cela ne l'empêcherait nullement d'en être où elle est. Crois-moi. Tu as mis dans son existence de pauvre fille un rayon de joie, voilà toute ta culpabilité. Elle a eu son petit Prince Charmant et, grâce à cela, si elle doit mourir, elle mourra du moins dans une belle villa au lieu de mourir dans un hôpital. Vraiment, il y a des moments où ta faiblesse m'étonne, où je ne te reconnais pas. Est-ce là ta belle philosophie sur la vie, sur l'amour, sur la mort? Toi qui n'as pas eu peur de l'amour, aurais-tu peur de la mort?

— Moi? Je n'ai peur que de la vie, tu le sais, Suzanne; je puis même t'avouer que sans toi il me semble que je n'aurais ni la force, ni le goût, ni l'envie de vivre. Je sais que la peur s'évanouit à l'heure finale. Je garderai d'Annette le plus joli souvenir de ma jeunesse.

— Tu me donneras bien une petite part dans ce souvenir, Maurice?

— Oh! toi, Suzanne... ce n'est pas la même chose. Jusqu'ici, tu as eu toute ma vie.

— Et si, moi, je mourais?

— Si tu mourais, Suzanne, il me semble que, comme ton ombre elle-même, en même temps, je disparaîtrais.

Elle l'attira à elle, tendre et caressante :

— Et moi, Maurice, si tu mourais, je voudrais vivre longtemps, longtemps, afin que ton souvenir vive aussi plus longtemps. On ne meurt entièrement que lorsque votre souvenir n'est plus dans la mémoire d'aucun être. C'est le souvenir que nous laissons qui prolonge notre vie.

Ils s'embrassèrent et se turent.

— Maurice, fit soudain Suzanne, veux-tu? pendant
huit jours nous allons oublier tout, tout, tout. Nous
ne parlerons ni d'Annette, ni des *Tourelles*, ni de rien
qui pourrait nous rappeler nos ennuis, nos chagrins
et nos entraves. Nous allons être deux amants en
voyage en plein Idéal, deux amants qui n'ont pas de
passé, qui ne songent pas à l'avenir et qui ne demandent
au présent que de la joie? Nous serons pour tous mari
et femme; ne portons-nous pas le même nom? Ce sera
peut-être la plus belle aventure de notre vie. Veux-tu?
Le veux-tu ?

— Si je veux?... Oh! Suzanne, de tout mon cœur.

Les huit jours qu'ils passèrent sur la Côte d'Azur,
amoureux vagabonds, allant de ville en bourgades, de
bourgades en villages, tout pleins d'eux, indifférents à
tout ce qui n'était pas eux, furent huit jours de rêve.
Ce rêve, ils le vécurent si intensément, si profondément qu'ils descendaient dans des hôtels, qu'ils man-
geaient, allaient dans les cafés comme deux extasiés,
deux illuminés. Ils constatèrent alors la force
effrayante de leur amour dont ils ne se rappelaient
même plus la complexité. Afin d'être plus libres, le
premier jour de leur randonnée, ils avaient envoyé
leurs bagages à Marseille, ne gardant, chacun d'eux,
qu'une petite valise contenant leurs pyjamas et
quelques objets de toilette indispensables.

— Nous arriverons à Marseille comme des bohé-
miens, avait dit Maurice.

— Qu'importe, si c'est par le chemin choisi par
notre cœur, avait répondu gaiement Suzanne.

Fait curieux, jamais peut-être leurs sentiments ne
furent plus fluides, plus suaves, plus délicats. Une
chasteté, trop longtemps honnie, semblait les enve-

lopper. Ils s'intéressaient, s'amusaient, se distrayaient
et se donnaient la douce sensation de cette vive amitié,
si rare hélas, dans l'amour! Elle, surtout, le choyait,
s'empressait et lui prouvait, presque inconsciemment,
combien elle savait répondre à son amitié, cette amitié
si chère entre un homme et une femme! Une nuit
entière ils avaient dormi dans les bras l'un de l'autre
sans oser seulement rompre l'étreinte qui les rassem-
blait, tant ils se sentaient en communion parfaite. Par
la force de leur affection réciproque, ils mâtaient
encore la passion qui les voulait contraindre à
s'avouer vaincus.

Un soir — c'était au Trayas — qu'ils regardaient
tous deux des arbres échevelés et rouges s'agiter
dans le soleil couchant, au-dessus des flots d'un vert-
or, elle lui avait pris la main et lui avait dit :

— Veux-tu? ne retournons plus *là-bas*, jamais,
jamais, jamais? nous vivrons comme nous pourrons,
par ici.

Il avait baissé la tête et elle avait compris qu'il
pleurait... qu'il pleurait sa faiblesse, sa faiblesse et sa
misère actuelle sans doute!

Une autre fois — c'était à Toulon — elle lui dit:

— Je vais remplir de sable mon petit flacon d'or,
nous mettrons dedans nos deux noms sur un papier
minuscule, nous lierons ce papier avec une boucle de
nos cheveux et nous irons jeter le flacon d'or en pleine
mer... J'éprouve le besoin de confier mon amour, de
faire part de mon bonheur. La mer sera notre confidente... veux-tu?...

Et ils avaient loué une barque avec un matelot; et,
lorsqu'ils avaient été au large, Suzanne, en serrant la
main de Maurice, avait laissé choir le flacon d'or dans
la mer...

Les quinze jours étant écoulés, il fallut bien reprendre le train, revenir à Paris où les attendait, avec son automobile, M. Sauvaget. Ils le trouvèrent soudainement vieilli et il leur sembla qu'il les regardait curieusement, avec des reproches dans ses yeux las.

Et Maurice et Suzanne eurent la même pensée :

« Se douterait-il ? »

> Hé bien à tes conseils je me laisse entrainer,
> Vivons, si vers la vie on peut me ramener,
> Et si l'amour d'un fils, en ce moment funeste,
> De mes faibles esprits peut ranimer le reste.
>
> *Phèdre* (RACINE).

M. Sauvaget arpentait fièvreusement son cabinet de travail. De temps en temps, il se dirigeait vers une de ses deux fenêtres, soulevait un rideau et regardait dans la rue le chassé-croisé des automobiles et des autobus. Arrivé ce matin-là plus tôt qu'à l'ordinaire, il avait donné l'ordre à l'huissier d'introduire, sitôt qu'il viendrait, un de ses parents : Jacques Sauvaget. Il l'attendait pour neuf heures, et il était neuf heures cinq.

Il eut un geste d'impatience, se laissa tomber sur un de ces fauteuils bas, en cuir vert foncé, tandis que, trahissant son énervement contenu, ses doigts s'agitaient sur les bras du fauteuil. La pensée que son frère se déroberait à l'entretien sollicité ne lui venait même pas.

Devant lui, gisait un livre jaune sur la couverture duquel se détachait en lettres noires ce titre : *Madame Phèdre*.

Ses regards étant tombés sur le volume, il le prit, le
feuilleta comme quelqu'un qui a déjà lu et, avec
dégoût, le rejeta de manière que le titre ne pût être
visible.

Ce qu'il n'arrivait pas à comprendre, en admettant
l'audacieuse et infâme dénonciation du livre, et ce qui
lui donnait l'espoir qu'il n'y avait là que de l'invention, c'était l'aventure d'Annette, réelle, il en était sûr...
à moins que, justement, Annette n'eût servie, dans
toute cette épouvantable affaire — si affaire il y avait !...
— de truchement, de... paravent... ce qui ne lui semblait guère possible. Tant de duplicité, tant de machiavélisme !... Non, cela n'était point. Une autre idée ne
lui venait même point...

Jacques Sauvaget ! son frère ! son aîné ! Il le revoyait
dans sa jeunesse. C'était alors un grand et mince
lycéen que le père n'aimait guère et tournait en déri-
sion pour son mépris des mathématiques, mépris
affiché, et pour son amour des lettres qu'il proclamait.
En fait, les deux frères se connaissaient peu, ayant
été élevés différemment et puis, plus tard, il y avait
eu des histoires, une, entre autres, celle de la fiancée
de Jacques... Bah ! tout cela était bien loin... si loin...

Jacques était de cette génération par deux fois
sacrifiée dans les deux dernières guerres. Né en 1870,
en pleine tourmente, au moment où les obus tombaient dans la capitale, il attaquait ses quarante-
quatre ans lorsque sonnait la mobilisation de 1914.
Il serait « parti » s'il n'avait, jadis, lui-même de-
vancé l'appel par un engagement en 1888, ce qui
« le fasait marcher » avec les hommes de quarante-
sept ans, dont seulement un tout petit contingent
avait été appelé à la mobilisation, et presque tout
de suite renvoyé dans ses foyers.

D'ailleurs, au moment où la guerre se déclarait, Jacques Sauvaget venait de publier, coup sur coup, deux brochures philosophiques, très discutées, mais qui le mettaient en lumière d'un seul coup...

Cinq ans après, la guerre finie, il s'aperçut qu'il était complètement oublié.

Il faut avouer que la génération à laquelle appartenait Jacques Sauvaget était une génération mal vue; c'était la seule, depuis 1872, qui avait rompu avec le traditionalisme. Comme les générations antérieures, celles qui suivaient affectaient envers elle un profond dédain. N'étaient-ils tous, épris d'intégrales libertés jusqu'à l'acceptation des idées anarchistes en faisant table rase de tous les préjugés? On devait tout de même à cette génération d'avoir secoué fortement les bases sociales en vue d'un meilleur devenir. On leur devait aussi la connaissance des littératures étrangères par trop dédaignées jusqu'alors, et aussi l'apport des grandes pièces d'Ibsen, de Strindberg, etc.

En art, ils avaient prôné l'impressionisme né vingt années avant eux, mais repoussé et blagué par une critique officielle dévouée aux grandes écoles de peinture qui s'obstinait à marquer le pas et qui se refusait à aller plus avant. Aux yeux des « jeunes » entrés encore tout armés dans la littérature, comme sur un champ de bataille, ces influences révolutionnaires, tant en sociologie qu'en art, étaient jugées néfastes et antipatriotiques. Pour un peu, on les aurait traités comme des bolchevistes. Les élections de 1919 affirmèrent, d'ailleurs, cette étrange tendance. Pour des hommes qui s'étaient comptés, qui s'étaient reconnus au moment de l'*Affaire*, sous la splendide conscience d'un Emile Zola, la lutte pouvait être reprise... malheureusement, en se recomptant, on s'était aperçu des vides... et la formation d'un groupe sérieux devenant impossible, chacun s'était retiré, attendant les événements.

Louis Sauvaget, présentement, se rendait compte qu'il n'avait pas été un bon frère ; que, somme toute, ce seul parent qui lui restait non seulement avait des qualités de cœur, mais n'était pas un homme ordinaire. Peut-être à son insu, dans cette antipathie voulue, entrait-il de sa part un sentiment d'assez basse jalousie...

La porte s'ouvrit. Prosper parut, s'effaça et laissa passer Jacques Sauvaget.

Et, quand le domestique eut disparu, les deux frères se regardèrent un moment avec gêne.

— J'ai reçu ta lettre hier au soir, au moment où j'allais partir en voyage, commença Jacques.

— D'abord, comment vas-tu? demanda M. Sauvaget qui avait essayé de sourire.

Son frère, un réel étonnement dans les yeux, avant de répondre, eut une hésitation :

— ... Depuis vingt ans?... assez mal... merci... Ma première idée, je l'avoue, était de ne pas me rendre à ton rendez-vous... et puis, j'ai pensé que, seul, un motif puissant te poussait à m'appeler, moi, ton aîné... enfin... que tu avais besoin de moi.

— Besoin... besoin... c'est-à-dire que... mais pourquoi ne pas croire que, plutôt, j'ai obéi à un mouvement naturel?

— Après vingt ans... c'est un peu tard, ricana Jacques Sauvaget.

M. Sauvaget, froissé, ne put retenir un geste d'impatience :

— En effet, j'aurais peut-être mieux fait d'attendre encore.

— Et, sans doute, ne m'aurais-tu plus trouvé... les

malheureux vivent... plus vite que les autres... à présent.

— ... C'est pourquoi j'ai hâté l'heure du rapprochement.

— Etait-ce bien utile, Louis?

— Ne fais-tu pas partie de la famille, Jacques?

— Moi?... oh! en rien du tout. Je m'appelle Sauvaget, comme toi, comme d'autres; ce nom étant assez répandu... Je suis un de tes homonymes, voilà tout. Moi, je n'ai plus de famille... mon cher... mais, à quoi bon parler de tout cela. Voyons, où veux tu en venir? qu'attends-tu de moi?

— Tu es un aigri, je comprends. Notre famille, dis-tu, n'est plus la tienne... En aurais-tu une autre?

— Ignores-tu que j'avais adopté mes deux derniers pupilles?

— Oui, l'on m'avait dit cela... et que font-ils?

— Ils sont morts... L'un à Verdun et l'autre... vient de mourir à Morgen, en Suisse... Je me préparais à aller chercher, en Suisse, ses pauvres petites affaires qu'il laisse... Tant bien que mal, ces deux enfants, je les avais élevés... Oui, en cette époque — la plus pourrie qui fût jamais dans l'histoire du monde — j'avais tenté de leur donner une conscience... Il vaut peut-être mieux qu'ils soient morts, après tout, car ils auraient été des dupes... Je ne me sentais pas la force d'en faire des malhonnêtes gens.

— J'ignorais... aussi ne m'expliquais-je pas ce deuil que tu portes?

Sombre et amer, Jacques répliqua :

— Oui, tu vois, je sacrifie à ce préjugé, un des moins ridicules... En tout cas, ce préjugé ne fait de tort à personne... Tu vois bien que je n'ai plus de famille.

— Je suis navré d'avoir réveillé...

— Passons. Sois bref. Que veux-tu de moi?

— Tu es l'aîné et j'ai besoin d'un conseil.

Jacques Sauvaget avait dressé la tête ; de sa barbe blanche issa un bruit de toux comme un ricanement :

— Je suis l'aîné !... Tu as besoin d'un conseil ?... Que me chantes-tu là ? Je ne suis donc plus un fou ? un utopiste ? un anarchiste ? C'est curieux... enfin, expose...

M. Sauvaget, d'un geste lent, désigna un fauteuil à son frère.

— Voici, dit-il. Me fiant à des apparences trompeuses, j'ai introduit chez moi, il y a trois ou quatre ans, un journaliste, un homme de lettres dont je te dirai le nom tout à l'heure, car, sans doute, ce nom le connais-tu. Cet homme, qui avait assez gravement froissé ma femme, tout à coup a cessé de venir et voici qu'il vient de faire paraître un livre dans lequel ma femme, mon fils et moi sommes salis, traînés dans la boue, l'abjection... Que dois-je faire ? Toi, tu vis dans ce monde un peu spécial des lettres, monde que j'ignore tout à fait. Tu peux donc me donner un conseil ?

— Diable ! diable ! répondit Jacques Sauvaget, perplexe. C'est une affaire entre ta conscience et toi. Le poursuivre ?... C'est bien grave. Pas facile et bien ennuyeux à prouver la diffamation et, comme dit l'autre, il en reste toujours quelque chose. Et tu veux te venger, évidemment... Voyons, avec les idées fossiles que tu possèdes, tu dois admettre le duel... toi ?...

— Tu te trompes, je trouve le duel ridicule ou odieux. Cependant, j'y ai songé. Mais j'ai une jeune femme qui...

— ... Oui, j'ai appris ton mariage avec cette petite Suzanne Champeyre, la fille du cousin.

— ... Et un enfant...

— ... De vingt et un ans presque.

— Tu ne sais peut-être pas aussi que j'ai une maladie de cœur assez grave : deux lésions, de l'insuffisance mitrale... Que sais-je?

— C'est une raison. Outre cela, on ne se bat plus aujourd'hui et, dans le commerce, on ne s'est jamais battu. Alors? rien. Et puis dans un monde en décomposition comme le nôtre... où la saloperie de tous...

— Tu exagères !

— Ah! j'exagère !... Tiens, tu me ferais pleurer. Revenons à ton affaire. Comme tu es riche, il t'est donc permis d'aller devant les tribunaux.

— Tu le disais tout à l'heure, c'est de la boue jetée sur notre nom.

Jacques Sauvaget haussa les épaules et ricana :

— Oh ! de la boue jetée sur notre nom... cela n'a aucune espèce d'importance. Outre qu'il y a beaucoup de Sauvaget, tu ne pourrais, personnellement, sortir sali par un diffamateur. Je le pense du moins. Les gens qui croiraient aux ignominies dont l'auteur tente de te couvrir sont gens intéressés à le croire... Quant aux autres, si tu savais ce qu'ils s'en fichent !

— Cependant, encore une fois, le nom...

— Bêtise, le père Sauvaget, notre père, a tout fait pour le déshonorer...

— Jacques ! interrompit M. Sauvaget avec reproche.

Jacques, élevant la voix, éclata :

— Oh! pardon. Moi, je suis toujours dans les mêmes idées qu'autrefois ; si cela te froisse, je ne puis que le regretter. Je ne suis pas allé te chercher, moi, et n'ai donc aucune concession à te faire. Autre chose. Réveillons les morts. Nous comptons quelques Sauvaget dans les annales des tribunaux. Il y a d'abord un oncle Sauvaget dont je n'ai même jamais su le

prénom, qui a expié cinq ans dans la maison centrale
de Melun sa trop grande délicatesse envers ses clients
et son amour profond pour les trains belges ; il y a
du côté maternel un Champeyre condamné à trois
années de prison pour attentat aux mœurs. Il äimait
l'herbe trop tendre ; il y a un Sauvaget qui nous est
vaguement cousin qui savait assez savamment
mélanger l'arsenic aux mets des gens qui le gênaient...
sans compter une Léonine Sauvaget, grande courtisane disparue, mais qui remplissait les journaux,
quelques années avant la guerre, du tumulte de ses
amours... C'est la seule Sauvaget qui me fut d'ailleurs
de quelque secours dans mes mauvais jours... une
bonne fille au fond. Enfin, nous avons dans notre
famille ce que l'on trouve à présent dans presque
toutes les familles, que l'on nomme Sauvaget ou Tar-
tempion ; oui, on a généralement l'honneur de compter
parmi les siens quelques escrocs, quelques criminels,
ou quelques prostituées. Cela prouve surtout qu'il est
difficile de vivre avec une morale qui ne fut jamais
faite pour les hommes et que les lois sont ou trop
compliquées ou... trop dures. Avant trente ans, crois-
moi, tous les noms auront été déshonorés et couchés
sur les registres pénitentiaires... Le nôtre y est depuis
bien longtemps... Eh bien, tant pis. Moi-même, ne
l'ai-je pas laissé dans un procès célèbre ?

— C'était... de la politique.

— Oui. N'empêche que dans ce procès politique,
de braves gens cherchaient à prouver que je faisais
partie d'une association de malfaiteurs, c'est-à-dire de
voleurs et d'assassins !...

— Tu as été acquitté.

— ... Pas pour mon concierge... et puis, j'en suis
encore étonné d'avoir été acquitté.

— Que faire alors ? Que ferais-tu, toi... à ma place ?

— Moi, dit Jacques Sauvaget, je hausserais les épaules... surtout si j'étais comme tu l'es, un riche et puissant manufacturier. Je considérerais les injures de cet homme comme de la boue d'auto ou de la bave de crapaud. Non. tout cela est sans importance. Réponds... par le mépris. C'est le seul bon conseil que je puisse te donner.

— Tu as sans doute raison. En face de certains actes dont la bassesse est flagrante, le mépris s'impose... Seulement... je souffrirai tout de même du mal qu'il m'a fait, *lui*, j'en souffrirai d'autant que je n'aurai pu me venger.

M. Louis Sauvaget, à son tour, s'était levé et marchait fièvreusement dans la pièce.

— Tiens, fit-il soudain en s'arrêtant devant son frère, il y a des moments dans la vie où l'on voudrait s'en évader..., f... le camp !...

— Allons ! allons, on se fait à ces choses-là, c'est un calomnié qui te l'assure... Et puis, tu accordes beaucoup trop d'importance à un roman. Vraiment, on dirait que tu ne sais pas que ces choses-là se fabriquent presque en série, comme les sacs de tes ciments. Non, mais, la belle histoire ! la triste histoire plutôt ! Sans compter que tu peux parfaitement t'égarer. On ne t'a peut-être pas du tout visé, même si l'auteur te connaît. Tu as pu lui inspirer une situation... et une situation pas neuve, pas nouvelle, crois-moi, car il n'y en a que trente-six dans le roman comme dans le théâtre. Gozzi nous l'avait soutenu, Georges Polti nous l'a démontré. Un roman ? Tiens, tu me fais rire, mais moi, je passe ma vie à en écrire... pour les autres, les connus, les célèbres — que je n'envie pas ! — Ils me donnent un sujet... ou à peu près et je te brode, je te brode et je te fais coucher tout ce monde-là ensemble. Evidemment, on soigne... on a des modèles... On prend

ici son ami, là, on se met soi-mème en scène. Ainsi,
moi, invariablement, il me faut un docteur, s'il n'y avait
pas de docteur, à qui ferions-nous dire des choses
à peu près sensées!... Tu t'étonnes de tout ce que je
te dis là?... Bah! le public n'ignore rien de ces
mœurs... et puis, il s'en fiche. Que veux-tu que cela
lui fasse que X ou Y écrivent ou n'écrivent pas leurs
livres? Moi, à cause de mon nom, on m'a fermé pas
mal de portes : Sauvaget l'Anarchiste, l'Anarchiste!...
Comme si jamais j'avais été anarchiste!... Enfin, on
ne veut ni de moi, ni de mes œuvres... Alors, j'écris
pour les autres et... je t'étonnerai bien... Non, c'est le
secret professionnel. Tiens, veux-tu que je lui réponde
à ton auteur? le veux-tu? Tu signeras le livre, tu le
feras signer par ton fils, ta femme, ton valet de
chambre... Cela te coûtera trois ou quatre billets et
mon entretien dans une auberge de la banlieue où je
puisse, entre temps, m'adonner au plaisir de la
pêche... Tu vois comme c'est facile *d'écrire* un
livre?...

Jacques Sauvaget durant cette tirade s'était levé;
Délibérément, il s'était approché de la table, avait pris
une cigarette dans un étui ouvert et machinalement
s'était emparé du livre :

— Tiens, tu as... *Madame Phèdre*... Extraordinaire!
continua-t-il en ricanant. J'ai écrit ce livre pour trois
mille francs; tu vois que cela se fait... Ce Lubernier me doit encore mille francs ; mauvaise affaire...
Louis, mauvaise affaire... pour moi.

Il avait à peine reposé le livre qu'en regardant son
frère, il s'aperçut que celui-ci avait la figure décom-
posée. Pensant que Louis l'allait blâmer de vendre sa
plume, il s'excusa :

— Que veux-tu, il faut vivre... et puis, pour le petit,
malade, là-bas, en Suisse... j'avais besoin d'argent...

et c'est un métier, après tout !... Ce n'est plus qu'un
métier !...

Mais... Louis Sauvaget fixait toujours sur lui des
yeux hagards :

— Ainsi, c'est toi... c'est toi qui...

— Oui, je n'aurais pas dû te le dire... mais, vraiment, cet exemplaire tombant sous mes yeux me four-
nissait un argument par trop décisif pour te prouver
le peu d'importance...

M. Sauvaget l'interrompit :

— C'est horrible !... Jacques, c'est horrible !...

— Mais non... protesta Jacques Sauvaget...

Et comme il voyait de grosses larmes dans les yeux
de son frère, il ajouta, pitoyable :

— Qu'as-tu?

— J'ai... j'ai... fit Sauvaget, désemparé... C'est
dans ce livre que cet infâme Lubernier me traîne
dans la boue... Comprends-tu : Farouchet, c'est moi ;
Viviane, c'est elle, Suzanne, ma femme ; Price, c'est
Maurice.

Ce fut au tour de Jacques à pâlir :

— Qu'est-ce que tu dis là? tu es fou, puisque je te
dis que...

— Il s'est vengé, comprends-tu, il s'est vengé
d'autant plus ignominieusement... qu'il s'est servi de
toi, mon frère, pour... ah ! c'est horrible ?

M. Sauvaget s'était laissé choir dans un fauteuil et
pleurait :

— Mais... Nom de Dieu !... C'est fou... s'écria subitement Jacques qui commençait à entrevoir l'affaire
sous un jour nouveau.

— Est-ce lui qui t'a fourni le canevas? demanda
avidement Louis Sauvaget.

— Evidemment.

— Et les noms ?... les noms ?...

— J'ai accepté ceux qu'il me proposait ; des noms, ce n'est rien... mais alors, oui... Ainsi, c'est ce Lubernier... qui... Mon pauvre Louis, j'ignorais tout, j'ai fait de la « ligne », de la besogne de nègre... il faut me croire... tu sais !

Haletant, à son tour bouleversé, il regardait son frère. Soudain, tout son cœur de héros incompris se révolta à l'idée qu'on pouvait le croire, lui, le complice d'une infamie pareille même inconsciemment...

Après un silence, il continua :

— Voyons du sang-froid. Nom de Dieu ! Il y a dans tout cela un malentendu ou l'effet d'un désastreux hasard. Ces noms jetés là, dans ce lieu, ne veulent rien dire, je te l'affirme. Je t'ai appris de quelle façon on composait un roman... et, bougre de bougre, je le sais mieux que personne ; en ce qui concerne celui-là du moins, puisque c'est moi... c'est moi !... Tu ne vas pas dire que moi... Non c'est trop bête... Le sujet de tout cela d'ailleurs est vieux comme le monde ; *les Phèdre* ? mais il y en a partout, dans toutes les langues, c'est même un sujet rebattu... c'est... Et puis, voyons, quel rapport y a-t-il entre ta femme, ton fils... je ne comprends pas... tu ne penses pas ?...

Il s'était arrêté ; et, plus bas, il répétait :

— Non, je ne comprends pas...

— Tu ne veux pas comprendre, martela M. Sauvaget...

— Mais que veux-tu ?... Que faut-il comprendre ? ..

M. Sauvaget, du poing, montra le livre.

— Ce livre m'a empoisonné ;... il m'a mis dans l'esprit, le doute, comprends-tu ?... Aujourd'hui, oui, je soupçonne ma femme et mon fils... saisis-tu ?...

Alors, Jacques Sauvaget éclata.

— Ah ! cela, non et non, tu es fou, tu es un vrai malade, Louis. De Suzanne je n'ai que le souvenir

vague d'une gamine jolie, intelligente, et, par consé-
quent je n'en puis parler et encore moins en écrire,
quant à ton fils Maurice, non, de celui-là je puis me
porter garant, car c'est un brave enfant...

— Tu le connais donc?

Jacques Sauvaget hésita une seconde, puis, bravement déclara :

— Je le connais.

— Tu l'aurais rencontré?...

— Non, il y a quelques semaines, deux ou trois
mois peut-être, je suis allé le voir, chez toi?

— Chez moi? à Asnières? aux Tourelles?... fit
M. Sauvaget plus étonné que fâché.

— Oui... mon dernier enfant se mourait, il lui
fallait partir en Suisse et... ce Lubernier ne me payait
pas... justement... ce livre là : *Madame Phèdre*... Par
hasard, j'avais lu, dans une revue de jeunes, un article
de ton fils sur la « bonté »... alors... je suis allé le
trouver... je lui ai conté ma mauvaise chance et le
malheur qui allait me frapper... et... il m'a obligé...

— Continue... dit M. Sauvaget...

— C'est tout...

— Peut-on savoir pour quelle somme il t'a obligé?

— Pourquoi non?... Deux mille francs.

— Tiens! tiens! tiens... mais où diable, mon fils,
a-t-il pu se procurer une telle somme?... car ce n'est
pas avec les deux cents ou trois cents francs que je lui
donne mensuellement pour ses plaisirs...

— Ecoute, Louis, ici nous parlons à cœur ouvert,
cette incidence est donc inutile et indigne de toi. Déjà,
je lui ai fait parvenir cinq cent francs et je compte...

— Cela n'a pas d'importance, interrompit M. Sauvaget. Ce qui est important c'est de savoir où et
comment il a pu avoir immédiatement cette somme
à sa disposition...

Et comme Jacques, ennuyé maintenant de son aveu,
se taisait, M. Sauvaget conclut :

— Il n'y a qu'elle, qui a pu la lui donner... Elle !...
et cela prouve qu'il y a déjà entre eux, certaines
complicités...

— Mais, interrompit Jacques Sauvaget, quelle idée
as-tu eue d'épouser une aussi jeune femme?

M. Sauvaget poussa un soupir et d'une voix morne
raconta brièvement sa vie avec ce semblant de foyer...

Et, pour terminer, il dit :

— Suzanne, de cinq ans plus âgée que Maurice, l'a
pour ainsi dire élevé, éduqué, et c'est pour la remercier de tous ces soins, sachant quelle triste vie de la-
beur et de privations l'attendait, moi, mort, que je l'ai
épousée. Je savais qu'ils avaient l'un pour l'autre une
si grande affection, une...

— Imbécile !... tu savais cela... et tu... non, c'est
trop bête, s'exclama Jacques Sauvaget... et si... Ah !
mais non, c'est toi alors qui serais le coupable...
c'est que tu as la manie de te jeter dans les amours
des autres, toi, ... tu sais ce que je veux dire, Louis
mon frère?...

M. Sauvaget avait baissé la tête. C'est que le
reproche de son frère, si déplacé qu'il fût en cet instant, était juste.

Cependant Jacques Sauvaget reprenait :

— Mais c'est idiot, une telle pensée...

— C'est pourtant le sujet de ton livre.

— Je te répète que ce sujet est à tous. Il se peut que
Lubernier ait pris chez toi son point de départ, ce qui
est son droit; quant à la suite, c'est de l'imagination
pure ; et sacrédié, j'en sais bien quelque chose puisque
c'est moi qui ai écrit ce bouquin. Rends-toi donc à
l'évidence ?

— Ah ! si je pouvais être sûr !...

— Sûr et certain. D'ailleurs, ou *cela est...* ou *cela n'est pas et ne fut jamais.* Ce n'est pas un roman dont ils ignorent certainement l'existence qui arriverait à changer leur façon d'être.

Et, après un silence, il regarda son frère :

— Une question ? Comment es-tu en possession de ce livre... Te l'a-t-il envoyé... te l'a-t-on...

— Rien de tout cela. En leur absence — car ils étaient à Nice, ensemble ! — m'ennuyant, je suis allé chez Floury, mon libraire habituel et lui ai fait faire un paquet de livres. Etant donné mes anciennes relations vraiment amicales avec Lubernier, rien de plus naturel que j'ai mis un de ses livres dans le lot.

— Tu vois, tu vois, tout cela est très simple...

— Tu commences à me rassurer... C'est que, vois-tu, ce serait si épouvantable !

— N'empêche que tu fus bien imprudent. Nous sommes, chair, os et sang, rappelle-toi que toute affection a toujours un côté charnel, conscient ou inconscient, avoué ou inavoué.., cela, c'est de la psychologie élémentaire. De là à... Non et non...

Jacques Sauvaget s'arrêta, épuisé. Les arguments pour tranquilliser son frère, au lieu de se précipiter dans son cerveau, commençaient à lui échapper parce que lui-même arrivait à douter. Louis Sauvaget, au contraire, était d'autant plus convaincu, qu'il possédait un argument dont il s'était bien gardé de faire étalage, mais un argument qui pesait : les relations de son fils avec Annette.

— C'est tout ce que tu avais à me dire ? trancha Jacques Sauvaget.

— Oui..., je voulais aussi t'offrir la paix. Tous les deux nous sommes presque des vieillards... Veux-tu me pardonner le mal que je t'ai fait ?

— Soit, c'est oublié !

— Ta main alors?

— La voici.

Jacques, sous son aspect rude, sensible comme une femme, s'était mordu les lèvres pour contenir son émotion. N'était-ce pas la première fois que son frère agissait avec lui comme un frère!

— Et, à présent, dit Louis Sauvaget, je vais rentrer à Asnières... j'ai besoin d'embrasser tout mon monde pour me faire pardonner tous mes odieux soupçons... Tu comprends cela?... Tu viendras bien me voir quelquefois, Jacques, tu me feras tant plaisir?...

— A Asnières! Grand merci, ta Madame Champeyre ne m'aime pas du tout. Elle cillerait trop en me voyant, et puis, la vie de famille... Non, je suis trop ours... Si tu veux, de temps en temps, je viendrai te dire bonjour ici...

— ... Et nous déjeunerons ensemble.

— Comme tu voudras.

— Tu seras toujours le bienvenu. N'aie pas peur d'abuser... Dis-moi encore... dernièrement, il y a eu une rentrée du père Sauvaget... oui une créance... j'ai de l'argent à toi... je t'enverrai cela demain... ou tiens, c'est bien plus simple... attends... oui, c'est cela. C'est trois mille francs qui te reviennent.

Il alla à son coffre-fort, en tira six billets de cinq cents francs qu'il étala sur la table.

Jacques Sauvaget, étonné d'abord, restait impassible.

— C'est vraiment... une créance?... interrogea-t-il méfiant...

— Pourquoi doutes-tu?... j'ai eu en main l'argent il y a cinq jours...

— En ce cas, reprends tes quinze cents francs, Louis?

— Que non: tu les rendras toi-même à Maurice...

si tu y tiens..., moi je te donne quittance. Les deux frères se tendirent encore la main.

A présent, Louis Sauvaget souriait et c'était Jacques Sauvaget qui était triste.

Le doute de Louis Sauvaget avait passé peut-être dans l'esprit honnête et bon de Jacques Sauvaget — et il en souffrait !

III

Le roi n'est plus, Madame ; il faut prendre sa place.
Sa mort vous laisse un fils à qui vous vous devez.
                    Phèdre (RACINE).

M. Sauvaget marchait hâtivement vers la gare Saint-
Lazare. En se pressant, il pourrait certainement
prendre le train de 11 heures 10, ce qui le mettrait à
onze heures et demie chez lui. On aurait donc le temps
de lui faire griller une côtelette. Très rarement il rentrait déjeuner. Ce jour-là, il lui semblait que son
devoir était, après ses vilains soupçons, de se rapprocher des siens. Mme Champeyre et Jeanne, obligées
de se rendre à Paris le matin, prendraient peut-être, au
retour, le même train. Il avait des chances au départ
de les rencontrer.. Comme le vent de décembre était
glacial, il releva le col de sa fourrure et regretta l'absence de son automobile. La veille, il avait fallu la
conduire à Neuilly pour une réparation urgente et qui
demanderait au moins vingt-quatre heures. Dans le
brouhaha de la Salle des Pas Perdus, il y avait affluence
de voyageurs. Soudain, il s'aperçut qu'il avait oublié
sur son bureau le livre de Lubernier. Après le départ
de Jacques, il s'était promis de le remettre lui-même à
Suzanne. Avec sa belle franchise, celle-ci dirait si

Lubernier les visait; si c'était une vengeance à base calomnieuse ou si, simplement, comme le prétendait Jacques Sauvaget, il ne s'était inspiré que d'une situation... ce qui, après tout et en dernier ressort, lui semblait être la vérité. Il avisa le bouquin à l'étalage d'une Bibliothèque et l'acheta.

Malgré le froid intense, un beau soleil argentait le Pont de l'Europe, plaquait des taches d'or sur les toits et allumait les vitres des maisons. Il arriva rue Saint-Guillaume et s'étonna de ne voir personne dans la loge, les Rougier ayant reçu l'ordre de fermer lorsqu'ils s'absentaient pour leurs courses du matin.

Il pénétra donc dans la maison et monta directement dans sa chambre. Il lui sembla tout à coup entendre dans la chambre de Maurice la voix de Suzanne.

Il s'arrêta. De nouveau, un doute brusquement l'envahissait. Le cœur battant, sur la pointe des pieds il s'approcha. Cette fois, il saurait. Il n'avait qu'à les observer, eux, qui, ne se sentant pas observés, allaient certainement, par leurs propos ou leur attitude, déterminer sa conviction. Par a fente de la porte non fermée hermétiquement, il les aperçut et, tout de suite, devint blanc.

Maurice et Suzanne étaient allongés, presque côte à côte, sur le divan. La tête du jeune homme reposait sur le sein de la jeune femme. Ils bavardaient, cependant que d'un geste machinal, maternel aussi, Suzanne caressait le front et les cheveux de Maurice. Elle n'avait pas tout à fait rabaissé sa jupe, déjà courte, et une partie de sa cuisse gauche apparaissait nue, presque jusqu'à l'aîne où tout s'assombrissait. D'abord il voulut s'efforcer à ne voir, dans le tableau qui s'étalait à ses yeux, qu'une mère qui caressait gentiment son fils...

Il cherchait à se tromper lui-même. Ces robes à la
mode, si courtes, le moindre mouvement les relevait,
aussi !... Suzanne, d'ailleurs, d'un geste simple, presque pudique dans ce moment, la baissait... malheureusement, dans ce même moment, elle posait ses
lèvres sur les lèvres de Maurice... Les poings serrés,
M. Sauvaget les regardait... le baiser se prolongeait...
Cette vision le terrifia. Il porta les mains à son cœur
malade afin d'en comprimer les battements, si violents,
qu'il les entendait. En vain appelait-il en lui le calme...
le sang-froid... le raisonnement. Son cœur, décidément, battait trop violemment. Soudainement aussi,
il comprit sa faute — et leur faute ! — et une sorte
d'horreur se mêla à son angoisse...

... Ainsi, cette jeune fille que lui, homme déjà mûr,
avait choisie pour la rendre riche, cette jeune fille
qu'il s'était appropriée... était la maîtresse de son fils
unique qu'il adorait? La vieille fatalité était donc toujours de ce monde? Confusément, il sentait de plus
en plus toute sa culpabilité, tout son égoïsme coupable... Loyalement, il se rendait compte aussi du
malentendu qui avait présidé à cette union par trop
disproportionnée. Il se souvenait du recul farouche de
sa femme, à Nice, lorsqu'il avait décidé qu'elle lui
appartiendrait. Cette liaison datait-elle d'avant le
mariage. Comme le disait Jacques : *il était donc créé
pour se glisser dans les amours des autres?* Il s'était
attendu à pousser un cri, mais le cri restait comme
coincé dans sa gorge séchée, et voici qu'il se sentait
maintenant étouffer. Pour essayer de fuir le tableau
charmant de jeunesse et de volupté — infernal pour
lui ! — il avait fermé les yeux. Ne pas voir ! ne plus
voir ! Mais, les yeux fermés, il retrouvait ce tableau en
lui-même, ce tableau de l'amour implacable triomphant en face de sa décrépitude naissante. Le livre

avait raison... Dix, cent, mille souvenirs et images traversèrent son cerveau.

Il pensa (si penser peut être ce pressentiment qui vous envahit au moment où la vie va vous fuir).

— Je vais mourir... je vais certainement mourir... je veux mourir.

Alors, tandis que sa main droite se portait à sa gorge râlante, sa main gauche s'étendait pour pousser la porte.

Il esquissa le geste de les désigner et tomba.

Le bruit de la chute du corps les fit se dresser tous les deux. Une angoisse les crispait. Avec épouvante, d'abord, ils se regardèrent, semblant s'interroger et n'osant se répondre...

Suzanne, la première, recouvrit son sang-froid. Elle marcha bravement vers la porte et l'ouvrit avec violence.

Elle se recula en poussant un cri de terreur. M. Sauvaget, la bouche affreusement convulsée, les yeux ouverts, les traits encore empreints d'une expression de colère et de souffrance, était étendu, les bras en croix, sur le parquet du palier.

Maurice, dont la volonté instinctive d'abord avait été de fuir, d'un bond fut près du corps :

— Papa !

Mais Suzanne l'avait rejoint. Elle l'écarta presque brutalement d'un « Laisse-moi », s'agenouilla et colla son oreille sur la poitrine de son mari.

Elle se releva, regarda Maurice et murmura :

— Le cœur ne bat plus, il me semble !...

Maurice poussa un autre cri farouche cette fois et s'abattit en sanglotant sur le cadavre.

A ce moment, Mme Champeyre et Jeanne, chapeautées, sac en main, apparaissaient dans l'escalier, angoissées par le cri de Maurice.

Mme Champeyre avait vite repris sa sérénité — en apparence du moins. Déjà, elle suffisait à tout. Elle ne se troublait point et envisageait la position avec un imperturbable sang-froid. En apercevant le cadavre, aucune fibre de son visage n'avait tremblé. Elle avait seulement regardé sa fille comme si elle venait de découvrir une autre Suzanne. Eut-elle un soupçon ? Si elle l'eut, elle se dépêcha de l'enfouir au plus profond d'elle-même. Froide, impassible, elle donnait des ordres, des instructions, sèchement ; dans le désarroi de ce moment tragique, elle seule ne perdait pas la tête.

Elle avait étendu sur le corps le tapis d'une table proche après avoir préalablement fermé les yeux du mort... peut-être parce que le regard l'horrifiait... peut-être aussi parce qu'elle jugeait qu'il était convenable qu'il en fût ainsi.

Sur le divan, prostrée, Suzanne ne bougeait pas. De temps en temps, elle poussait un large soupir comme si elle avait peur de perdre la vie en même temps que la respiration. Maurice, lui, avait été entraîné dans la chambre de Suzanne par Jeanne horrifiée, en larmes, et qui se lamentait bruyamment.

Lorsque le médecin arriva, il découvrit le mort, mit sa main à la place du cœur, toucha son front.

Simplement, il demanda :

— Il était cardiaque, n'est-ce pas?

Mme Champeyre fit « oui » de la tête ; puis, à voix basse, elle expliqua qu'en rentrant elle avait trouvé sa fille — la femme du défunt — qu'elle désigna de la main avec le fils, se lamentant, ayant tous les deux perdu la tête.

— Dispute? Contrariété, peut-être? interrogea le médecin.

Mme Champeyre releva la tête.

— Ni l'une ni l'autre; la famille est très unie. C'est... c'est un accident. Le docteur Jeséquel, qui le soigne depuis longtemps, nous avait prévenus que cela lui arriverait et, pour cette cause, nous lui évitions les plus légers ennuis.

Le médecin tout en recouvrant le défunt acquiesçait.

— Quel âge a le défunt ?

— Cinquante-sept ans... ou cinquante-huit..., je ne sais plus.

Il jeta un regard du côté de Suzanne, toujours prostrée, les mains jointes entre les genoux et les yeux fixes et, en s'apercevant qu'elle était belle et jeune, il eut sur les lèvres un petit plissement, presque un sourire, mais si imperceptible !

— Il faut téléphoner à la mairie de Courbevoie; vous êtes sur le territoire de Courbevoie, ici. C'est ridicule, mais c'est ainsi, et demander le médecin.... des morts.

Et comme Mme Champeyre le regardait contrarié, il ajouta :

— Après tout, si cela vous ennuie, je vais téléphoner moi-même.

Il salua profondément Mme Champeyre, s'approcha de Suzanne, s'inclina :

— Du courage, madame. Il n'a pas dû souffrir...

Suzanne, hébétée, le regarda et le laissa s'éloigner. Elle ne l'avait certainement pas entendu.

Tout à coup, elle tressaillit. Machinalement, elle étendit les bras comme pour repousser ou pour protéger, et cria :

— Maurice ! Maurice ! Où est Maurice ?

— Dans ta chambre, avec Jeanne qui le console, répondit la mère.

Elle bondit jusqu'à sa porte et, impérative, dit à sa sœur en train de pleurer :

— Laisse-nous.

Comme celle-ci n'obéissait pas assez vite elle répéta :

— Laisse-nous... veux tu ?

— Il a tant de peine, implora Jeanne.

Elle fit, étonnée, de la résistance :

— Ne suis-je pas là? Laisse-nous. D'ailleurs, maman a besoin de toi.

— Je ne veux plus entrer dans...

Suzanne se tordit les mains.

— Va où tu veux, mais laisse-nous...

Jeanne sortit en pleurant de plus belle.

Maurice, étendu, la tête cachée dans les profondeurs des coussins, étouffait ses sanglots en poussant de temps en temps des gémissements et des cris inarticulés dans lesquels elle distinguait « papa ».

Suzanne s'assit un peu loin de lui. Elle voulait le laisser pleurer tout son saoûl, sachant que la crise des larmes passée il serait plus calme, plus attentif ; et puis, elle se demandait de quelle manière elle allait aborder la conversation. La tragédie était trop récente. Elle attendait donc que Maurice s'aperçût de sa présence. Elle savait que, de son premier mouvement, dépendrait tout le reste de sa vie à elle, de sa vie à lui, de leur vie à tous les deux. S'il avait un recul, il fallait tout craindre, — même la vérité criée ! Si, au contraire, il se réfugiait dans ses bras, tout se pouvait arranger. On combinerait l'événement, son entrée *à lui*, une invitation à s'aller promener. *Il* aurait formulé quelques légers reproches parce qu'on ne voulait point sortir avec lui et *l'accident* se serait alors produit, sans cause connue, peut-être à la suite de cette simple contrariété intérieure.

Sur le divan, Maurice gémissait toujours. Ses larmes la touchèrent et elle se mit aussi soudain à pleurer doucement. Elle sentait surtout que cela la soulageait, lui enlevait comme un poids lourd sur la poitrine. Pleurer, c'était dégager sa pauvre tête qui voulait, malgré tout, conduire les événements.

En entendant pleurer à côté de lui, Maurice, en effet, leva la tête et, dès qu'il aperçut Suzanne éplorée, il se jeta dans ses bras comme un enfant, en criant :

— Papa, mon pauvre papa !... Papa ! Oh !...

Lui, ne songeait réellement qu'à sa douleur, la perte de son père qu'il aimait profondément malgré tout. Il oubliait, sans doute, avec son inconscience et sa faiblesse habituelle, qu'il était, — qu'ils étaient lui et elle — la cause de sa mort !

Cependant, Suzanne le tenait maintenant la tête renversée sur son sein — presque comme tout à l'heure ! — et tout en pleurant elle-même elle lui prodiguait ses consolations accompagnées de chastes baisers et de maternelles caresses.

Elle le reprenait doucement, uniquement occupée de lui et de lui seul. A présent que *l'autre* n'était plus, elle se sentait délivrée comme la bête farouche qui a rompu sa chaîne. Au fond, elle ne *lui* avait jamais pardonné de l'avoir prise et elle *lui* gardait une sourde rancune de l'avoir dégradée, d'avoir été maître de ses sens à cause de son expérience et de sa virtuosité amoureuses. Et ce sentiment, malgré elle, dominait tellement sa douleur qu'elle cessa brusquement de pleurer. A voix basse, elle fit des recommandations que Maurice écoutait au milieu de ses sanglots et tout en ayant l'air d'acquiescer. De peur qu'il n'eût pas compris, elle les lui répéta en martelant quelquefois un « c'est bien entendu ? » qui amenait sur les lèvres de son beau-fils un faible « oui » en même temps qu'un sanglot ou qu'un hoquet.

Il dit, lointain, suivant sa pensée tyrannique :

— C'est horrible, Suzanne, c'est horrible... Il faut qu'on se tue tous les deux, veux-tu?

Elle tira de sa chevelure un peigne d'écaille et le recoiffa lentement; puis, avec son mouchoir, elle lui essuya les yeux.

— Il faut être très raisonnable, mâter les nerfs, commander ta douleur. La fatalité ne pèsera pas toujours sur nous. Plus tard, tu comprendras et tu me sauras gré de t'avoir aidé à traverser les heures terribles que nous vivons. Le principal est de ne pas perdre la tête. Laisse-toi aller à ta douleur. Pleure, mon chéri.

— Tu pleurais tout à l'heure, toi, fit-il, lui reprochant sans doute de ne plus pleurer.

— Moi?... Moi, Maurice, fit-elle d'un ton grave. Moi, je ne suis ici-bas que pour t'aimer, et cela est si vrai, que si je savais qu'un événement si triste, si tragique, devait nous séparer, j'accepterais avec joie la mort que tu m'offrais à l'instant de partager avec toi.

Cette sauvage affirmation de son amour planant sur tous les êtres, dominant la vie et s'affirmant hautainement et sans scrupule devant la mort, presque devant le crime, terrifia Maurice, mais aussi lui mit comme un baume sur le cœur. Il tressaillit à l'idée qu'il marchait dans le sillage d'un tel amour.

— Oui, continuait-elle, tu es tout pour moi, tu fus tout et tu seras tout. Hors toi, rien, rien n'existe. Tu m'entends? Je sacrifierai ma mère, ma sœur, plutôt que te perdre. Tu es mon enfant, et seule je t'ai aimé de tout mon cœur... Toi seul, tu peux te douter jusqu'où va mon amour pour toi Tu es mon véritable enfant, maintenant, et nulle puissance humaine autre que ta puissance ne nous empêchera de vivre côte à côte.

Elle décida :

— Tous les deux, nous partirons d'abord d'ici. Ensuite, je m'arrangerai... Nous y resterons seuls.

Il interrogea craintivement :

— Tu n'as donc pas de remords, toi ?

Elle secoua la tête.

— Non. J'ai suivi la voie de mon cœur, je me suis engagée de bonne foi, dans un mariage que je croyais être autre. J'ai été surprise, salie, et coupable aussi, c'est entendu... malgré cette volonté, la mienne, que je croyais plus forte que tout. Je suis une grande malheureuse, mais une malheureuse qui s'est trompée, qu'on a trompée. Je ne me juge pas coupable et je ne le suis pas. Je n'ai eu qu'un but : *t'avoir* et je n'en ai toujours qu'un : *te garder.* Il ne faut pourtant pas que je te paraisse odieuse. Cela, non, je ne le veux pas.

Je comprends ta douleur de fils ; c'est pourquoi je te dis : « pleure » ; car il t'aimait et tu l'aimais aussi. Oui, nous avons manqué de courage, mais, Lui, il a manqué de bonne foi. Regrette, mais n'aies pas de remords. La Fatalité a tout fait. Pour moi, malgré tout, il reste le rival — ton rival ! — qui s'était imposé à moi.

— Tais-toi, fit Maurice, suppliant.

— Oui, demain, continua imperturbablement Suzanne, tu comprendras même que l'Homme avait deux faces parce que tous les hommes, quand ils sont conduits par leur désir, ont deux faces. Ici, il ne m'avait montré que sa première face, c'est à Nice qu'il m'a montré l'autre.

— Oh ! je t'en conjure, tais-toi, ne parle pas ainsi aujourd'hui, reprit Maurice. Suzanne baissa la tête, adhéra surtout à la supplication muette qu'elle lisait dans les yeux de son amant.

Elle lui prit la tête et le baisa au front, brusquement,
puis :

— Que vas-tu faire aujourd'hui, demain, après-
demain, mon pauvre petit?

— Je ne veux pas rester ici, sanglota Maurice.

— Mais, où aller?

— Je veux retourner là-bas, à Nice, tout de suite.
Rester ici, je ne m'en sens ni la force, ni le courage ;
devant l'action, je suis lâche! Suzanne le regarda
d'abord avec effarement. Au moment où le drame
s'abattait sur eux, allait-elle être seule? Mais elle vit
Maurice si douloureux, si abattu, si pâle, qu'elle comprit elle-même que le Calvaire de cette rédemption qui
s'imposait férocement à tous les deux, elle seule
devait, en effet, le gravir pour tous les deux.

A son tour, elle laissa tomber sa tête sur l'épaule de
cet enfant — son enfant — et murmura :

— Oui, c'est cela; tiens. Pars là-bas, moi, je reste,
j'essayerai d'avoir la force pour nous deux. Pars tout
de suite. Sans cela... peut-être m'opposerais-je à ce
départ. Pars ce soir; pars tout de suite. Boucle une
valise à la hâte, pars... j'expliquerai tout, je prends
tout sur moi; je dirai que c'est moi qui l'ai exigé...
Pars...

Le visage changé, Maurice la regardait...

— Alors... tu veux bien?

— Je le veux, mon petit, tu entends, je le veux,
je l'exige maintenant; profites-en.

En face de l'aventure tragique, une nouvelle Suzanne
était née.

Maurice, avant de monter dans son coupé, pour ne
pas penser, avait acheté quelques livres, dont *Madame Phèdre*. Le titre l'avait d'autant plus fortement

intrigué, et troublé, que l'auteur qui avait écrit le volume était Lubernier...

Avec épouvante il l'avait lu...

En arrivant à Nice, le lendemain, il était descendu dans le premier hôtel rencontré sur sa route et une forte fièvre l'y avait maintenu deux jours.

QUATRIÈME PARTIE

LA REVANCHE DE L'IDÉAL

Hélène : Oh ! Aurais-tu le cœur de
m'abandonner ici, seule dans les ténèbres ?
Ah ! ne m'abandonne pas !
Demethius : Arrête, sous peine de ta
vie, je veux m'en aller seul.

(*Le Songe d'une nuit d'été*,
Shakespeare.)

I

Depuis près de six mois, honteux, désespéré,
Portant partout le trait dont je suis déchiré,
Contre vous, contre moi, vainement je m'éprouve.
Présente, je vous fuis ; absente, je vous trouve ;
Dans le fond des forêts, votre image me suit.

Phèdre (Racine).

Madame Veuve Suzanne Sauvaget
à Maurice Sauvaget.

Asnières, 21 décembre 192...

Enfin, j'ai une lettre de toi — une lettre bien courte : trente mots et ton adresse ! Et c'est tout... Ah ! toi aussi tu as acheté l'horrible livre de Lubernier. *Lui,* en arrivant, l'avait dans sa poche *non coupé* ; il venait probablement d'en faire l'acquisition à la gare ; seulement... dans son bureau de la rue La Boétie, où j'ai dû aller pour faire mettre les scellés, j'en ai trouvé *un autre qu'il avait lu, bien lu, trop lu ! Price-Maurice, Viviane-Suzanne* et presque le nom... Nous avons été lâchement dénoncés. Ah ! il s'est bien vengé, Lubernier !

Du matin au soir, je cours... pour *les affaires*. Ah!
mon pauvre petit, tu serais mort à la peine, toi.
Envoie-moi une procuration par retour du courrier.
Ci-joint un chèque de *dix mille francs*. Tout ce que tu
voudras, tu l'auras, mon petit. J'estime, surtout
maintenant, que tout est à toi et n'avoir rien à moi.
J'aurais dû me douter que tu descendrais à l'hôtel
Mirabeau. Je suis très peinée des nouvelles que tu
me donnes d'Annette. Nous sommes dans une mauvaise passe, Maurice; peut-être, nous étant dispersés,
le malheur aura plus de peine à nous atteindre.

Je n'ai pas le temps de m'ennuyer. Ces courses de
notaire en notaire, de maison de crédit en maison de
crédit, me distraient. Je pars à une heure et je ne
rentre que le soir à six heures. A la Compagnie, on se
montre très aimable pour moi; on a attaché un employé spécialement à ma personne. Je laisse — et
c'est bien ton avis — tout ce qui est dans la Société à
ladite Société dont les affaires n'ont jamais été aussi
prospères à cause des régions libérées.

Je ne t'écris rien de tout ce qui s'est passé — normalement d'ailleurs — après ton départ. Mon supplice a duré trois grands jours. Il est au Père-Lachaise,
dans le caveau de son père, comme cela était son
désir.

Si, j'oubliais, à l'enterrement, au Temple, ton oncle
(il s'est présenté lui-même) Jacques Sauvaget est venu
me saluer et m'a demandé l'autorisation de me venir
voir dans une huitaine. Je lui ai accordé d'autant plus
volontiers qu'il m'a fait part qu'il était la dernière
personne qu'*Il* avait vu avant sa mort — ce qui m'a
été confirmé par Prosper, l'huissier, rue La Boétie!...

Qu'est-ce que cela veut dire?

Je t'embrasse de tout mon cœur, ta

SUZANNE.

25 *décembre.*

Triste Noël!... — Ta fête aussi!...

Ma mère pensait hier que j'irais aujourd'hui avec elle au Père-Lachaise. J'ai refusé. Stupéfaction. (Elle joue très bien la stupéfaction, ma (mère) et comme Jeanne partageait cette stupéfaction, j'ai dû me lever de table et déclarer que je n'avais de compte à rendre à personne, que j'agissais selon ma conscience et mes convictions.

Ce serait vraiment de l'hypocrisie. Et puis, je les connais ces veuves éplorées qui veulent se jeter dans la fosse qui vient de happer leur époux. Le service funèbre terminé, on les retrouve les yeux secs, respirant une fleur. Déjà l'on sent que le deuil est devenu une parure... une parure? Non, un attrait de plus et, pour peu que la femme soit blonde, c'est un nouveau et pressant besoin de conquête. Ces veuves-là, dans les trois mois — souvent même un seul! — se réveillent un matin dans les bras d'un autre mâle!...

Demain, à trois heures, j'attends ton oncle. Mes courses se terminent. D'ici à une huitaine de jours, j'espère te rejoindre. Tu veux bien de moi, n'est-ce pas? Je reprendrai cette lettre demain.

Tu penses que si je m'écoutais, je t'écrirais du soir au matin et du matin au soir... mais... mais... nous avons besoin d'un peu de silence, l'un et l'autre, cela aussi je le comprends.

26 — Ton oncle est venu. J'ai enfin la clef de l'énigme.

Le livre de Lubernier acheté, par hasard, alors que nous étions à Nice, *lui* avait donné de terribles soupçons... Non, je ne puis t'écrire tout ce que Jacques, à ce sujet, m'a raconté. Sache seulement qu'*il* l'a fait venir, *l*'a mis au courant, et... lui a demandé... un conseil!! Le reste est très compliqué et ne doit pas s'écrire — (déchire même cette lettre). Quoi qu'il en soit, *Il* est parti de Paris, convaincu que tout ce qu'il avait imaginé était de la folie; mais, à la suite de cette conversation, il voulait emmener Jacques qui s'avouait l'auteur innocent de ce livre — et qui l'est!! Evidemment... c'est difficile à te faire comprendre... Et pourtant, ne m'as-tu pas dit toi-même que de pauvres hères écrivaient des romans que d'autres — les auteurs célèbres... signaient? Le canevas, un canevas très élastique, lui fut donc fourni par Lubernier et c'est sur ce canevas que ton oncle écrivit le roman tout de fantaisie!!... Ainsi, ce bonhomme, par déduction, a pu vivre *une partie* de notre roman, ressentir nos sensations, etc... — Cela est terrifiant.

Jacques m'a aussi raconté sa vie. Quelle triste existence a eu cet honnête homme!... et encore, il a passé, je le sais, sur la trahison de son frère, sur le rapt de sa fiancée, — ta mère! sur des histoires dont, dit-il, il ne faut jamais remuer les boues de crainte d'empuantir l'atmosphère. Détesté par son père, frustré par lui, avec l'acceptation... du frère, il m'a dit quels efforts il avait fait pour devenir utile et pour rendre à la communauté l'argent qu'il estimait avoir été mal gagné par les siens. Certainement, c'est sublime, il faudrait le lui dire à genoux, mais il mériterait quelques bonnes claques pour lui apprendre à vivre, ce brave homme.

Lorsque ma digne mère a su que M. Sauvaget-Jacques, était venu me voir, elle m'a demandé dédaigneusement si je ne devenais pas folle de recevoir un aussi triste individu... mais combien fut grand son étonnement lorsque je lui racontai que ton père, se

sentant malade, l'avait fait venir et avait désiré se
réconcilier avec lui?

Elle m'embête rudement madame ma mère!

Je t'embrasse, Suzanne.

7 janvier 192...

Mau, voyons, notre *amitié* n'est pas née d'un ca-
price! Voilà quinze jours que tu es parti bientôt et les
deux lettres que j'ai reçues de toi sont d'un laconisme
désespérant. Qu'as-tu? Es-tu malade? Tu t'étends
beaucoup trop sur la maladie d'Annette et pas assez
sur ta souffrance à toi, qui doit être très grande et que
tu sembles me vouloir cacher... — à moi! Allons, un
bon mouvement et une bonne lettre bien longue, bien
douce à sa petite mère. Je l'attends d'ici à cinq jours,
tu sais?...

Jeséquel est venu dîner hier au soir. Il avait l'habitude de dîner le 31 janvier avec *lui*. Cette mort ne l'a
pas surpris outre mesure.

« — Avec ces cardiaques, sait-on jamais?... Un
de mes amis — disait-il — est mort dans un salon en
fumant une cigarette tandis qu'il faisait des « *ronds* »
pour amuser une demoiselle! »

Je n'ai pas besoin de te rappeler, mon petit, qu'il est
très dangereux d'*approcher* Annette (ne crois surtout
pas ce conseil dicté par la jalousie). Jeséquel prétend
qu'elle est dans la période la plus dangereuse. Que tu
ailles avec elle, passe encore, ce qui me semble peu
probable... (je suis même bête ou folle d'y penser!...)
mais que tu me reviennes avec la tuberculose, cela
non... et pourtant Maurice, pas avec d'autres femmes,
tu me l'as juré tout bas en partant. J'ai tant de
chagrin! sans compter celui d'être loin de toi, qui est
le plus grand. Il ne faut pas me faire souffrir. Aies un
peu pitié de ta   Suzanne.

5 *janvier* 192...

Je suis allée voir le Dr Jeséquel chez lui (je passais dans sa rue). Je souffre beaucoup du ventre depuis quelque temps. Moi qui avais rêvé une correspondance délicieuse uniquement placée — ou presque! — sur le terrain de notre amitié si bien cultivée. Alors, c'est dit, tu me refuses cette joie? Tu laisses mes désirs affectueux monter simplement vers toi?... Il ne te manque plus que de m'écrire que notre sentiment n'a été qu'une fantaisie. Ce serait complet et, c'est pour le coup, mon cher petit, que ta Suzanne disparaîtrait.

Je te demande pour l'instant de m'aimer amicalement comme tu m'aimais, comme je t'aimais, comme nous nous aimions enfin lorsque nous étions petits. Souviens-toi de Neuwied! Que de fois je t'ai pris dans mes bras pour te consoler quand tu pleurais... et, moi aussi, alors, j'étais triste déjà. Toi tu pensais bien à te faire câliner, mais jamais tu n'as cherché à me consoler!... Voyons, tu ne peux nier mon amour, tu l'as mis à l'épreuve. Pendant que tu y es, envoie-moi un télégramme : « l'amour est comme le frêne : il naît et s'éteint sans que la volonté y ait la moindre part. » Tu signeras *Stendhal-Maurice* et... alors, où je prendrai le train, je lâcherai tout ici (oui, je lâcherai tout) et j'irai me jeter dans la Seine — à cent mètres des *Tourelles*. Ecris, écris, écris-moi, Maurice? Ne laisse pas reposer la plume dans l'encrier de ton indifférence comme dirait le Balzac numéro Un. Laisse-moi ton affection. J'en ai vraiment besoin en ce moment, car je souffre moralement et physiquement.

TA SUZANNE.

17 janvier.

Grande brouille avec maman... et Jeanne. Elles se sont retirées à Triel chez Mme Vieulles — une amie à elle que tu as vue un jour aux *Tourelles* — Elle leur cherche un pavillon. Il y avait longtemps qu'il y avait de l'orage dans l'air. Madame ma mère avait décidé de vendre l'*auto* et de congédier Jean le chauffeur !... Voyez-vous cela ? Quand je lui ai dit que j'entendais que rien ne fût changé à notre vie jusqu'à ton retour, elle a paru contrariée. J'ai cherché — en vain — à lui faire comprendre que toi seul avais qualité pour prendre cette détermination.

Elle a haussé les épaules et m'a déclaré que, du moment qu'on cherchait à contrecarrer tout ce qu'elle entreprenait pour le bien commun, il ne lui restait plus qu'à s'éloigner et à vivre comme elle l'entendrait.

Comme j'étais excédée — et aussi que je songe à ton retour ! — je n'ai nullement tenté de la dissuader. « A ton aise », lui ai-je dit... Et elles partent ! Cela est ennuyeux pour Jeanne, je le conçois... mais puisque mademoiselle se met toujours du côté de sa mère, c'est-à-dire contre moi, qu'elle aille avec elle... à Triel. D'ailleurs, il faut laisser les enfants à leur mère ! comme le veut la chanson. Moi, j'attends à présent que tu me fasses signe de venir ou que tu m'annonces ton retour. Je suis inquiète. Vraiment, tu m'épouvantes avec tout ce que tu m'écris sur Annette. « Oui, père alcoolique, mère tuberculeuse, la dix-huitième année !... » enfin... *espérons !* Laisse-moi t'embrasser tendrement.

Ta Suzanne.

20 janvier.

Elles sont parties toutes les deux en m'embrassant du bout des lèvres. Maman, sarcastique, m'a dit : « Te voilà donc libre enfin, hein? ». Je ne cherche même pas à comprendre. Pendant son sommeil cette femme — que j'aime à ma manière comme elle m'aime à la sienne — doit fréquenter les Sphynges. « Je n'ai jamais compris ma mère, écrivait Jacques Vingtras, et elle ne m'a jamais compris. » Si Jules Vallès avait eu ma mère, qu'aurait-il pu écrire? Un mieux chez Annette? Allons, espérons, quoique... je me méfie de ces mieux... inattendus. Baisers, chéri.

TA SUZANNE.

1ᵉʳ février.

Décidément, n'en déplaise à ma mère, je ne sais que faire de ma liberté. Figure-toi qu'il y a trois jours, j'ai reçu la visite d'un homme très sympathique et que, de but en blanc, je l'ai installé, chez nous... d'autorité! Ton vieux bonhomme d'oncle est enchanté. Il s'est logé dans une chambre du second (la Chambre Rouge!..) avec une simplicité antique. Il a été chercher sa malle — toute sa fortune! — le jour même, et je te jure qu'on dirait qu'il a toujours vécu ici. Il me distrait énormément. Pendant que j'y étais, n'est-ce pas, je l'ai habillé — non pas avec les habits que tu crois, depuis longtemps distribués par les soins de ma mère — des pieds à la tête. Nous sommes allés acheter ensemble son trousseau (?!) à ce grand vieil enfant!... Ensemble, nous nous sommes rendus chez un tailleur. En passant chez Esders, je lui ai d'abord pris un complet en che-viote noire et, ma foi, avec sa belle barbe blanche, il a très grand air monsieur ton oncle qui est aussi monsieur mon cousin. On va dire dans le quartier que, décidément, j'aime les vieux et j'opère dans la famille... Bah, qu'importe. Il est très aimant, très doux, très affectueux ; et, vraiment son entretien n'est pas coûteux. Le mari de Clémence est aux nues. Il y a donc enfin quelqu'un aux *Tourelles* qui se régale de ses légumes ! Il ne les jettera plus aux ordures et ne les distribuera plus au dehors ! Avec ça, deux paquets de tabac caporal ordinaire par semaine. C'est vraiment pour rien d'avoir un oncle à ce prix-là et un oncle représentatif encore ! Mais il n'a pas voulu être en reste avec moi. En une de mes absences, en quelques heures, avec le père Rougier, il a installé la T. S. F. dans *la* chambre... oh ! un petit poste *Brodin* qui marche à la perfection et sur la *prise de courant* et... par antennes — trois grands fils de cuivre à peine visibles qui traversent le jardin. Tu penses si le père Rougier a creusé un bon trou pour la *prise* de terre. Moi, je ne savais rien et voilà comment je fus mise au courant :

Après le dîner, mon oncle me dit : Suzanne, veux-tu monter (car il me *retutoie*) avec moi dans la chambre de Maurice, tu verras quelque chose qui t'intéressera, je crois?... En souriant je le suis. Il avait fermé les volets et, dans l'ombre, me place sur la tête une chose qui me semble bizarre et voici que j'entends... *Le clair de lune de Werther*. D'abord, je l'avoue, j'ai eu peur, j'étais loin de me douter, n'est-ce pas?...

— Je ne veux pas que tu soies privée de musique tout à fait, m'a-t-il dit, et puisque tu n'en peux faire, entends-en. Puis, a-t-il ajouté, quand le neveu sera là, il passera de bons moments avec cette petite machine-là. De ton lit, tu pourras, en effet, entendre les postes parisiens. Nous avons passé une soirée délicieuse. Le père Rougier et Clémence furent de la fête... une vraie réception, mon cher ! Bonsoir.

TA SUZANNE.

8 février.

Avant-hier, ton oncle a presque exigé que je sorte avec lui. Nous sommes allés jusqu'à Colombes tout doucement et nous sommes revenus par le tramway. Il me parlait toujours et de toutes sortes de choses, bref, il cherchait à me distraire. Comme il a remarqué que parler de toi faisait couler mes larmes, il s'en abstient et — pardonne-moi — je l'en remercie. Il m'a dit, hier :

— Il ne faut pas te noyer dans ton chagrin, m'a-t-il dit, mais il faut noyer ton chagrin dans de la vie, bonne ou mauvaise, dans du bruit... et... il m'a emmenée à Paris, sur les boulevards. Il m'a expliqué qu'en Hollande, dans certaines familles, à la mort d'un père ou d'une mère, on expédiait ainsi les enfants chez des parents chargés de les distraire, de les emmener au théâtre, enfin de les amuser. Et il approuve cette coutume.

— Il faut fuir la mort et les morts, parce que les regrets qu'ils font naître sont d'une flagrante inutilité. A présent, tous les soirs, nous allons à Paris. Ma foi, tu sais, il a vraiment grand air avec ses cheveux blancs, son profil régulier qu'encadre sa barbe de neige. Je dois avouer qu'il ne me laisse pas m'ennuyer. C'est un puits de science avec cela. Il parle de tout, sait tout... même me faire sourire! Il est plein d'anecdotes, d'aperçus nouveaux. Au bout de trois jours, inutile de te dire que nous étions une paire d'amis. Aux *Tourelles*, on n'entend plus que des « mon bon oncle, mon cher oncle — et il n'est que mon beau-frère et mon petit cousin! — ma chère nièce, ma petite cousine Suzanne »... Enfin, nous nous y retrouvons, nous, et c'est le principal. Il semble, d'ailleurs, qu'ici il est chez lui. N'empêche qu'il est

d'une discrétion rare. Figure-toi que je ne pensais plus
du tout que le pauvre homme était pauvre et qu'hier
soir, au moment où je me préparais à aller à Paris
avec lui. il me dit :

— Ma chère Suzanne, nos sorties m'ont ruiné... en
quelques jours, j'avais bien de l'argent, car il m'a
fallu payer mes dettes...

Et il a ajouté en riant :

— Je dois détenir le record de la ruine. En trois
jours, se ruiner pour sortir une femme, cela ne devait
arriver qu'à moi.

Emue, je lui ai montré un livre dans lequel je glisse
toujours des coupures et lui ai dit :

— Mon cher beau-frère, votre banque est là... Prenez, je veillerai à ce que vous y ayez toujours là un
petit compte ouvert.

Il a souri, m'a embrassée sans un mot.

Il ne boit pas, fume peu. Le matin, il sort une
heure pour prendre l'air, acheter quelques journaux
et, le restant de la journée, il me tient compagnie, soit
en lisant pendant que je couds, soit en m'entretenant
de questions toujours intéressantes. Le soir, il me
propose quelques *Jacquets*.

Ce matin, il est venu à moi, la figure illuminée. Il
tenait à la main un gros cahier que j'ai reconnu être à
toi. La voix tremblante, il m'a dit :

— Sais-tu que notre Maurice est une rare intelligence ?

D'abord, j'ai joué la surprise pour avoir le plaisir
de l'entendre parler de toi (oui... depuis quelques
jours j'en éprouvais l'impérieux besoin).

— Vraiment? lui ai-je dit.

— Mais c'est merveilleux. Dans ces pages (il frappait sur ton cahier) il y a du génie, Suzanne! et quelle
vision claire d'une humanité meilleure, son chapitre :

l'Enfant par l'Enfant est une des critiques les plus
justes de tous nos systèmes d'éducation.

Et alors, ton brave homme d'oncle s'est mis à me
lire des passages... (que je connais mieux que lui),
s'interrompant, discutant, approuvant, appuyant et
répétant de temps en temps :

— C'est du beau travail... Il faudra éditer cela...

Pour la première fois, je me suis mise à rire.

— Tu ris... Tu ris... mais il n'y a pas de quoi rire,
a-t-il continué presque fâché...

Soudain, son visage est devenu sévère, son œil s'est
assombri et tout bas il a dit :

— C'est vrai, tu as raison, *on* ne comprendrait
pas.

Alors, Maurice, ça a été plus fort que moi, je me
suis jeté à son cou et je lui ai dit :

— Oncle Jacques ! lui ai-je dit, ne vous désespérez
pas, on s'efforcera nous deux de le faire comprendre,
car je dois vous l'avouer, moi seule sais ce qu'il vaut,
ce qu'il a fait et ce qu'il peut faire encore, monsieur
mon beau-fils.

— C'est vrai, a-t-il dit, j'oubliais que vous avez
toujours été sa « petite mère ».

(... S'il savait !...)

En tous les cas, depuis ce matin, nous ne faisons que
parler de toi. C'est un sujet de conversation inépui-
sable pour tous les deux. Inutile de te dire qu'il n'a
jamais cru aux... calomnies que Lubernier lui fit
écrire et que jamais il n'a fait, le premier, allusion
au livre : *Madame Phèdre.*

A présent, Maurice, sois bon... donne-moi de tes
nouvelles... et aussi des nouvelles de notre petite
malade. Je t'ai supplié à genoux, Maurice. J'ai tenu
ma promesse !... Un mois et demi sans savoir ce
que tu deviens ! Fais cesser mon martyre. Je t'em-

brasse et te prie d'embrasser tendrement notre
Annette souffrante. Que je suis inquiète sur son sort !

Suzanne.

4 février.

« Annette au plus mal ». Ton télégramme est vraiment trop laconique.

Maurice, je veux aller l'embrasser... tu ne veux
pas? Tu me le défends? Mais pourquoi ne veux-tu pas?
— J'obéis, je t'obéis... quoique quelques raisons
données me feraient plaisir, histoire aussi d'appuyer
cet ordre tyrannique. Embrasse-la de tout mon cœur
et dis-lui bien que c'est toi... qui me défend d'aller la
retrouver.

Suzanne.

6 février.

« Annette est morte. »

Pauvre Maurice ! Je m'attendais à sa mort. Pauvre
petite poupée chérie. Ah, non, alors; moi... je ne regrette rien. Elle aura eu du moins, de son court passage sur la terre, sa part d'amour et de volupté. Mais,
maintenant, n'est-ce pas, je puis aller à toi. N'est-ce
pas ma place, à cette heure, où tu as du chagrin... et
où tu es seul ?

10 février.

Télégramme.

« Une simple dalle avec son prénom : Annette. »
Oui, pas de date, rien, tu as raison. Pourquoi chercher
à racoler la sensibilité du passant? Elle restera dans
notre souvenir, la jolie petite amie, si dévouée, si
frêle, si naïve aussi... Je ferai faire un agrandissement
de son meilleur portrait. Quand veux-tu que je parte?
(Réponse payée.)

Ta Suzanne et son Spleen.

15 février.

Télégramme.

Attends toujours tes ordres. Commence à désespérer. Puis-je partir?

SUZANNE.

24 février.

Mon cher Maurice,

Alors?... Non?... Pas encore?... Quand?... Je serais folle d'inquiétude si tu n'avais pas écrit une petite lettre à ton oncle... Mais à moi... Mau, écris-moi une ligne tous les jours, quelques mots? Je te les mendie si humblement, si doucement?

28 février.

Mon petit, mon petit. Je ne puis plus vivre ainsi dans les transes, sans nouvelles de toi. Depuis tant de jours, sans une seule lettre!... pas une!!!... Es-tu malade? Es-tu si affecté de la mort de notre petite amie que tu m'en oublies... moi?...

Je te préviens. Si, au reçu de cette lettre, tu ne m'écris pas, *télégraphiquement*, de me rendre à Nice, je pars te rejoindre et de ma propre autorité encore.

Mais que peux-tu faire tout seul, là-bas?

Je ne veux plus que tu sois seul, comprends donc, J'ai mille raisons pour cela. Tu en saisis certaines déjà, n'est-ce pas?

Et moi? Songe à moi... un tout petit peu? Je suis aux *Tourelles* et toujours avec ton oncle Jacques, lequel me voyant anxieuse, trépidante à cause de ton absence, finira par se demander si tout ce silence ne cache rien.

Mon petit, écris-moi *tout de suite de venir tout de suite*; ne réfléchis pas. Je n'abandonne pas la maison.

L'oncle Jacques restera ici. Clémence l'a en grande estime. Le frère de MONSIEUR est devenu pour elle presque un dieu...

Je puis donc partir d'une minute à l'autre.

Veux-tu que nous voyagions trois, six, douze mois, histoire de nous changer les idées? Ce serait si bon, si doux avec toi ?

Vite, écris-moi.

Tu ne sais pas, nous irions d'abord en Italie, nous verrions Gênes, Milan, Pise, Venise. Venise! J'y trouverai peut-être cette fois la cité lacustre des amants romantiques! Notre amour (tragique hélas!) dans ce cadre historique ne serait pas trop déplacé, tu sais? Et puis encore, nous irions en Grèce, le pays des Platoniciens, des Sophistes, des Epicuriens, des Stoïciens, des Cyrénaïques. (A propos, ton article sur « Hippias et la puissance synthéthique a paru... ») O mon chéri, je me meurs d'amour; même loin, toi, ne le sens-tu pas? Tous les soirs, je pleure toutes les larmes que j'ai pu amasser dans la journée. Je n'ai plus de force. Un seul mot de toi me ressusciterait, un seul!...

Voyons, tu penses trop à ce qui fut, et tu ne vois pas assez ce qui est et tu dédaignes trop ce qui sera.

Non, jamais, je n'aurais cru que tu aurais pu t'éloigner aussi longtemps de moi sans éprouver le plus féroce supplice : l'absence. Mais j'ai besoin de toi, moi! J'ai besoin de ton regard, moi! J'ai besoin de t'entendre, moi! avant un mois d'un régime aussi solitaire, je serais folle! folle à enfermer!! folle à murer!!! Nos « photographies » ne me suffisent plus. Je suis en chair, en os, en sang, moi; j'ai porté chez un spécialiste une de tes photographies en pied et j'ai commandé un « grandeur nature ». Je le mettrai dans *ta chambre*, où je demeure presque tout le jour. Pour m'occuper, je range tes papiers. Avec tes notes sur : *la Nouvelle idole : la science*, tout cela forme une copieuse brochure que tu devrais faire paraître. Avec huit jours de travail, toi, tu classerais le tout — tu travailles avec tant de facilité ! Mais comment fais-tu, là-bas, à Nice (car j'écarte la présence et la connaissance de toute femme)? Non, je ne te comprends pas. Ma mère et ma sœur sont toujours à Triel. Elles ont trouvé une minuscule villa « perdue dans les fleurs, en été, paraît-il ». Ma mère s'y complaît, en ce moment; ma sœur, un peu moins. Je les ai aidées pour le déménagement et les ai priées de prendre leur chambre et divers meubles qui étaient au grenier et que nous n'avions jamais utilisés. Dans cinq ans, je ne désespère pas de voir ma mère installée comme mercière à Triel. « Et avec ça, madame ». Le protestantisme a rétréci jusqu'à ses plus minces limites cette jolie intelligence, car elle était intelligente. Ah! voir grand! voir loin !... Avec toi, j'ai appris tout cela !... Je voudrais être la « Curie » dans ton existence. Où trouverais-tu une meilleure secrétaire que moi?... et comme les secrétaires, naturellement, toujours à ta disposition?... Je m'habillerais comme elles... Sapristi, tu ne vas pas me revenir protestant, toi?...

Selon tes désirs, je t'ai fait ouvrir un compte au Comptoir du même nom et je t'ai fait expédier un carnet de chèques. Tu vois, si tu le voulais, tu pourrais entretenir qui te plairait en me laissant dans l'ignorance la plus absolue.

J'ai rêvé cette nuit que nous habitions *définitivement* dans un petit palais, au bord de la Méditerranée, un palais minuscule entouré de roses du côté du Trayas. Nous avions une petite auto pour deux et nous nous promenions sur la Côte d'Azur et — toujours dans mon rêve — nous étions à Nice, à Cannes, à Cagne, à Bandol, à Hyères et à Toulon (j'ai même rêvé que tu

te jetais dans la mer, que tu allais quérir dans ses
fonds le petit flacon d'or dans lequel nous ajoutions
le mot : *toujours*, c'est-à-dire... « le plus longtemps
possible ». Dans dix ans, quinze ans d'ici, moi, je
serai bien vieille : un peu plus de quarante ans (mais
j'en accuserai trente, tu verras)! Je te marierai selon
nos goûts... (à moins que — le grand rêve!... — tu ne
m'épouses!...) Autrement, j'aimerai... ta femme. Vos
enfants seraient les miens, je les soignerais, je les
dorloterais... tu les aurais presque conçus sur mes
genoux comme Agar sur les genoux de l'autre, la vieille
Sarah! Je t'écris des tas de bêtises, n'est-ce pas? ne
t'en étonne pas, puisque je te dis que je deviens folle!

J'attends ton mot et tu sais s'il n'est pas là jeudi
soir (cinq jours !) je te rejoins.

Advienne alors...

Ta Suzanne.

15 *mars.*

Je lis et relis sans comprendre (ou en le comprenant
trop bien) ton télégramme : « *Je quitte Nice ce soir pour
destination encore inconnue. T'écrirai en passant des
villes où je séjournerai. Ne nous voyons pas encore.
Je me reprends doucement et t'aime.* »

Ainsi, mon petit, toi, tu me fuis?...

Mais qu'est-ce que je vais devenir alors? moi?...

Qu'as-tu? Que t'ai-je fait, mon chéri? Ne t'acharne
pas sur moi. Tu souffres de mon absence et tu ne
m'appelles pas!... Je souffre aussi de la tienne, moi!
Pitié, Maurice? Ne m'abandonne pas. A tout hasard,
j'adresse ce mot — bien court pour ne pas t'ennuyer
trop longtemps de mes plaintes — à ton ancienne
adresse.

S.

18

23 *mars.*

En mains, les cinquante-trois mots de ta... lettre !

Tu quittes Gênes... en m'écrivant afin que l'envie ne me prenne pas de courir après toi.

Tranquillise-toi, je ne te suivrai pas... je ne te *poursuivrai* pas plutôt.

« Si elle est blonde..., cela te changera. »

Encore, à tout hasard, j'écris à Gênes, à l'hôtel que tu quittes.

S.

8 *avril.*

Après tant de jours de silence — quinze ! — tu m'écris... du Caire ! ! !... Si, encore dans tes lettres, tu étais bon pour moi que tu crucifies vivante en ce moment ? Mais rien, pas même un mot gentil, un mot de vraie affection. Un « je t'embrasse » qui a la valeur à mes yeux d'un « Recevez, Monsieur, mes salutations empressées. »

Oh ! Maurice ! Maurice !...

Oh ! Maurice ! je t'en supplie, cesse de me supplicier. Tu n'as pas ce droit, je t'ai trop aimé, je t'aime trop, je t'aimerai toujours trop. Evidemment, j'ai fini par comprendre que cette folie de voyages prenait sa source dans *ce que nous savons tous les deux.* Je te fais horreur, moi, est-ce possible ? Hélas ! oui, j'en suis convaincue et je suis, je ne suis pourtant qu'une victime... Mais, va, Phèdre n'était pas plus coupable que je ne le suis. Etait-ce sa faute si elle aimait Hip- polyte ; est-ce ma faute si je t'aime, Maurice, et si je t'ai toujours aimé ! Comme Hippolyte, tu me fuis et tu sais bien pourtant que ta Phèdre te reprendra. Bientôt, à force de me craindre tu finiras alors par me haïr...

parce que je t'aime trop profondément, trop uniquement, trop amoureusement ?

Quelle atroce destinée ! Le seul espoir qui me reste c'est d'être certaine que tu reviendras un jour, je ne t'écris donc pas : « tu me reviendras ». Cela serait trop beau. Tu ne m'aimes plus, Maurice... Eh bien, soit : ne m'aime plus d'amour. Je consens, je suis prête à te jurer que toute question de chair entre nous est finie mais... laisse-moi être encore ta sœur aînée... un petit peu ta mère. Est-ce cela que tu désires ? Je suis prête. Veux-tu te marier ? Celle que tu choisiras me sera chère, j'en mourrai peut-être, mais elle me sera chère. Veux-tu que je me remarie ? Je suis prête. Cherche toi-même l'époux que tu me destines... De toi, Maurice, je l'accepte les yeux fermés et je lui serai fidèle. Je suis prête à tout, à tout, pourvu que tu sois heureux... Mais ne pas te voir... ne plus te voir... C'est au-dessus de mes forces. Songer qu'en un seul jour j'ai pu perdre... et mon amant et mon frère et mon fils ! Non. Laisse-moi vivre de tes miettes ramassées dans ton ombre ? Depuis bientôt trois mois, je ne dors plus, je ne mange plus. Je deviens laide... Mon enfant, reviens-moi ou appelle-moi à toi. Du bout du monde tu peux me faire signe, j'accourrai. As-tu une maîtresse ? Déjà je l'aime si elle peut te rendre heureux et si elle arrive à me faire oublier... C'est cela, Maurice, oublie-moi comme femme. Le passé est mort, bien mort, mais ne t'acharne pas sur son cadavre... laisse-le-moi pleurer en paix ce pauvre amour qui fut ma lumière, ma joie et mon orgueil. Comment te prouver que je te reste dévouée ? Veux-tu que je reprenne ma petite robe noire, que je retourne donner des leçons. Un mot seulement et tout « ce qui n'est pas à moi » te sera rendu. Je ne suis que ta dépositaire, Maurice.... Et après, si seulement tu veux de moi

comme amie — seulement comme amie! — joyeusement je te reviendrai, je t'obéirai en tout. Quand je
pense qu'entre nous, il n'y a jamais eu un seul nuage!...
C'est vrai... hélas!... il n'y a que des morts, deux morts
du moins : *Lui* et Annette! Que te dire encore? Que
t'écrire? Je pleure à chaudes larmes et je tache,
malgré moi, ce papier. Que mes pleurs ne t'ennuient
pas... je les sèche, je vais sourire... mais à quoi
bon?... Tu n'es pas là... et quand tu n'es pas là tout
m'est indifférent, tout, tout, tout, même mes larmes!

SUZANNE.

Télégramme : Le Caire (Egypte), 25 avril.

Grande chérie. *Resterai voyage jusqu'à fin année et
n'écrirai plus que télégraphiquement.*

MAURICE.

Suzanne était seule dans sa chambre quand Clémence vint lui remettre ce télégramme, elle le prit, le
lut, le tint quelques instants à la main; puis, soudain,
tout se mit à tourner autour d'elle pendant que mille
et mille étoiles assiégeaient ses yeux... ses pauvres
yeux qui s'obstinèrent longtemps à ne pas pleurer!...

II

Phèdre (RACINE).

Ainsi dans vos malheurs, ne cherchant qu'à vous plaindre,
Vous nourrissez un feu qu'il vous faudrait éteindre.

Lorsque Suzanne, à la date du 5 janvier, écrivait à Maurice qu'elle était montée rendre visite au Dr Jeséquel, simplement parce qu'elle passait dans sa rue... — elle mentait.

Une raison plus grave l'amenait chez le vieil ami de la famille, une raison si grave même que le sort de toute sa vie pouvait en dépendre.

Plus de sept semaines après la mort de son mari, Suzanne ne « voyait » pas! Elle n'ignorait certes point qu'à la suite de chagrins, d'ennuis ou de terreurs, tout le système physiologique et en particulier celui des femmes pouvait être ébranlé; que certains organes ne fonctionnaient plus normalement. A la fin du second mois, ses doutes prenant plus de consistance elle se crut enceinte. Et si elle était enceinte... qui était le père?

Quel plus rude châtiment pouvait être infligé à cet adultère doublé d'inceste, que cette ignorance du père de l'être qui commençait peut-être à vivre dans ses flancs? Était-il du père ou du fils? Elle-même ne pouvait répondre, car dans le même temps, elle avait appartenu à l'un et à l'autre et même (était-ce hasard ou fatalité) jamais le père et le fils ne l'avaient autant approchée qu'à cette époque !

Se souvenir? De quoi se souvenir? Pas le plus petit indice n'avait pu la mettre sur la voie. Même, plus tard, elle-même, elle ne saurait jamais. C'est qu'entre le père et le fils, il y a déjà tant de points de contact, tant de ressemblance, qu'un enfant pouvait ressembler à son père s'il était du fils, comme il pouvait ressembler au fils s'il était du père.

Devant l'abîme, elle hésitait. Empêcher de vivre cet être, le condamner dans le doute de sa paternité ne lui semblait pas un crime puisqu'un enfant ne vivait en réalité qu'après le troisième mois, c'était presque un devoir. Elle se refusait à faire vivre le Doute et le Remords, l'enfant qui naîtrait ne serait autre chose que cela.

La nuit qui suivit cette épouvantable découverte, elle rêva que l'enfant était né et qu'il avait tantôt les yeux du mari avec le regard de l'amant, tantôt le regard d'un être qui vient de loin et qui regarde *parce qu'il sait*, parce qu'il est le vivant reproche, le reproche qui sort de la tombe pour épouvanter le coupable... Ce regard-là la déshabillait, la scrutait, la suivait partout, et avec une étrange fixité, dans les détails les plus minimes de la vie quotidienne. Ce regard la fouillait et semblait lui poser à son tour l'effarante question : « De qui suis-je? tu ne le sais pas, et sera ta punition de ne savoir jamais ! »

Elle s'était réveillée fiévreuse, moite, presque trempée. Un tub bouillant lui avait rendu sa sénérité et sa présence d'esprit.

Elle décida donc que cet enfant ne devait pas vivre. Le doute le condamnait. Si cet enfant vivait... que de complications! Légalement, ne pouvait-on aller jusqu'à lui faire nommer un tuteur en quelque sorte, c'est-à-dire un « curateur » au ventre? Et Maurice?... Toujours ne devait-il ignorer cette grossesse? Tout de même, il faudrait un curateur... la loi prévoyait le cas, mais c'était là le côté cocasse, humoristique, presque comique de la tragédie.

« Hier, pensait-elle, je faisais du simple classicisme teinté de vague romantisme; demain, je vais tomber dans le drame ou le vaudeville.

Non, pas de complications. Ma situation est déjà assez triste avec le départ de Maurice...

Et elle avait conclu :

« — Cet enfant ne doit pas naître. Il ne naîtra pas.

L'idée d'aller trouver le Dʳ Jeséquel lui était venue subitement. Elle connaissait les idées du browniste sur la souffrance et aussi son esprit large, tolérant. Certainement, d'abord, il refuserait énergiquement, parlerait de responsabilités, des dangers de l'avortement, mais elle savait qu'en réfléchissant, le médecin s'amadouerait, — ses larmes aidant, — et elle savait aussi qu'il avait trop d'affection pour elle pour la laisser dans cet état, un tantinet ridicule, qui exigerait jusqu'à la... la présence désormais du monsieur... curateur... près d'elle, surveillant ses allées et venues. D'ailleurs, elle ferait entendre à Jeséquel que s'il ne se montrait point complaisant en l'occurrence, elle n'hésiterait pas à se rendre chez ces sages-femmes, baptisées ogresses par le peuple, desquelles, moyennant finances, on obtient très facilement le service d'une délivrance avant terme.

Aux premiers mots, comme de juste, le docteur s'était cabré et avait nettement refusé. Il avait même, dans sa première indignation, fort malmené Suzanne. Celle-ci s'était alors mise à pleurer. Devant les larmes, ce brutal, ce violent, ce coléreux s'était senti ému, puis, elle l'avait fait sourire en lui montrant à ses côtés un « employé » chargé de surveiller son ventre, l'accompagnant comme son ombre, pendant des mois et des mois!... Comme il hésitait encore, elle avait dit en se levant :

— C'est bien, j'étais venue à vous, Jeséquel, en toute confiance; maintenant je vais aller chez une avorteuse.

— Nom de Dieu, je vous le défends, s'était-il mis à hurler ! Je vous le défends... pour qu'on tue... ah non, non et non, je vous l'interdis... Tenez, donnez-moi une raison logique, sociale, humaine, et... je verrai.

Suzanne avait été sur le point de lui dire la vérité, toute la vérité... Une raison dans le genre de celle qu'il lui demandait venait de lui sauter à l'esprit.

— Vous savez dans quelles conditions misérables, ma famille a été recueillie par M. Sauvaget; vous n'ignorez point qu'en m'épousant, M. Sauvaget entendait m'attacher par des liens durables à son fils dont j'ai pris soin toute ma vie et pour lequel j'ai une affection de mère et de sœur...

— Je sais, je sais..., avait interrompu le docteur.

— Or, il me semble que ce serait de l'ingratitude qu'après avoir frustré déjà Maurice d'une partie de son héritage, je lui enlève la moitié de ce qu'il possède encore... La naissance de cet enfant ruine presque totalement Maurice...

— Eh bien, il travaillera... la belle affaire.

— Et que sait-il faire, grands dieux?

Le docteur était resté coi.

— Maurice est un être très particulier, avait continué sa belle-mère, vous le savez mieux que moi, vous qui le connaissez depuis sa plus tendre enfance; vous qui, je crois, l'avez mis au monde...

— C'est vrai...

— ... Vous savez aussi ses tares héréditaires. Peut-il être employé de commerce? courtier d'assurances?... Travailler... c'est bientôt dit. Il a vingt et un ans, il est sans métier. Ai-je le droit de le vouer à la misère, moi, qui ne cherche que son bonheur; moi, qui fus mise à ses côtés par son père, pour veiller justement sur son bonheur? Ce serait par trop illogique, convenez-en? Ce qui me vient de son père est à lui et retournera à lui! Si cet enfant naît, non seulement ce qui est à moi ne lui revient pas, mais je lui retire encore, je le répète, la moitié de ce qu'il possède; c'est-à-dire que, d'un coup, je le dépossède deux fois. Et... si l'enfant qui doit naître, meurt ne vivrait-il qu'une heure, tout cet argent non seulement lui est enlevé mais va à ma famille! C'est net et ce n'est pas *cela*, probablement, que mon mari a voulu, en m'épousant.

Le Dr Jeséquel avait grogné quelque chose que Suzanne n'avait pas entendu...

— Enfin..., si ce n'est vous, mon cher ami... ce sera...

— Assez sur ce chapitre, avait interrompu violemment le docteur. C'est du chantage, vous faites du chantage, Suzanne, c'est honteux, je devrais vous jeter au bas des escaliers, mais j'ai pitié de vous parce que... parce que vous êtes très bonne, parce que vous êtes très belle et que je ne veux pas qu'elles vous abîment, les ogresses, qu'elles vous tuent... Ah! vous croyez qu'un médecin peut faire avorter... sans danger... Tenez, en ce moment, il y a un médecin, et un médecin qui n'était pas un imbécile, dont les travaux étaient remarqués... mais ce médecin était pauvre et, pour vivre — malheureux aussi sans doute — il avortait. Et bien, il en a tué deux!... lui, deux femmes, vous entendez, et, arrêté, avec un morceau de verre, il vient de s'ouvrir les veines... A présent, allez-vousen... Revenez demain sur les trois heures — ne mangez rien, buvez de l'eau. Vous pouvez dire que c'est votre menace d'aller chez les faiseuses d'anges qui me décide... Le reste, après tout, je m'en fiche. Oui... et votre fils, enfin, Maurice, toujours à Nice?

— Non, depuis dix jours d'abord, je suis sans nouvelles, sa dernière lettre était de Milan.

— Milan?... A Milan — où j'étais, il y a une douzaine d'années avec Medardo Rosso, le seul sculpteur original de notre temps — le Conservateur du Musée nous a montré le *Virgile* annoté par Pétrarque... A propos de Pétrarque, savez-vous que sa Laure, la divine Laure, était mère d'une ribambelle d'enfants et qu'elle faisait, malgré Pétrarque, très bon ménage avec son mari...

— Mais c'est le sujet de *Werther*, cela.

— Tiens, au fait, je n'y avais pas pensé... Vous vous souvenez de nos discussions avec Lubernier...

— Vous le voyez quelquefois?

— Ma foi non. Il est venu un matin pour m'emprunter cinq cents francs, et comme j'ai eu la naïveté de les lui prêter, je ne le revois plus. Je ne regrette pas l'ami quoique son esprit original me plaisait assez... mais je regrette mes cinq cents francs... Et l'oncle?

— Il va bien, il est d'une délicieuse compagnie.

— C'est un brave homme, un peu hurluberlu, n'est-ce pas?

— Quelle erreur ! avait répondu Suzanne en souriant, je n'ai jamais rencontré quelqu'un d'aussi logique, d'aussi saint que lui.

— En effet, c'est un saint, répliqua le docteur en riant... mais dans les saints, Suzanne, moi, je ne crois pas beaucoup... enfin, qui vivra, verra... Il travaille?

— Je le lui défends bien par exemple, il a ordre de se reposer, le pauvre homme l'a bien mérité, vous savez ? Non, il lit, quelquefois il range les papiers de Maurice, collectionne ses notes avec enthousiasme et le déclare un très grand philosophe.

— Il doit vous manquer un peu, Maurice?

— Dame oui, avait répliqué Suzanne, mais, que voulez-vous ? voyager est de son âge... sans doute nous reviendra-t-il autrement qu'il n'est parti.

— Et vous n'avez pas peur qu'en route il se laisse arrêter par quelque jolie fille qui vous le retiendra.

Suzanne était au supplice mais faisait bonne contenance. Jeséquel certainement avait lu *Madame Phèdre* et peut-être soupçonnait-il... Elle répondit en éclatant de rire :

— Mais tant mieux ! si la fille est jolie et gentille, je m'en ferai une amie, ce sera délicieux...

Elle n'en pouvait plus...

— Bonsoir ami, dit-elle en lui tendant la main, à demain, et merci du fond du cœur.

— Ce Lubernier, il est idiot... s'écria le Dr Jeséquel quand la porte fut fermée. Je lui avais dit que cela n'était pas... Envieux et calomniateur, il ne lui manque rien à cet individu.

Le lendemain, à cinq heures, Suzanne quittait le Dr Jeséquel avec ordre de garder le lit durant trois ou quatre jours.

Suzanne devait toujours garder le secret sur cet avortement clandestin.

Cependant, peu à peu, sa santé s'altéra, mais non des suites de l'avortement. Le chagrin de l'absence de

Maurice la minait. L'oncle Jacques qu'elle avait toujours heureusement sous la main ne s'expliquait pas cette langueur, ce dépérissement et s'employait de son mieux à la distraire. Il chercha à provoquer ses confidences, pensant que sa belle-sœur trouverait un soulagement dans un amical épanchement. Il procéda avec une telle délicatesse que Suzanne fut sur le point de tout lui confier. Un incident, une rencontre de Jacques avec Lubernier sur le boulevard, une agression presque de l'oncle sur Lubernier la décida à ne point se confier.

— Je l'ai giflé... ou à peu près — disait Jacques en rentrant, — ce misérable qui m'a fait écrire des choses *abominables*.

Abominables!... il avait dit « abominables ». Comment, après l'aveu, aurait-il pu accepter sans dégoût l'incestueuse aventure?

Les choses allèrent de mal en pis jusqu'au jour où Suzanne reçut le télégramme du Caire. Elle dut, de nouveau, prendre le lit et Jeséquel appelé conseilla la montagne.

— C'est un mal nerveux, il faut aller aussi haut que possible. La pression atmosphérique diminuant et le corps désirant quand même l'oxygène, les « rondelles » rouges du sang, les leucocytes, se multiplieront et lui redonneront force et vigueur..., avait-il dit.

Avec l'oncle Jacques elle partit. — Elle se laissa entraîner plutôt. Ils allèrent s'installer un mois dans les montagnes du côté de Vevey, à l'hôtel même où elle avait fait la découverte de son amour, le soir où Maurice avait été mordu par la vipère. Elle revit les lieux, simple passante perdue, amante délaissée.

Cependant, Jeséquel avait dit vrai.

Après un mois d'ennui mais de grand air forcé, elle revint à Paris, les poumons élargis, le sang plus jeune, plus riche avec un air de gaieté tel que le docteur, une larme à l'œil, l'embrassa.

— Il était temps que je revienne, avoua-t-elle, l'ennui allait redétruire tout.

— Je ne suis pas une veuve... bien joyeuse, moi, disait-elle quelque temps après à l'oncle Jacques... Voulez-vous me distraire, mon oncle?

— Volontiers..., mais de quelle manière?...

— Nous allons essayer de faire la « bombe ».

— La bombe?...

— Mais oui, la bombe : je ne connais rien du tout... Je ne suis même jamais allé à Montmartre, la nuit?...

— Oh! laisse-moi te regarder, te contempler, Suzanne... Ainsi, il y a encore une jeune femme à Paris qui n'a pas été faire la *bombe* à Montmartre...

— C'est ainsi, mon oncle... Avec vous, je ne crains rien. Vous passerez pour avoir une « belle poule », voilà tout.

— Il faut te dire que je ne connais pas beaucoup ces sortes d'endroits... Oh! certes j'y suis allé, invité toujours, presque par obligation. Avant d'y retourner, je te déclare que c'est très laid, très bête et que tu t'y ennuieras fortement.

— Rien ne nous empêchera de rentrer... c'est vous que cela va fatiguer.

— Moi?... Que non! Cela me posera, avec toi, comme tu dis : Ceux qui me reconnaîtront diront : « On voit bien qu'il a hérité de son frère, elle doit lui coûter chaud, la petite — la petite, c'est toi — avec des yeux comme elle en a. »

— Plaignez-vous donc!...

— Je ne me plains pas : Essayons de cette distraction; cependant, j'y mets une condition, c'est qu'après, plus tard, dans un mois ou deux, tous les deux, nous

irons passer une quinzaine de jours à Cergy, un délicieux petit patelin sur l'Oise, encore heureusement
ignoré et où l'on peut faire de la vraie pêche... je t'ap-
prendrai, tu verras combien c'est un plaisir captivant,
la pêche!

— C'est entendu, je souscris à la pêche.

— Ah! fit encore l'oncle. Il est bien entendu que si
tu t'amouraches en route, d'un tzigane ou d'un gigolo
— (sait-on jamais avec les femmes) — moi, je ne
retournerai plus à Montmartre... Merci, j'aurais l'air
d'être cocu.

— Craignez pas cela, Jacques.

— C'est qu'à ton âge, ma petite amie, cela serait si
naturel!...

Il avait dit cette phrase, très doucement, l'excusant
déjà presque.

— La vie avec un vieux bonhomme comme moi,
d'abord, ce n'est pas très réjouissant et puis, je me
désole de voir que tu peux te flétrir sur ta tige... une
aussi belle fleur que toi, vois-tu, c'est fait pour respirer et pour être respirée... c'est fait, enfin, pour
aimer... Et l'autre niais, mon neveu, qui est en Syrie...
Dommage qu'il n'ait pas dix ans de plus que toi...
hein?...

— Dommage surtout qu'il soit mon beau-fils, mon
cher beau-frère, mon divin oncle...

— Oh! cela, tu sais, c'est de la blague... c'est-à-
dire... sans mon satané livre... un mariage avec lui
semblerait tout naturel...

— Oui, mais voilà... il y a votre livre... fit-elle en
affectant d'être très ennuyée... et il y a aussi que
j'aime énormément Maurice, mais qu'il me serait difficile de voir en lui autre chose qu'un frère... plus jeune.

— C'est juste, fit Jacques, avec bonhomie, car nulle
malice n'était en lui et il n'avait en aucune façon

engagé la conversation sur Maurice pour savoir si la veuve, le cas échéant, se remarierait avec son neveu ; ce qui, en tous les cas — et c'était un point d'acquis — n'aurait pu le choquer.

... Ils coururent la nuit Montmartre, puis, plus tard, Montparnasse. A Montmartre, ils visitèrent à peu près toutes les « boîtes » où l'on soupe très cher et très mal et où le champagne exécrable ne laisse en la mémoire que son prix par trop exagéré. Suzanne s'intéressa plus aux pauvres filles condamnées à s'amuser, pour vivre, dans cet enfer qui est la noce forcée. Partout, Jacques, quoi qu'il s'en défendît, passait, comme il l'avait prophétisé, pour avoir hérité de son frère et entretenir une poule de luxe. Ensemble, ils se penchèrent sur les bas vice exploités dans certains établissements et que les polices préfèrent tolérer que traquer.

— Très fatiguant et pas très amusant, conclut Suzanne rentrant une fois à l'aube. Mon oncle, laissons Montmartre et voyons Montparnasse.

Ils connurent des peintres étranges, des femmes qui s'improvisaient tout à coup des artistes entre deux « mandarins » ou deux faux « Pernod », ils s'aperçurent surtout que l'art français n'avait rien de commun avec l'art que fabriquent en France ces ramassis de métèques, soudainement transplantés à Paris par les hasards de la guerre — de la victoire ou de la défaite ! — Suzanne constata seulement que les femmes étaient plus jolies à Montparnasse qu'à Montmartre, mais que, par contre, les hommes y étaient plus laids.

— Allons à Cergy, dit-elle, et... initiez-moi aux plaisirs de la pêche.

Une bonne auberge, tout près du pont qui mène de Cergy à Han les hospitalisa. La cuisine y était bonne...

si le monde y était un peu mêlé. A présent, Suzanne
passait pour la fille de l'oncle Jacques. Pour les popu-
lations, c'était plus acceptable. Ils louèrent une barque
pour la quinzaine et l'oncle Jacques commença l'initiation de sa... fille. Comme « ça mordait », elle y prit
goût et s'attaqua aux brochetons qui pullulaient. On
fêta sa première prise. Quand ils ne pêchaient point,
ils se laissaient descendre au fil de l'eau jusqu'à Con-
flans-Fin-d'Oise et attendaient qu'un remorqueur voulût bien prendre leur barque à la remorque. Suzanne
fit une passion. Le flirt l'amusa, mais un jour que
l'homme, un mâle « à performance », avait tenté de
l'embrasser, elle s'était éloignée de lui en le priant de
ne plus lui adresser la parole... puis, à la réflexion,
elle avait trouvé sa conduite idiote. Le lendemain, la
première, elle lui avait tendu la main, mettant comme
condition la cessation du flirt et le retour à la simple
camaraderie.

Néanmoins, ce baiser l'avait bouleversée. Sa chair
qui dormait depuis près de six mois s'était réveillée
et elle était dévorée, le matin surtout, de désirs
qu'elle se refusait à contenter.

De Maurice, à peu près chaque quinzaine, arrivait
un télégramme ou un câble d'un laconisme désespérant, presque déconcertant.

— Laisse-le courir, disait l'oncle Jacques, il sait où
est le pigeonnier.

Suzanne avait fini par se reprendre — du moins,
elle le croyait, elle en était même persuadée — seulement... si quelques notes de musique jadis entendues
avec *lui*, frappaient ses oreilles ou si elle passait dans
certain endroit où elle était passée avec *lui*, tout de
suite son cœur battait plus précipitamment et sa gorge
se serrait.

Quand ils réintégrèrent les *Tourelles* — c'était vers

septembre — par hasard le temps était propice aux sorties. Au cours de l'une d'elles, elle rencontra Blanche Duchemin, une amie de pension qu'elle avait perdue de vue depuis sa venue à Asnières. Jadis, Blanche Duchemin était l'amie, la grande amie de Suzanne, car cette dernière avait peu de tendresse pour les femmes qu'elle trouvait, en général, bêtes ou méchantes et dont la mentalité, surtout. après la grande guerre, lui semblait, à de rares exceptions, d'une stupéfiante infériorité. Mais elle avait de la sympathie pour Blanche parce que Blanche lui était dévouée et ne l'entretenait point uniquement de robes et de modes; parce que Blanche était aussi une malheureuse dont seule, elle connaissait la vie atroce et dont elle avait reçu les épouvantables confidences.

L'histoire de Blanche Duchemin était, en effet, lamentable.

A dix-sept ans, elle avait été violée par son frère, le sculpteur presque célèbre Louis Duchemin — son aîné de six ans! — un colosse qui vous portait des bronzes. de cinquante kilos presque à bras tendu. Les conditions qui avaient présidé à ce viol familial — beaucoup plus courant qu'on ne croit — si extraordinaires fussent-elles, ne manquaient ni de logique ni, non plus, d'un certain sens pratique. Dans cette étrange famille, presque tous les hommes et presque toutes les femmes étaient affligés d'une sorte d' « éléphantiasis » des organes sexuels. Louis Duchemin avait tout tenté pour trouver une femme susceptible de l'accueillir sans souffrance. Repoussé de toutes, fui par toutes, se voyant même rejeté de certaines maisons pourtant dites hospitalières, il s'était, un soir, jeté sur sa sœur, vierge, qu'il savait affligée également, comme femme, de la même monstruosité sexuelle. Après l'avoir violée, il lui avait expliqué brutalement le cas physiologique assez spécial qui les condamnait au rapprochement. Blanche, faible, docile, avait été dans l'obligation d'accepter cette situation créée par leur anomalie familiale.

Ce qui stupéfiait le plus Suzanne, unique confidente de Blanche, c'était l'attitude chaste, réservée de son amie, vivant ce drame intime avec une déconcertante sérénité, allant au Temple chaque dimanche, s'occupant d'œuvres, et donnant le reste de son temps à son frère-amant.

Durant une quinzaine de jours, elles sortirent ensemble ; ensemble coururent les magasins, les dancings, les thés, les cinémas. Un après-midi aux Galeries du Chic, Blanche lui présenta une amie de pension, Balbine Lemaire, une jolie blonde, de taille moyenne, un peu forte, avec une tête masculine de cabot de province, mais mise toujours avec une suprême élégance. Elle déplut à Suzanne.

Balbine Lemaire était la fille d'un gros entrepreneur enrichi dans les travaux publics exécutés dans le Nord, hâtivement, sitôt la guerre finie. C'était un ancien cultivateur qui s'était improvisé maçon sur les conseils d'un de ses frères de lait devenu député-socialiste et qui lui avait obtenu force adjudications. Sans scrupule, risquant tout (n'ayant rien !) il avait fini par devenir un de ces capitalistes ayant tant et tant d'affaires qu'il trouvait toujours de l'argent. Il avait marié à la vapeur sa fille unique Balbine, éduquée et instruite, à un noble ou plutôt à un enfant naturel anobli par reconnaissance par un de ces joueurs décavés comme on en rencontre autour de Monte-Carlo et qui, moyennant quelques billets qui leur permettent de s'approcher des tables vertes, sont prêts à tout.

La fille prise, lestée de l'argent, le noble avait

disparu à la recherche d'autres dupes et Balbine, désillusionnée en trois semaines, s'était mise à s'amuser, à courir d'abord Montmartre, Montparnasse, puis les endroits les plus interlopes telle la *Maison de ma bonne Tante* et tant d'autres... tant d'autres... comme il y en a dans ce Paris prêt à toutes les saletés pour garder sa réputation de vieille cité courtisanesque.

Les quelques jours d'amour que son mari lui avait généreusement octroyés avaient mis Balbine en appétit. Lui disparu, elle eut alors des fringales de mâles ; seulement, maintenant, elle ne s'attachait pas, repoussait toute liaison et, comme l'homme, elle ne cherchait plus, dans l'approche, que la satisfaction immédiate de ses sens. Afin d'avoir toutes ses aises et un confort relatif, instruite aussi des obligations prophylactiques, elle avait meublé du côté de la rue Mogador un petit logement où elle pouvait recevoir ses « conquêtes » dans une relative sécurité.

Le trio s'achemina vers un *thé* où l'on se mit à bavarder.

Balbine tout de suite se posa Elle fit part d'une nouvelle combinaison qui lui permettait de n'avoir plus d'amants et d'être tout de même satisfaite...

— Très simple, je vais aux Galeries du Chic, au Meilleur Marché, enfin dans les grands magasins et il est bien rare que je ne rencontre pas *quelqu'un* de mon choix. A ceux qui me déplaisent, je ne réponds rien ; mais, si je crois découvrir l'oiseau rare, je le laisse approcher. Evidemment, j'ai l'air d'une grue, quoique je m'efforce, ce jour-là, d'être une petite provinciale. S'*il* me plaît, je risque le paquet... C'est « tout de suite » parce que le soir je repars. Mon amant d'occasion et moi nous faisons une excellente affaire. Quelquefois, il veut me forcer à accepter un cadeau... ça, c'est le revers de la médaille... mais j'ai trouvé un arrangement : j'ai toujours sur moi un petit bibelot : stylographe, épingle de cravate, petite bague, enfin, un rien, de cette façon nous échangeons nos cadeaux... et tu sais, jamais deux fois le même, voilà mon « truc ». Ah ! non plus jamais rien en titre, en fixe, ni en Titre-Fixe.

Titre-Fixe, c'est ainsi que Balbine avait dénommé son premier mari en fuite !

Suzanne au bout de quelque temps fut écœurée de ces fréquentations et de ces promenades.

— « Mais que faire »? se demandait-elle avec angoisse, de quelle façon « amuser l'absence »? Elle sortait uniquement pour n'être pas chez elle où trop de souvenirs lui rappelaient et le drame et Maurice. Elle rentrait uniquement pour n'être pas dehors où tout l'ennuyait. De jour en jour, en son cœur, le désespoir s'ancrait. Elle tenta un rapprochement du côté de sa mère et de sa sœur. Deux fois de suite elle alla à Tricl. Comme elle n'entendit que les plaintes de Jeanne qui la conjurait de la reprendre avec elle et que les reproches de sa mère, elle cessa ses visites.

Et la vie lui semblait longue, longue.., et vide surtout !

III

> ... Je ne suis point de ces femmes hardies
> Qui, goûtant dans le crime une tranquille paix,
> Ont su se faire un front qui ne rougit jamais.
>
> *Phèdre* (Racine).

Un matin, elle se sentit prise d'une lassitude étrange et se recoucha. Elle n'était pas malade mais p'us rien, hormis le sommeil qui est toujours quelques gouttes d'oubli, ne la tentait. Plusieurs jours, elle resta couchée. Sa solitude la portait à la réflexion — à la réflexion saine à laquelle aucun amour ne saurait résister. Elle s'en voulut d'être dupe, car c'était une duperie que cette ivresse, qui, absorbant le meilleur d'elle, la mettait dans un état tel qu'elle ne se voyait plus, qu'elle n'existait plus que pour un être follement adoré et qui courait le monde pour ne la plus voir. Était-ce donc là vivre? N'était-ce pas plutôt se priver volontairement de la douceur de vivre?

Elle s'était alitée, abattue, désespérée... Elle se releva décidée à vaincre son amour jusque dans le souvenir.

Indifférente au propos des habitants des villas voisines qui, la sachant en deuil, étaient prêts au blâme, elle chercha dans la musique un réconfort. Dès neuf

heures du matin, elle était maintenant à son piano,
rééduquant ses doigts rouillés par un trop long arrêt.
Phénomène curieux ; elle se trouva une autre âme,
un autre esprit : Sa souffrance secrète, et qu'elle n'avait
point voulu s'avouer, s'étant concrétée, avait affiné
sa sensibilité et elle comprenait en effet... *autrement.*

De plus en plus, elle allait aux *Russes.* Ceux-là seuls
décidément possédaient le sens de la vraie musique.
Tous les autres n'étaient que des faiseurs de valses et
des fabricants de tango. Pour s'en convaincre, elle
n'avait qu'à prendre les *écouteurs* de la T. S. F. C'était
lamentable ! Tous ces musiciens se volaient, se pil-
laient... et quelles banalités ! A part les balbutiements
des musiciens des xvi° et xvii° siècles ; à part aussi les
Bach — tous les Bach, — les Beethoven, les Men-
delssohn, les Chopin, les Saint-Saëns et quelques
musiciens de second ordre, franchement originaux,
comme Bizet, Lalo, Debussy, la musique était désespérément creuse : des effets, des effets, des acro-
baties, du métier — ah ! ce métier ! — c'était lui qui
tuait tous les arts : la littérature, le roman, la poésie,
la peinture, la musique...

Elle se rapprocha de l'oncle Jacques, toujours docile,
toujours prêt à satisfaire touts ses caprices, toutes ses
fantaisies. En sa compagnie, elle courut, avec une
nouvelle fièvre d'art, les grands concerts. Elle en
sortait presque heureuse, transfigurée.

— Il n'y a pas, la belle musique est un art divin...

— Ou... bien vulgaire, répondait Jacques Sauvaget.

— Reconnaissez que la musique est un don supérieur
à la parole ?...

— Aisément, certes, si l'homme vivait encore *anima-
lement* — ce qui était son rôle — dans le silence, il
serait heureux.

Ce n'est que du jour où la chair a tâté du verbe que

son malheur a commencé ; et c'est le jour où un Homme
a prétendu que le Verbe s'était fait Chair en *lui* que
l'humanité a connu le supplice de vivre. A présent, le
verbe est l'opium indispensable à notre souffrance ;
plus il nous tue et plus nous en prenons, et plus nous
en prenons, plus il nous tue ! Hélas ! le mutisme ne
reviendra jamais plus sur les lèvres des hommes ; trop
de gens sont intéressés à la vente du poison. Le Verbe
a créé les Dieux, les supplices, la Faim, la Guerre, la
vertu, les vices, enfin tous les maux terrestres et
maintenant le Verbe a la prétention de chercher la
vérité ; il a même la prétention de la trouver !...
Comme s'il y avait des vérités ou une vérité, des
erreurs ou une erreur ! Quelles bêtises ! Etre saigné au
coin d'un bois par un plus fort est plus naturel qu'être
interrogé par un juge d'instruction. L'homme qui sait
beaucoup sent si bien qu'il ne sait rien, qu'il se cache,
se terre : il a conscience d'être un dévoyé alors que
d'autres, les vains, sont gonflés d'orgueil.

Avant ? mystère ! Après ? mystère ! il fallait savoir
vivre du présent, dans le présent ; il fallait dédaigner
le don de Prométhée, le premier rhéteur qui s'est
moqué des hommes.

L'oncle Jacques parlait quelquefois assez obscuré-
ment. Cela ne déplaisait pas à Suzanne qui cherchait
à comprendre non les mots eux-mêmes, mais leur sens
caché.

Septembre arriva. Tacitement, l'oncle Jacques et
Suzanne ne parlaient plus de Maurice. Lui, avait fini
par comprendre que toute la souffrance de sa belle-
sœur provenait de l'absence de Maurice.

« — Il s'est décidément passé quelque chose entre
eux, pensait-il... mais comme elle l'aime !... ajoutait-il.
Néanmoins, il ne cherchait pas à approfondir, par

délicatesse d'abord et puis, les faits et gestes des autres
ne l'intéressaient que médiocrement. Il regrettait
l'absence de Maurice, parce que son neveu lui apparaissait comme un être supérieurement doué avec
lequel il aurait été bon et agréable de bavarder. Il
avait fini par mettre un peu d'ordre dans les papiers
de l'absent. Il aurait suffi d'un coup de plume par-ci
par-là pour confectionner deux ou trois excellentes
plaquettes, qu'on aurait pu, par la suite, réunir pour
en faire un seul livre.

Il s'ennuyait surtout de son inaction. Il avait songé
à écrire un ouvrage sur les applications de la psychologie moderne. Il aurait réfuté cette psychologie qui,
malgré les faits de la physique, de la chimie et de la
biologie, s'obstinait à se réclamer de l'ambitieuse et
nébuleuse métaphysique. De Techner à Charcot, de
Charcot à Sicard (J. A), en passant par Alfred Binet, il
trouvait du document à perte de vue. Jacques Sauvaget
un moment n'avait-il pas été l'élève attentif de Binet?
lui-même était un observateur consciencieux et clair-
voyant... Prêt à prendre la plume, il avait murmuré :
« A quoi bon » et, mélancoliquement, il avait allumé
une pipe.

MARSEILLE. — *Je débarque à Marseille à l'instant
venant d'Alger. Je me sens très souffrant, très mal.
Attends-moi gare P.-L.-M. avec Jeséquel demain train
luxe. Baisers.*   MAURICE.

Suzanne relisait cette dépêche avec une joie indicible à laquelle se mélangeait une non moins indicible
tristesse. Eh quoi? il revenait, mais il revenait
malade!... Le sort était par trop cruel, vraiment.
Pour vivre une rentrée heureuse, elle aurait donné dix
ans de sa vie et il fallait que la fatalité, qui continuait

décidément à la poursuivre, mélât son amertume à
cette grande joie du retour !

Qu'avait-il?...

Elle descendit au salon où presque toute la jo⸱ ⸱ ⸱ ⸱e
séjournait l'oncle, carré confortabl⸱ment dans un
fauteuil, un livre à la main.

— Il revient, avait-elle dit en brandissant le télégramme.

Et elle éclata en sanglots... Jacques, éberlué, prit
le télégramme et le lut.

— Diable!... Diable!... Ce n'est peut-être rien...
une indisposition... le mal de mer... Allons, tu ne
vas pas te tourner les sangs... S'il est souffrant, on le
soignera. Téléphonons tout de suite à Jeséquel et
préparons l'auto pour recevoir notre malade...

Toujours en sanglotant et en hoquetant, Suzanne
affirma :

— Moi, je le connais... S'il écrit qu'il est malade,
c'est qu'il est très malade... Il n'aurait pas le cœur de
me bouleverser ainsi à son retour, d'empoisonner ma
joie... Non, allez, il est malade, très malade, gravement malade... il va mourir... je le sens... Dieu! que
je suis malheureuse!...

Elle s'était jetée sur le divan presque en criant de
douleur et n'arrivait pas à pouvoir arrêter ses
sanglots...

— Suzanne, ce n'est pas digne de vous de vous
laisser abattre ainsi..., grondait doucement l'oncle
Jacques.

— C'est mon petit, si vous saviez... C'est mon
petit... c'est tout, tout, pour moi... Maurice!...

Elle passa la nuit à geindre, à se plaindre. Elle eut
de la fièvre, un peu de délire même... Au matin, elle
était debout, prête à disputer l'être cher à la maladie
et à la mort.

Presque trente minutes avant l'arrivée du train, l'auto franchissait la grille de la gare de Lyon. A tout hasard, le D' Jeséquel avait pris quelques médicaments indispensables et sa trousse. Le laconisme de la dépêche le rendait furieux :

— Que diable! grognait-il, à Marseille, il y a des médecins, il aurait dû aller en voir un, nous faire savoir à peu près de quoi il s'agissait...

A la dérobée, il jetait des regards indulgents sur Suzanne appuyée au bras de l'oncle et qui se soutenait à peine.

« — Sapristi, pensait-il, elle peut dire que ce retour la bouleverse, la petite. Et le doute que Lubernier avait cherché à implanter dans son esprit lui revenait, et il la plaignit soudain et il l'admira aussi, car, si vraiment Suzanne aimait son beau-fils, elle l'aimait d'un tel amour qu'il n'y avait plus place pour le blâme et cela expliquait l'avortement exigé.

Il vivait, sans doute, un chap tre *inédit* de *Madame Phèdre*.

Enfin le train, serpent de fer immense, déboucha dans un horizon rétréci. Il s'avançait lentement, comme fatigué d'une si longue course, crachant lentement sa fumée grise et ses sueurs blanches et il entra dans le hall vitré en lâchant toute sa vapeur.

Déjà des casquettes, des mains, des mouchoirs s'agitaient aux portières... Le train arrêté, Suzanne — ce fut plus fort qu'elle — cria : « Maurice » d'une voix si désespérée qu'on se retourna sur elle, qu'on la dévisagea et qu'une grosse femme dit assez haut :

— Elle est rudement pressée, celle-là !

A présent, on prenait les wagons d'assaut, les valises se passaient par les portières et les hommes d'équipe, pour les saisir, bousculaient les gens qui s'embrassaient, qui reprenaient contact avec d'autres vivants.

On s'interpellait, on riait, on se pressait la main, on se tapait amicalement sur l'épaule...

Suzanne, muette, les nerfs tendus, cherchait toujours des yeux à découvrir Maurice. Le docteur Jeséquel et l'oncle Jacques n'étaient plus à ses côtés. Elle ne bougeait pas. Ses regards erraient désespérément sans apercevoir l'être chéri, l'être adoré.

Et les voyageurs indifférents passaient, défilaient, s'éclipsaient... Elle resta presque seule sur le quai. Alors, soutenu par Sauvaget et Jeséquel, Maurice apparut; il était le dernier. L'oncle et le docteur l'avaient trouvé dans un vagon-lit, s'essayant sans y parvenir à boucler sa valise pour y enfouir sa casquette de voyage.

Suzanne courut vers lui, heureuse et terrifiée à la fois...

Elle s'était dit : « Je me jetterai dans ses bras et je lui redonnerai tout mon cœur et toute mon âme dans un seul baiser. »

Et il était là, devant elle, pâle, amaigri, les joues creusées, les orbites bleuies et enfoncées, les yeux fiévreux, le regard inquiet, une vraie loque humaine...

Il essaya de sourire en disant :

— Comment vas-tu, ma chère Suzanne... moi, tu vois, je ne suis pas bien...

— Des histoires, des histoires, interrompit le docteur : il a de la fièvre, voilà tout... J'ai de la quinine; dans l'auto, on va la couper.

— Laissez-moi l'embrasser, implora Suzanne qui cherchait à refouler ses larmes.

— Dépêchons-nous ! bougonna encore Jeséquel.

Elle embrassa Maurice doucement et se mit à marcher silencieusement derrière lui dans sa pauvre et maigre ombre...

On mit plus de cinq minutes pour gagner l'auto !... On installa Maurice sur les coussins et Jeséquel lui fit avaler deux comprimés. Jeséquel et Jacques Sauvaget prirent place sur les strapontins. Enfin, la voiture démarra.

Indifférente à tout ce qui n'était pas lui et à tout ce qu'on pouvait penser d'elle, elle prit la tête du malade avec des gestes maternels et elle la reposa sur son sein en murmurant :

— Cherche à dormir, mon petit, dans trois quarts d'heure nous serons chez nous et on te soignera bien, va... Dors, dors bien...

Elle étendit sur sa tête un coin du voile de gaze de son chapeau et tourna la tête vers la portière.

Maurice, comme s'il cherchait la meilleure place, caressa un instant de sa joue le sein de sa belle-mère et, presque tout de suite, ferma les yeux, tandis qu'un sourire triste, las, se dessinait sur ses lèvres.

Alors Jeséquel et l'oncle Jacques, à la dérobée, regardèrent Suzanne.

Celle-ci, le visage rigide, froid, presque sévère dans son immobilité figée, les yeux perdus dans la fuite des rues et des maisons, pleurait silencieusement toutes les larmes qu'elle refoulait depuis l'événement tragique qui l'avait rendu veuve...

Brusquement jetés par la force des circonstances dans cette intimité renaissante, le docteur Jeséquel et Jacques Sauvaget se taisaient, émus.

Par-dessus les drames de l'existence et des préjugés dont on la remplit, un grand amour passait, se montrait nu à leurs yeux éblouis mais sceptiques, et cet amour, pétri naturellement de toutes les infamies rendues terrestres par les soins d'une étrange morale, planait sur la beauté de cette jeune femme à la fois mère, sœur et amante et qui pleurait, et sur ce jeune homme malade, presque mourant... qui dormait, confiant et sage, sur le sein chéri.

IV

Phèdre (Racine).

— Quarante degrés huit!...

Le Dr Jeséquel, d'un geste sec comme une parade en septime, faisait tomber le mercure du thermomètre et regardait, songeur et inquiet, son malade grelottant de fièvre.

Il continua :

— Oui, il était temps qu'il revienne au pigeonnier, ce pigeon-là!...

En rentrant, à peine au lit, Maurice avait été pris d'un frisson violent : sa tête s'était cerclée et une courbature douloureuse lui avait tenaillé les reins du côté des masses lombaires s'agrippant au plexus pour finir par s'irradier dans les jambes. En même temps, une sueur abondante l'avait trempé et il avait été pris soudain de vomissements qui lui arrachaient, à cause de sa rachialgie, des cris de souffrance. Sa figure était rouge, ses yeux injectés et ses carotides, au cou, battaient précipitamment. Suzanne, Jacques Sauvaget, atterrés, regardaient le docteur avec des yeux interrogateurs.

— ... Ou je me trompe fort, dit lentement le Dr Jeséquel, ou nous nous trouvons en présence d'un cas de *variole*... Parbleu, il aura attrapé cela à Alger où, malgré toutes les précautions, les cas de varioleux ne sont pas rares... surtout du côté de la Kasba. Y a-t-il longtemps qu'il n'a pas été vacciné?

— Suzanne répondit par un geste d'ignorance.

— ... Evidemment, probablement pas depuis sa naissance. La vaccination devrait être obligatoire tous les dix ans au moins, sous peine d'amende... En tout cas, mes amis, il ne faut pas rester ici. Suzanne, vous allez téléphoner rue de Sèvres pour avoir une garde-malade en indiquant qu'il s'agit de garder un varioleux, de manière qu'on nous envoie une personne assez récemment vaccinée et...

— C'est absolument inutile, trancha sèchement Suzanne, j'entends être seule sa garde-malade.

Jeséquel et Jacques Sauvaget s'écrièrent en même temps :

— Vous?

— Moi, pensez-vous que ma place n'est pas près de mon enfant... ne suis-je pas, moi, sa vraie mère?

— Songez, dit Jeséquel, après un silence, que cette maladie est très contagieuse, que vous pouvez, en le soignant, perdre la vie et... aussi votre beauté. Quand elle vous atteint, elle pardonne rarement la figure, la variole. Au moins avez-vous été revaccinée depuis six ou sept ans?

— Dans deux heures, je le serai, répondit imperturbablement Suzanne, brave et décidée, à présent qu'elle savait Maurice en danger.

Jacques Sauvaget la regardait avec un sourire ému.

— C'est très beau, ce que tu veux faire là, mais laisse-moi te dire que peut-être les soins d'une infirmière de métier...

— ... Seront toujours des soins mercenaires, interrompit Suzanne. Mon enfant sera soigné par moi. Ce n'est pas le jour où il revient de bien loin, après m'avoir causé tant de chagrin par son absence que je vais le laisser repartir plus loin et d'où l'on ne revient plus... Non, j'ai décidé. Attendez-moi, je cours me faire vacciner chez notre pharmacien ordinairement assez bien monté en collection de sérums. Je prends l'auto. Si..., par hasard, le pharmacien n'avait pas le vaccin...

— De Jenner.

— ... C'est cela, de Jenner, je pense qu'à l'Institut Pasteur de la rue Dutot, je le trouverais aisément, je vous supplie seulement de m'attendre. Elle ouvrit la porte et disparut. Trois minutes après, l'auto l'emportait...

— ... Etrange femme, soupira le Dr Jeséquel.

— ... Une grande malheureuse en ce moment, répliqua Jacques Sauvaget.

Et tous les deux qui pensaient certainement la même chose s'étaient tus de peur d'avoir à échanger de graves et pénibles impressions.

— Voilà qui est fait et bien fait, fit Suzanne à voix basse, en rentrant vingt minutes plus tard. Mon pharmacien avait, comme je l'avais prévu, tout ce qu'il fallait, me voici donc immunisée... mais saprisii, ça me brûle...

D'un geste net, elle releva sa jupe, lâcha ses deux jarretelles, baissa son bas et exhiba près du mollet trois enflures chacune grosse comme une noisette...

— ... Vous êtes encore, malgré ce vaccin trop récent, en danger de contagion, répartit le Dr Jeséquel, ne l'oubliez pas.

— Peu importe!... Je vous ai dit que je le soignerai. Moi, je suis sûre de le guérir...

— Et... cependant, s'il mourait? reprit Jeséquel.

— En ce cas, je crois bien que je ne lui survivrai pas... Mais vous voulez m'éprouver, docteur, avouez-le?

— Je ne puis rien dire avant quelques jours. Enfin, je puis rester ici jusqu'à demain soir pour surveiller le malade; pendant ce temps, le sérum opérera en vous... Vous, fit-il à Jacques Sauvaget, allez vous faire aussi vacciner chez ce pharmacien...

— ... Celui de la Place, en sortant de la gare du côté de Bois-Colombes, interrompit Suzanne.

— ... Et, reprit Jeséquel, restez quelques jours sans venir dans cette chambre.

— Entendu, dit Jacques Sauvaget, et à votre disposition, le cas échéant, je vais donc me faire vacciner, quoiqu'une vieille peau comme la mienne, tannée et retannée par la misère et la maladie, n'a pas grand'chose à craindre...

La nuit qui suivit, Maurice eut le délire. Aux oreilles epouvantées de Suzanne qui avait entr'ouvert sa porte, arrivait par périodes, par saccades, la lamentable et tragique confession hachée de cris de désespoir, de hoquets et de larmes; puis ce furent, évoqués en petites phrases courtes, des souvenirs de ses voyages lointains. Quelquefois, le nom d'Annette ou le sien sonnaient à ses oreilles. Il leur confiait des missions extraordinaires en riant... ou en aboyant comme pour leur faire peur.

Le Dᵣ Jeséquel, vacciné l'année même, étendu tout habillé sur le divan, enroulé dans une simple couverture de voyage, le laissait divaguer, ne prêtant qu'une attention relative aux divagations du malade. Au bout de deux heures, il le calma par une piqûre de morphine, en bon disciple de Browu (1) qu'il était.

... Le lendemain, avant de quitter Suzanne, il lui faisait quelques recommandations indispensables.

— ... La chambre est spacieuse, disait-il, c'est fort bien..., mais je désirerais — et vous pouvez trouver cela dans n'importe quel magasin de confection, ici même, — qu'on accroche aux fenêtres des rideaux rouges, des rideaux d'andrinople si possible. La couleur rouge atténue considérablement l'éruption et les cicatrices. Et voici la dose d'opium à lui faire prendre et usez aussi de l'éther.

Lorsqu'il revint, le lendemain, la période d'éruption de la variole commençait. Le troisième jour, des macules, taches arrondies, rouges, non saillantes, avaient gagné le cou, le tronc, les bras et les jambes; ces macules — affirmait Jeséquel — sous peu, se transformeraient en papules : boutons rouges, saillants, couronnés d'une auréole rose... Il n'y avait plus qu'à laisser la variole suivre son cours.

Il félicita Suzanne qu'il trouvait vêtue enfin de blanc et casquée...

— J'ai envoyé chercher un attirail complet d'infirmerie par l'oncle Jacques...

— Et le masque de gaze...

— Je l'ai là, je ne le mets que lorsqueje m'approche du malade .. Je prends mes repas dans ma chambre ou plutôt dans l'embrasure de cette porte de communication, de manière à l'avoir toujours sous les yeux.

_____

(1) Selon John Brown, théologien et médecin anglais (1735-1788), la vie est sous la dépendance des stimulants. La santé comme la maladie obeissent aux mêmes causes : la stimulation ou même l'incitabilité. Il divisait les malades en sthéniques et asthéniques. « Le retour à la santé sera l'harmonie résultant du parfait accord de l'excitabilité et des forces excitantes. Les médicaments seront donc ou stimulants ou calmants. » Dr Raymond Molinari : *La Médecine internationale.*

Aux fenêtres, de l'andrinople avait remplacé les rideaux et toute cette lumière qui arrivait rouge, presque sanglante, donnait à la chambre un aspect infernal.

— La maison de l'enfer! Le mot de Maurice revenait à la mémoire de Suzanne.

La maladie suivait son cours, les papules de la face présentaient à leur sommet une petite vésicule à couleur transparente, les unes s'arrondissaient, les autres restaient plates et « ombiliquées », leur éruption attendue allait les transformer en pustules. Par bonheur, les vésicules n'étaient ni nombreuses, ni rapprochées.

Le patient, peu à peu, reprenait contact avec la vie. Il souffrait visiblement. L'opium et l'éther le calmaient et le poussaient au repos.

Le huitième jour, Suzanne vécut dans les transes : la fièvre recommençait avec les mêmes malaises de la première heure : maux de tête violents, délire, douleurs dans les membres, etc. Jeséquel appelé téléphoniquement accourut. C'était normal. A la période de suppuration — qui était la plus grave à cause des complications — les manifestations premières se renouvelaient. Il avait examiné le contenu des vésicules, l'avait trouvé d'un blanc jaunâtre, ayant seulement augmenté de volume.

— ... L'auréole devient plus rouge, dit-il, regardez, Suzanne. Demain ou après-demain la période de dessiccation et de desquamation commencera par la face. Les pustules se déchireront et leur contenu s'échappera, formant des croûtes jaunes et brunâtres. Vous allez toucher toutes ces pustules avec de la teinture d'iode, très légèrement... naturellement. Continuez les soins d'hygiène, les lavages, les lavements. Ces croûtes tomberont d'ici à quelques jours et laisseront

des tâches rougeâtres ou des cicatrices déprimées qui
finiront par devenir blanches, gaufrées, luisantes...
Ma pauvre enfant, armez-vous de courage, vous en
avez encore pour vingt-quatre à trente jours.

— Oh! deux mois, trois mois, qu'importe, pour
moi, pourvu qu'il guérisse, mon bon ami.

— Vous devez être bien fatiguée?

— Non, pas tant que cela. Quand il dort, je me
réfugie dans ma chambre et je prends aussi du repos,
je mange bien, je bois bien, je lis beaucoup, les tubs
me délassent. Je vais prendre l'air assez souvent.

— Observez-vous toutes mes prescriptions?

— Voyez vous-même. Chaque jour, je change ma
blouse, je n'entre jamais ici sans le bonnet qui cache
entièrement mes cheveux et, chaque fois que je
m'approche de lui, je mets mon masque de gaze
devant ma bouche... Je me lave une dizaine de fois
par jour et, je ne vois personne, hormis l'oncle
Jacques. Il est inquiet, le pauvre vieux... J'invente des
courses pour le faire sortir... l'occuper...

Maurice dormait toujours.

— Vous parle-t-il quelquefois, Maurice?

— Peu. Un rien le fatigue. D'ailleurs, que me
dirait-il. Peut-on parler quand on est malade et qu'on
a tant de choses à dire? Il suit sa maladie, s'y intéresse, se prête docilement à toutes vos prescriptions.
Il serait peut-être un peu trop exigeant sur l'opium...
Ne craignez-vous pas que l'accoutumance...

— Je le désopiumiserai facilement en quelques
jours... Et vous? lui parlez-vous?

— Le moins possible pour ne pas le fatiguer. Nous
nous sourions... quand il ne se sent pas trop mal...

Suzanne et le Dr Jeséquel étaient dans le vestibule.

— A présent, il est sauvé, c'est le dixième jour,

disait le praticien et j'en réponds. La dessiccation va commencer, les croûtes vont tomber et la régénération de l'épiderme se fera... Tout s'est bien passé. C'est le moment où nous allons commencer par le désopiumiser, diminuez la dose peu à peu, méthode dite en « escalier ». Avant quinze jours, il pourra se lever une heure ou deux.

— Gardera-t-il « le masque ».

— ... A peine ... il faudra regarder de bien près, vous savez..., néanmoins, n'enlevez pas encore les rideaux rouges... Moi, je ne viendrai plus que sur appel téléphonique..., ma petite Suzanne... Est-ce assez vous prouver qu'il est guéri?

Suzanne, le cœur débordant de joie, des larmes plein les yeux, prit la main de Jeséquel et la porta à ses lèvres.

— Merci de tout mon cœur, mon cher ami... merci.

— Voulez-vous bien m'embrasser... autrement..., Suzanne? gronda le docteur. Je puis vous le dire maintenant. Il revient de loin. Soigné par une autre que vous... je ne sais pas... Enfin, il vous doit la vie...

— ... Je deviens donc une fois de plus sa vraie mère... c'est la seconde fois que je lui sauve la vie... Ça vaut bien de la donner une fois! répliqua Suzanne dont les larmes coulaient toujours et qui cherchait néanmoins toujours à sourire...

— ... Dame, fit Jeséquel gaiement mais à voix basse. Je vous ai enlevé un enfant, c'est bien le moins que je vous en donne un autre!...

— Chut! vous savez qu'il ne doit jamais savoir. Et tout bas, elle pensa: « Ce sera le seul secret que j'aurai pour lui. S'il savait... il en mourrait peut-être. »

Maurice allait enfin entrer en convalescence.

Suzanne, agenouillée près du divan, l'écoutait C'était en somme leur première causerie. D'une voix lente comme s'il se réhabituait à parler un langage oublié; d'une voix grave, comme quelqu'un qui a heurté du poing la porte de la mort, qui revient et qui se souvient avec difficulté de son séjour chez les défunts... Presque avec indifférence, il racontait sa vie errante. Il ne cachait point ses déceptions dans tous les pays traversés, tous contaminés par la pourriture de nos déchets, de notre folle et atroce civilisation qu'on leur imposait.

— ... J'étais poussé par une force étrange, plus forte que ma volonté, et qui semblait toujours me dire : « plus loin, encore plus loin ».

— Pour me fuir...

Il baissa la tête.

— Et te voilà pourtant, fit-elle en souriant.

— Sans doute, mais si différent. Si tu pouvais pénétrer en moi, tu verrais combien j'ai changé. Je ne suis plus le même. J'ai promené avec moi ma solitude et avec elle je me suis entretenue constamment de choses élevées. Je me suis penché sur la douleur, sur le malheur. Mon cœur s'est ému à la souffrance de hommes qui sont mauvais, mais qui deviendraient si facilement doux et bons si chacun d'entre nous voulait simplement faire taire un tout petit peu son égoïsme personnel...

Elle dit :

—· Tu me fuyais... tu fuyais le remords plutôt, n'est-ce pas ?

Cette fois il répondit : non, durement.

— Le remords, continua-t-il, je n'en ai point et je ne l'ai jamais connu. J'ai pleuré la mort d'un être cher, de l'ami dévoué qu'était mon père pour moi.

J'ai déploré la fatalité comme j'ai déploré notre lâcheté comme je déplore encore l'erreur fondamentale, cause de tout ce malheur : notre silence. Lui seul est coupable. Il devait s'imposer à nous avec ses ennuis. Nous étions trop jeunes, trop inexpérimentés pour agir de nos propres forces. Et, après un silence :

— *Lui* aussi avait des torts. Il t'a fait croire ce qui n'était pas... Seulement, voilà... à présent, je ne sais plus, je me demande si tu étais à moi ou si tu n'étais pas au mort et au mort plus qu'à moi...

il avait parlé les yeux perdus dans le souvenir.

— Où veux-tu en venir, demanda doucement Suzanne qui avait pâli.

— A rien, Suzanne, répliqua-t-il. Je réponds à tes questions. Tu sais, moi, tout seul devant les paysages grandioses, inconnus, changeant tous les jours, j'ai eu le temps de faire mon examen de conscience. Toi, sans doute, n'as-tu pas eu le temps..

Comme cette conversation la gênait et la peinait, elle dit :

— Parle-moi de la fin d'Annette.

— Quand je suis arrivé là-bas, Annette était perdue, le matin même elle avait rendu dans un vomissement un poumon en entier... Elle s'est alitée... et elle ne s'est jamais relevée. Le brave médecin qui la soignait me préparait lentement à sa mort... Hélas! je l'avais devinée un soir où, sur une plaie causée par un sinapisme, on jetait de la morphine en poudre... sans le lui dire... Elle s'est éteinte doucement pendant que je lui racontais une histoire... comme à un petit enfant...

Et il ajouta après un silence douloureux :

— Elle était très jolie, morte, j'ai voulu qu'on la photographie... j'ai cela dans mes malles... tu verras...

Elle interrogea, anxieuse :

— Tu pensais à moi?...

— Autant que tu pensais certainement à moi.

— Pourquoi ne m'écrivais-tu pas?

— À quoi aurait servi de fouiller inutilement dans nos douleurs disjointes, dans nos plaies vives?... Il y avait, autour de nous, assez de souffrances pour retenir notre attention... la distraire... qui sait?

— Tu... m'aimes toujours, Mau? demanda Suzanne avec une voix de prière.

Il poussa un gros soupir, ferma les yeux.

— Tu es, dit-il, le seul être humain que j'aime de toutes mes forces... de toutes mes... faibles forces... mais...

Elle se leva, vient à lui et serra tout doucement sa tête contre son sein.

— Tais-toi... mon petit!

Il acquiesça simplement.

— Oui, ton petit... qui aurait mieux fait de mourir... croit-il.

Et, brusquement, il éclata en sanglots tandis que Suzanne, comme crucifiée, embrassait son visage sur lequel *le masque* était tout de même visible.

— Tu es le bon oncle des grandes comédies, oncle Jacques; et mon seul regret est de ne t'avoir pas plus tôt connu. Un homme comme toi, affranchi, brave et loyal, aurait pu diriger ma vie vers un but, m'aurait armé de courage... ne serait-ce que du courage de vivre. Suzanne m'a raconté ton histoire;... par l'esprit je dois être un petit peu ton fils... hein?

Ils étaient dans le jardin, Maurice bien couvert était assis au soleil, un soleil d'octobre encore plein de promesses estivales.

— Il n'est pas trop tard? il n'est jamais trop tard...
mon enfant...

Jacques, ému, avait dit : *mon enfant*, avec des
larmes dans la voix.

— Si, oncle Jacques, il est trop tard pour moi...

— Tu n'es pas encore d'aplomb, tu as la faiblesse
des convalescents, le désir de vivre, et de bien vivre
te reviendra en même temps que tu prendras des
forces... A nous deux, tu verras, nous ferons des choses
excellentes...

— Dans le chaos universel, dans cette clameur qui
durera peut-être une trentaine d'années, nos voix ne
seront pas entendues...

— Il y a du vrai, hélas, dans ce que tu dis...

— L'effort individuel sera noyé dans toutes ces
poussées humaines qui se heurtent et qui se heur-
teront longtemps... C'est pourquoi j'estime qu'il sera
mauvais de vivre sur la terre pendant au moins un
demi-siècle, oncle Jacques.

— Tu peux toujours tenter...

— A quoi bon? Et puis, franchement, que nous
importe à nous qui passons si peu de temps sur la
terre que le genre humain soit heureux ou malheureux? Allons-nous, durant notre vie, nous essouffler
à lui crier des vérités qu'il n'entendra point et qu'il
se soucie peu d'entendre. L'humanité ne fut, n'est et ne
sera jamais qu'un ramassis de sombres brutes... et de
malheureux esclaves... Ah! pour les rares intelli-
gences, les rares sensibles qu'il y aura — s'il y en a
encore! — dans vingt ans, elle sera belle la vie...
pouah! Le plus heureux pourra dire : « Quelle malé-
diction d'être né! »

V

Le jour n'est pas plus pur que le fond de mon cœur.
Phèdre (RACINE).

Les convalescences d'automne sont maussades, portent à la tristesse et donnent l'envie de partir, de mourir en même temps que la nature. Peut-être, pour cette cause, meurt-on beaucoup en automne. Les convalescents d'automne traînent leur mal alors que les convalescents de printemps semblent pousser le mal devant eux, comme pour le chasser! Les ombres s'amassent plus vite dans l'angoissant crépuscule entré dans la chambre. La Maladie vient à peine de franchir la porte qu'une autre est prête à y entrer... La pâleur du convalescent d'automne est plus pâle, il y a de l'ivoire, du vieil ivoire, sur ses joues amaigries. Les lumières elles-mêmes, le soir, semblent se réhabituer difficilement à la nuit. Et les mains? le convalescent les examine avec crainte et étonnement. Sont-ce bien là ces mains aux courbes harmonieuses et pleines de chair, de muscles qui savaient si bien étreindre, si bien prendre?... Les veines sont débiles, trop apparentes, les doigts trop affinés, trop blancs aussi. Le convalescent reprend, à contre-cœur, le chemin de la vie, dirait-on. Les êtres qui l'entourent ne lui semblent plus les mêmes êtres, leur simple dépression due à la saison agit aussi sur sa sensibilité. Seulement, dans l'automne, le convalescent s'isole mieux, il dort mieux, il dort mieux parce que, peut-être, dormir n'est pas vivre en entier. Non, le convalescent d'automne ne revient jamais franchement à la vie. Il a goûté l'amertume des premiers froids, des premières pluies glacées, qui sont venues, cinglantes, battre ses vitres, des premiers vents qui hurlent, assiègent la maison, tournent autour d'elle dans un galop sinistre et cherchent à l'envahir par les trous et les fentes en sifflant lugubrement. Les conversations se teintent aussi d'obscurité; elles roulent sur des sujets graves, sérieux, élevés... On enquête sur l'avenir, sur la mort, sur Dieu!... C'est que les rechutes sont prévues et ne sont pas sans danger.

En dépit de la maladie, Maurice gardait, avec sa belle tête de Latin aux longs cils, cette sérénité d'expression, cette délicatesse de lignes dans les traits, ce charme enfin qui lui avait toujours donné l'apparence d'un adolescent. Sur la taie d'oreiller, sa pâle figure s'affinait, s'idéalisait presque sous les derniers tressauts de la flamme vitale prête à s'éteindre. Son front exsangue, par sa blancheur, tranchait crûment sur ses cheveux noirs. Son regard vague, incertain, errait dans ses pauvres orbites cloisonnées de bistre, s'éclairant, par intermittences et surtout lorsque Suzanne l'approchait.

Comme s'il revenait de loin, de très loin, il dit soudain :

— C'est une sensation effroyable que je ressens. Il

me semble qu'autour de mon lit il n'y a qu'un précipice, un précipice avide de me prendre, un précipice
où je dois tomber... inéluctablement.

— Maurice ! implora Suzanne.

Le malade — qui avait un peu la fièvre — sans
l'entendre, continuait :

— Comme c'est curieux. Des événements de ma
vie, en tas, m'assaillent de leurs souvenirs. Pourquoi
ai-je pensé à cette marchande de bonbons qui pleurait, au Caire, en me voyant passer? Pourquoi me
revoyais-je tout à l'heure, petit, six ans peut-être !...,
jouant dans une serre... Figure-toi, cette serre, dans
mon imagination de gosse, était devenue la passerelle
d'un grand vaisseau. Un bout de bois attaché à la
balustrade et je voguais... Ce matin, j'ai revu maman.
Elle était couchée avec un petit chien... Il me semblait que je n'avais que la main à étendre pour les
toucher tous les deux... Suzanne, depuis hier, il me
semble que mes morts viennent me chercher... Bah !
tout le monde meurt, c'est un fait nécessaire, tu sais,
un peu plus tôt, un peu plus tard, n'est-ce pas?

Il essaya de rire et ne put que ricaner... Elle sentait que, de nouveau, il allait délirer. Depuis deux
jours, vers les cinq heures, une forte fièvre le
prenait, une fièvre qui durait souvent deux ou trois
heures.

— Maurice, supplia Suzanne, ne t'agite pas, mon
cher petit. Jeséquel ne sera pas content.

— Je ne m'agite pas, murmura Maurice en se touchant le front, c'est là, c'est là-dedans que ça s'agite.
Toutes les portes du souvenir s'ouvrent, il faut bien
que je laisse entrer. C'est un vrai défilé, comme au
cinéma, Suzon, comme au ciné... ils défilent mes
souvenirs. Oh, dans ce défilé, ma Suzanne, tu ne
manques pas. Te voici arrivant aux *Tourelles*, pim-

pante... Dieu que tu étais jolie, que tu étais belle quand je t'ai revue... Tu étais ma petite mère, te voici ma grande sœur... rien que ma grande sœur... tu sais, rien que ma sœur... ainsi prends garde quand tu m'embrasses... prends garde!

Suzanne l'avait écouté avec épouvante. Doucement, elle lui dit :

— Mon petit, tu t'exaltes...

— Non... prends garde... c'est que je te vois venir. Je sens déjà trop ta chair sur la mienne et cela, il ne le faut plus... Tu n'es plus à moi...

— Calme-toi, s'écria Suzanne, blême, prête à perdre connaissance à son tour, calme-toi.

Lui, répétait : « Prends garde. »

— Maurice, tu as de la fièvre, veux-tu ta potion?

— Oui, donne. Ah! je devine ce qu'il y a dans ton sirop? de la morphine! C'est l'amertume au fond de tout ce sucre... Et dire que j'ai peur!... je me dégoûte, je veux mourir bravement, tu sais, Suzanne... j'ai des instants de folie... pardonne-moi. Je ne sais plus ce que je dis... oui, j'ai la fièvre...

Suzanne lui avait pris la tête dans ses bras.

— Tais-toi, bois un peu, ne pense plus, je suis là, mon chéri. Si tu étais en danger, voyons, moi, serais-je calme comme je suis?

— C'est vrai... tu m'aimes... tu m'aimes vraiment, toi, tu m'aimes... et j'en meurs, de ton amour, moi, fit-il en éclatant en sanglots.

— Tais-toi ?...

— Pourquoi? Nous nous étions habitués avant mon départ à ne plus nous mentir jamais. Et puis, mourir, pour moi cela vaudrait mieux. Notre vie, à tous les deux, est finie, bien finie. Oui, j'ai pensé un moment que je pouvais arriver à ne plus t'aimer!... crois-tu ?

— Tais-toi!

— C'était idiot, quand on t'a aimée, on ne peut plus aimer personne. C'est égal, les gosses, vois-tu, il ne faut pas les aimer « comme ça ». Ils ne sont pas encore mûrs pour l'amour, ils ne sont faits que pour faire l'amour. Enfin, pas, Suzon, on ne peut rien reprendre de ce qui fut hier. Tout ce que je te demande c'est de ne pas me laisser souffrir. Tu m'aimes assez pour cela, hein? Piqûres d'éther, de caféine... tous les remèdes à prolongements, je n'en veux pas. De la morphine sur mes plaies, cela suffit — ô que je souffre de la tête! — Mais je sens que tu n'auras pas le courage... Moi, j'en ai, je veux en avoir. C'est tard... bah! Oui, j'ai ce qu'il me faut, ma Suzanne et... fichu pour fichu...

Il avait laissé retomber sa tête sur l'oreiller avec lassitude et dégoût.

Suzanne, angoissée, pensait : « Que faire ? »

Il y eut un très long silence.

— Veux-tu être gentille, murmura-t-il tout à coup, fais-moi un peu de musique : de la musique qui me rappelle la nature. Tiens, *Sur l'eau* de Debussy, et puis tout ce que tu voudras. Joue-moi de la musique... de ta musique... je veux de ta musique.

Quelques paroles de Jeséquel lui revinrent à la mémoire :

« — C'est un nerveux. Contrariez-le le moins possible... surtout si vous le trouvez agité.

Pourtant, depuis deux jours, n'allait-il mieux? Que se passait-il? Suzanne s'était juré qu'elle arracherait le malade à la mort. Elle vivait depuis trop longtemps avec le danger pour ne pas savoir le tourner, le vaincre et en triompher... Elle s'imaginait tout à coup qu'on lui cachait l'état de Maurice, qu'on la leurrait, et, fièvreusement, à son tour, elle s'accusa d'aveuglement; son subit chagrin allait la jeter hors

du bon sens, quand Maurice cria d'une voix vraiment
pleine d'angoisse :

— Mais joue donc !

Stoïquement, elle s'était installée devant le piano et
avait ouvert la partition de Debussy. Elle avait
commencé par jouer en se demandant si c'était elle
qui jouait ; puis, le vertige ou quelque chose d'approchant l'avait gagnée, quelque chose qui faisait battre
fortement son cœur un moment, et l'arrêtait à un
autre... Elle songea : « Je deviens folle. »

Et voici que ce cœur se rapetissait, se rétrécissait,
lui donnait la sensation qu'il tombait dans sa poitrine.
Et la martyre angoissée jouait comme au hasard, le
sang glacé dans ses veines, le corps et l'esprit soudainement vidés... ou comme si ce corps et cet esprit
eussent été occupés par une autre qu'elle... Tout à
coup un nuage sembla lui passer devant les yeux et
une vie, une autre vie se leva en elle ; un sang chaud,
cette fois, ardent, la brûla. La défaillance de tout à
l'heure s'évanouissait, faisant place à une volonté âpre
et aiguë. Elle voulut encore forcer ses regards à lire
la musique et, n'y parvenant pas — tellement elle se
sentait autre et tellement la vie nouvelle la pénétrait —
elle se mit à jouer presque inconsciemment, sous une
étrange inspiration, obéissant surtout à la dernière
injonction du malade qui avait crié : « Je veux de *ta*
musique. » Et ce qu'elle jouait, c'était sa souffrance,
cette souffrance dans laquelle elle s'était d'abord
effondrée et dont elle sortait comme ivre, victorieuse-
ment ivre, avec un cœur neuf et une âme nouvelle pleine
d'harmonies. A se donner encore toute neuve et toute
nouvelle à son amour qui agonisait sans doute
derrière elle, elle éprouvait une sensation à la fois
terrible et grandiose. Ce chant — était-ce un chant ? —
qu'elle tirait des profondeurs de son être et marqué

d'une sensibilité inconnue — la sienne pourtant —
elle l'entendait pour la première fois étonnée et ravie,
il était d'une tristesse inouïe, d'un rythme large,
immensément large... comme son amour! Ce chant
fini — et elle l'allait certainement finir malgré elle —
elle fermerait à jamais son piano, instrument désormais dérisoire. Elle joua... *le* pleurant, se pleurant
aussi! Un moment, avec étonnement, il lui sembla
qu'elle accrochait le commencement de l'*Adieu* de
Schubert... Mais non, c'était une vague réminiscence,
quelque chose comme une pierre sur laquelle on pose
le pied pour rebondir plus loin... Tout en jouant, elle
se compara au clown de Banville dont les vers curieux
envahirent sa mémoire : Oui, comme lui, elle avait
rebondi, comme lui elle avait crevé le plafond de
toile et, comme lui, le cœur tout dévoré d'amour elle
allait rouler dans les étoiles...

Sa propre folie lui faisait peur. Et elle *le* sentait,
lui, mourir derrière elle !... Peut-être mourait-il dans
l'extase provoquée par son improvisation musicale...
Elle n'osait point s'arrêter, sûre, certaine, que la Mort
faisait son œuvre non moins savamment qu'elle ne
créait, elle, la sienne. Elle s'imagina soudain que,
tant qu'elle jouerait, il ne pouvait pas, il ne devait pas
mourir, et pour qu'il vive encore, elle jouait toujours,
persuadée que son dernier souffle s'exhalerait de la
bouche du bien-aimé au moment où elle plaquerait
ses derniers accords...

Elle joua longtemps... longtemps...

Et cette musicienne hallucinée; une heure — peut-
être plus — eut du génie et frôla, en effet, la démence.

Elle ne s'arrêta que lorsqu'elle sentit ses mains se
refroidir, ses doigts s'engourdir et se raidir...

Alors, elle se leva et d'un bond, fut au lit de
Maurice.

Il reposait, les yeux grands ouverts, dans une attitude extasiée. Elle le crut mort. Prête à hurler sa douleur, elle se contint, pourtant, prit les bras du malade, s'en entoura le cou et perdit connaissance...

Lorsqu'elle revint à elle, elle se vit serrée dans les bras encore chauds de son amant. Ses yeux se convulsèrent d'horreur. Ses forces ne lui permettant plus de reprendre sa liberté, de fuir, allait-elle rester dans ces bras, probablement rigides déjà, jusqu'à ce qu'on vienne la dégager, en brisant ces chers membres qui l'encerclaient? Elle attendait. Quelques minutes lui semblèrent des heures. Tout à coup, les bras se desserrèrent d'eux-mêmes, l'étreinte se fit molle, caressante :

— Oh! que c'est beau ce que tu as joué là, Suzanne, que c'est beau! Oui, j'ai *cru*, un moment, que tu allais me faire *croire* au ciel!

VI

Hélas ! du crime affreux dont la honte me suit
Jamais mon triste cœur n'a recueilli le fruit ;
Jusqu'au dernier soupir de malheurs poursuivie,
Je rends dans les tourments une pénible vie.

Phèdre (RACINE).

Dans la pensée de Suzanne, Maurice, qui allait de mieux en mieux, devait incessamment lui revenir. Probablement, se sentait-il encore trop faible. Elle avait peine pourtant à s'imaginer que, depuis dix mois, aucun désir n'était venu troubler la chair de ce jeune homme, jadis plutôt trop porté sur le plaisir sensuel. Sans doute aussi une pudeur nouvelle s'était glissée entre eux depuis « l'accident ». (C'est ainsi que l'on désignait maintenant aux *Tourelles* le brusque décès de M. Sauvaget.) Elle-même s'avouait gênée en la présence de son cousin. Son geste n'avait plus la même franchise, la liberté ancienne... Quelquefois, elle lui disait plutôt pour se donner du courage que par besoin :

— Embrasse-moi, Maurice... mieux que ça... comme tu m'aimes ?

Elle s'en voulait de sa timidité, de sa gaucherie. Elle reconnaissait pourtant que ses désirs à elle

21

n'ét ieut plus aussi impérieux, que ses sens la troublaient moins. La fatigue, née des soins donnés à Maurice pendant sa maladie, était la cause probable de cette sagesse, de ce calme, qui lui faisait penser quelquefois :

« — Ma foi, on est bien ainsi... »

Et, cependant, à une demande plus intime, plus secrète, elle concluait :

— « Mon Dieu, après tout, cela vaudrait mieux ! »

Leurs chambres communiquaient toujours. Clémence et la femme de ménage ne songeaient même plus à la fermer. En bas, on avait trop admiré la conduite de « Madame Suzanne » pendant la maladie de son beau-fils », pour que le moindre soupçon pût naître désormais. L'oncle Sauvaget avait fini par se persuader qu'entre son neveu et sa belle-sœur il n'y avait jamais eu que des relations d'affection profonde et que, décidément, les apparences étaient souvent trompeuses. Pour le Dr Jeséquel, qui venait une ou deux fois par semaine, à l'improviste, dîner et passer la soirée, la chose avait si peu d'importance qu'il oubliait d'y penser, d'approfondir son doute et qu'il traitait Maurice et Suzanne comme du temps où il était l'invité de M. Sauvaget. Suzanne, d'ailleurs, était aux petits soins pour lui. Elle lui gardait une douce reconnaissance de ce qu'il avait fait pour elle d'abord, pour Maurice ensuite.

Un après-midi, Balbine et Blanche Duchemin vinrent rendre visite à Suzanne.

Suzanne les présenta à Maurice. Naturellement, Balbine fut aimable. Le jeune homme, qui n'était décidément pas trop « marqué », lui plut et elle ne se cacha guère de le montrer. De son côté, Maurice qui avait appris par Suzanne les extravagances charnelles de la jeune divorcée de Titre-Fixe, fut

aimable sans plus, mais assez drôle pour la faire rire.
Balbine voulait absolument sortir le convalescent,
baptisé tout de suite « notre intéressant malade »,
le mener à un nouveau dancing qu'on inaugu-
rait là semaine suivante. Elle eut même l'impu-
dence.... ou l'impudeur, ignorant tout des anciennes
relations de Suzanne avec son cousin, de lui dire
en partant :

— Tu sais, Suzanne, il me plaît rudement ton
fils.... Quand il voudra... donne-lui donc l'adresse de
ma garçonnière.

Suzanne était devenue blême, mais avait souri :

— C'est cela... Sa première escapade sera pour
toi... s'il veut m'écouter.

Sitôt ses amies parties, elle monta dans la chambre
de Maurice. Elle était décidée cette fois à avoir une
explication avec Maurice.

Le jour pâlissait. Sur les vitres, un soir triste
entrait dans la chambre. Elle aperçut le jeune homme
étendu sur son divan, l'air si lointain, qu'elle lui
jeta durement :

— Qu'est-ce que tu as ?

— Rien, fit-il, étonné du ton acerbe, presque
méchant de Suzanne.

— ... Tu penses à elle... reprit-elle, railleusement.

— A elle ? jeta-t-il étonné. Qui, elle ?

— A Balbine..., parbleu. Elle t'a assez fait la cour
cet après-midi ? Ah ! vraiment, nous n'aurions pas
été là, Blanche et moi, nul doute qu'elle se serait
jetée sur toi...

— Tu es folle, interrompit-il en souriant.

— Jure-moi que tu ne pensais pas à elle ?

— A cette putain ?... moi ?... Ah ! vraiment non, je
ne pense pas à elle et n'ai nulle envie de grossir de

mon nom la liste de ses gigolos... Il faut que tu soies
un peu... souffrante, ma pauvre Suzanne, pour me
faire une scène de jalousie, — car c'en est une, n'est-
ce pas ? — au sujet de ton amie que je trouve ni
jolie, ni intéressante. et pour laquelle j'éprouverais
plutôt du dégoût... Permets-moi de m'étonner même
de tes relations nouvelles... Un spécimen aussi extraordinaire que cette Balbine !... Toi, si fine, si distin-
guée, si intelligente...

Suzanne eut soudainement honte de ses soupçons
fous, en effet, et se jeta aux pieds de Maurice.

— Pardon... mon chéri... pardon... Si tu savais
combien je souffre... je n'en puis plus... Ecoute-moi,
veux-tu ?... Ce ne sera pas long... va... Tant que tu as
été malade, je me suis tue..., j'ai essayé même de ne
plus voir en toi qu'un frère..., qu'un fils même...
Hélas !... Je constate que je cherchais à me leurrer,
puisque la première femme à qui je te vois sourire,
me voici hors de moi, ridicule, jalouse, injuste, brutale presque avec toi, mon petit... que j'aime, que
j'adore... Mais, depuis bientôt dix mois, il n'y a pas
eu un seul mot d'échangé au sujet de l' « accident ».
Nous n'en avons jamais parlé ensemble... Je ne saurais te taire la vérité plus longtemps. Durant ces dix
mois, j'ai expié terriblement le mal qu'inconsciemment nous avons fait ; depuis dix mois, je souffre
dans mon cœur, dans ma chair, dans mon amour,
que ta fuite a crucifié. Tu ne sauras jamais mes
angoisses poignantes, quoique tu soies assez sensible
pour te les imaginer... Oh ! que tu m'as fait souffrir !...
C'est à croire que tu as désiré cette souffrance,
comme si cette souffrance expiatoire pouvait être une
sorte de rédemption ?...

Il protesta d'une voie meurtrie :

— Non... Non... Non... Oh ! cela, jamais, Suzon...

— Pourquoi, alors, m'as-tu fait si mal?

Il secoua la tête :

— Je ne voulais pas... Je ne voulais plus rien... plus rien, comprends-tu ?

Elle s'écarta de lui, étonnée :

— Tu ne voulais pas ?... mais alors, que voulais-tu donc ? Ou, plutôt, que ne voulais-tu pas ?

Il balbutia :

— Je ne sais pas...

— Si... si... achève... Achève-moi, va...

Il hésitait, car il savait que la phrase prononcée était la rupture définitive et, à ce moment, tout son amour lui remontait au cœur.

— Je ne voulais plus... là... tu comprends ?...

— C'est-à-dire : Tu ne voulais plus de moi ? trancha-t-elle.

Il fit un signe affirmatif de la tête..., comme à regret !

Suzanne s'essuyait les yeux.,. Elle s'attendait bien à « quelque chose comme ça ». L'aveu brutal l'assommait, la foudroyait et l'affolait en même temps.

— C'est bien, murmura-t-elle, après un long silence, où l'on n'entendait que leurs deux respirations haletantes. C'est bien... Et elle alla s'affaler sur un fauteuil, les poings aux yeux, pleurant tout doucement.

Maurice se leva, vint à elle, et s'agenouilla :

— Oh ! non, ne pleure pas, ne pleure plus ; ne m'enlève pas ce courage que j'ai eu tant de peine à avoir et que j'ai tant de douleur à garder : Sœur chérie, laisse-toi aimer comme je veux t'aimer désormais... parce qu'il le faut, comprends donc. Tu n'es plus à moi... Saisis-tu ?...

— Tu déraisonnes... Non, je ne comprends pas... Crois-tu donc que...j'ai eu des amants?...oh! ce n'est pas que je n'y ai pas pensé... j'étais outrée de ton abandon, de ta façon d'agir... seulement... je n'aurais pas pu...

Elle l'avait vu pâlir.

— ... Et pourtant, continua-t-elle en relevant la tête..., si j'avais eu un amant?

Il dit très simplement.

— J'en mourrais de chagrin, très probablement.

— Mais alors, tu m'aimes, tu es jaloux, s'écriat-elle joyeusement.

— Je t'aime et je suis jaloux... c'est vrai..., fit-il en courbant de nouveau la tête.

— Eh bien... alors?...

— Alors, rien... rien... je ne pourrais pas... je ne dois plus...

Une envie la prenait de se jeter sur lui, et malgré ses cris, sa résistance, de le violer... comme jadis!... toutefois la crainte d'un malheur qui pouvait s'ensuivre et qu'elle pressentait la retenait.

— Oh!... fit-elle en secouant la tête, je comprends bien ce que tu veux dire... C'est de la folie... Elle passera... Laissons le temps agir.

— Il n'y a pas de folie... et le temps ne pourra jamais rien sur ma détermination. Tu as été à moi, tu as été à Lui... tu as été à moi et à Lui dans le même temps... Il en est mort et, je sais que si tu reviens à moi... j'en mourrai de honte... car... écoute-moi bien à ton tour... Jamais je ne me pardonnerai de t'avoir reprise alors que tu étais à Lui... Je sais, il n'avait pas été loyal... qu'importe... j'ai osé supporter cette cochonnerie, cette saloperie...

— Merci, fit-elle en esquissant un sourire.

— Oh! ne souris pas... moi, je ne savais pas trop... A vingt ans, n'est-ce pas?... On ne sait pas tout... et toi non plus... La luxure te mettait un bandeau sur les

yeux et t'empêchait de voir l'infamie... Ce qui importait pour toi, c'était que je ne m'aperçoive pas de la
mienne... parce qu'elle pouvait m'éloigner de toi...
C'est — hélas — ce qui est arrivé, Suzanne... Ce qu'il
y a d'horrible en cette histoire, c'est que j'aimais mon
père, je l'adorais; lui, m'aimait, m'adorait aussi.
Notre manque de courage est notre seule culpabilité...
Nous serions si heureux!... si heureux!... Nous étions
si bien faits l'un pour l'autre... pauvre Suzanne!

Il avait caché sa tête dans les genoux de son ancienne
maîtresse et pleurait :

Elle avait posé les mains sur ses cheveux et les
caressait lentement d'un geste machinal, et doucement, elle lui parla :

— Je sais l'abîme qui te fait peur, Maurice. Tu es
un timoré, mais moi, vois-tu, j'ai, j'aurai du courage
pour deux. Laissons les choses où elles sont. Ne
brusquons point notre rencontre comme nous avons
brusqué la douloureuse et longue séparation, que moi
seule pensais momentanée. Dans tout ce que tu viens
de dire, il y a du vrai, beaucoup de vrai et... si je ne
partage pas ton trouble, du moins je le comprends.
Pourtant, ne mets pas entre nous l'irrémédiable.
Laisse-moi croire ceci : nous n'avons pas cessé de
nous appartenir, nous ne nous appartenons plus parce
que telle est notre volonté; seulement, cette volonté,
j'ai besoin de croire, entends-tu, que nous en sommes
les seuls maîtres?... que nous pouvons changer d'avis
quand il nous plaira, à n'importe quelle heure du jour
ou de la nuit... En ce moment, moi non plus je ne
pense pas à tes caresses, je t'aime tellement par mon
cœur que te regarder vivre me suffit. Je reste la
mère, je reste la sœur et tu restes mon petit. Je veux que
tu viennes à moi comme par le passé, que tu te laisses
embrasser, caresser, choyer... j'ai besoin de ça...

— Soit. Suzanne... cependant...

— Chut ! Tais-toi, pas d'objection en ce moment... le château de mon espérance est trop fragile pour y introduire ton refus Il va sans dire que moi, je reste à toi, soumise à ton moindre désir et que ma fidélité — tu peux me croire — t'est acquise à jamais... La tienne aussi, n'est-ce pas, Maurice ?

— Oui, Suzanne, répondit-il gravement.

— Voilà... nous sommes des amants qui n'avons pas envie de se rapprocher... pour l'instant, fit-elle en essayant de rire.

— Si tu veux, Suzanne..., murmura-t-il en poussant un soupir.

— Pas de soupir si lourd... voyons, Mau,... mon fragile château...

Tendrement, elle l'embrassa longuement sur le front, sur les yeux qui se fermèrent et offrit ses lèvres aux lèvres dociles de Maurice qui ne refusa pas le baiser.

Dans leur poitrine, cependant, leur cœur battait à se rompre.

Au dîner, Suzanne avait été très gaie ; Maurice d'une délicieuse amabilité ; l'oncle Jacques rayonnait de les voir si joyeux. A un certain âge, le bonheur des autres suffit à faire croire à son propre bonheur. Maurice, qui ne buvait plus d'alcool depuis plus d'une année, avala coup sur coup deux chartreuses et Suzanne voulut lui tenir tête. L'oncle Jacques lui-même se laissa entraîner : On fêtait la guérison ! Le soir, Suzanne joua le *Printemps*, de Grieg, une berceuse de Chopin, une autre d'Arepsky et quelques danses russes dont Maurice raffolait.

— Elle a vingt ans, constata l'oncle Jacques, entre deux morceaux de piano.

— Et moi... peut-être ai-je dix ans de plus, répondit Maurice un peu las.

— Toi... tu as une mine superbe.

— Moi, j'ai une soif d'enfer, répondit Maurice, je ne suis plus habitué à l'alcool.

Il sonna, commanda des grogs à Clémence.

— Tu vas te pocharder... dit Suzanne, amusée.

— Les jours de fête, c'est comme ça, répliqua-t-il en riant d'un air entendu.

Quand Suzanne et Maurice furent « chez eux », elle l'embrassa :

— Maurice, maman m'a écrit une longue lettre qu'on m'a remise avant le dîner. Veux-tu en prendre connaissance?

— De quoi s'agit-il.

— Au fait, expliquer est plus facile que lire, maman se perdant toujours dans un tas de détails inutiles. Voici, elle voudrait acheter sa petite maison de Triel... Elle trouve que c'est de l'argent bien placé étant donné l'actuelle dépréciation du franc, ses fluctuations, etc.

— Eh bien qu'elle achète sa maison avec tous ses « et cœtera » par-dessus le marché.

— C'est que, dit en riant Suzanne..., elle n'a pas d'argent, du moins, elle n'en a pas assez... Veux-tu que je lui avance ce qu'elle demande? Cinquante mille francs?

— Mais, cela te regarde, ma chérie, répliqua Maurice un peu étonné.

— Jamais, dit gravement Suzanne, je ne distrairai une pareille somme sans t'en demander préalablement avis.

— Mais ton argent est à toi, Suzanne.

— Oh! non, répliqua Suzanne. J'estime n'en avoir que l'usufruit... et encore! Tout ce que j'ai, j'ai l'air de l'avoir seulement... tout est à toi ;... qu'il n'y ait pas du moins, dans notre histoire, la moindre question d'argent.

— Que tu es enfant... Si nous nous fâchions, par exemple — c'est une supposition — il me semble...

— C'est une erreur, Maurice, après tout ce qui s'est passé ici, je partirai sans rien... et je redonnerai des leçons...

— Folle !... tu es folle... tiens, mais je t'aime ainsi. Ne crains rien si nous nous fâchions, ce qui n'est guère probable, je m'arrangerai, moi, de façon à ce que tu ne manques jamais de rien... Pour cette petite maison que désire ta mère, achète-la lui. Elle a raison.... en ce moment c'est encore la meilleure façon de placer son argent.

— Soit, je l'achète, mais à ton nom.

— Ah ! cela, jamais, ma Suzanne chérie, au tien.

— N'insiste pas.

— J'ai une idée... fit-il tout à coup.

— Une folie certainement.

— Oui, mais j'exige que tu fasses cette folie.

Il se pencha vers elle, lui parla à l'oreille et l'embrassa.

— Cela, jamais, s'écria-t-elle.

— Si, insista Maurice... Ce sera sa dot... sa toute petite dot... et c'est moi qui la lui donne.

— Je ne veux...

— Je l'exige. Ne dis rien... j'y ajoute des rentes... autrement ! Cette pauvre petite Jeanne, j'ai enfin trouvé le moyen de lui faire plaisir. Ne me retire pas cette joie ?

Suzanne le prit dans ses bras.

— Que tu es bon, mon Maurice chéri... Ce qu'elle va être contente notre Jeanne. J'irai demain leur porter l'argent, veux-tu ?

— Bonne idée.

— Viens avec moi?

— Que non. Emmène l'oncle plutôt.

— Elle n'a aucun grief contre l'oncle Jacques; un manque de sympathie, cela doit se surmonter. Sapristi, à leur âge, on ne peut être brouillés sans cause sérieuse et l'oncle me disait encore hier qu'il ne s'était jamais expliqué la froideur de ta mère à son égard.

— Je te le répète; le manque de sympathie, uniquement. Ces questions de sympathie et d'antipathie se ressentent et ne se discutent pas. Pourrai-je jamais savoir, moi, pourquoi, par exemple, tu m'es si sympathique et pourquoi je te suis si antipathique.

— Tu veux rire, Suzanne?

— Non. Nous aussi, nous aurions besoin de nous raccommoder.

— Mais nous ne sommes pas fâchés que je sache, s'étonna ingénument Maurice.

— C'est vrai! on ne peut même pas se raccommoder et pourtant... ce n'est pas comme avant!... Elle s'était approchée de lui et, câline, avec un geste de fillette peureuse, elle s'était blottie dans ses bras. Il n'eut pas la force de la repousser. Sans méfiance, il lui tendit ses lèvres, comme cela lui arrivait le soir et le matin quand elle quémandait un « bonjour d'amour » ou un « bonsoir d'amour ». Les yeux fermés, prolongeant son plaisir elle semblait inerte. Tout à coup, comme une colombe, elle se mit à trembler et Maurice eut la perception très nette qu'elle venait d'avoir le frisson du don de soi. Connaissant sa nature sensuelle, il feignit simplement ne pas s'apercevoir de cette volupté dérobée; seulement, à ce moment-là, il comprit que jamais Suzanne ne consentirait à ne plus être à lui et qu'il allait falloir prendre des mesures sérieuses en vue d'une résistance que commandait son implacable résolution de n'être plus pour elle qu'un frère et un ami. L'idée d'un nouveau départ, d'une nouvelle fuite germa tout de suite en lui. Comme si elle pressentait ce qui se passait dans son esprit, elle dit :

— Pour oublier ces huit derniers mois, mon chéri, pourquoi ne partirions-nous pas ensemble en voyage, loin ?... L'oncle Jacques resterait pour garder la maison, ce serait parfait...

— Un grand voyage, peut-être, répliqua-t-il d'un ton soucieux.

— Nous referions ton voyage, pas à pas, nous irions sur la tombe d'Annette.

— Prier ?

— Tu es bête...

— Il ne faut jamais penser aux restes des gens que l'on a aimés ; d'abord, c'est laid, puis leur seule tombe est notre mémoire et la seule prière digne d'eux est le souvenir qu'on leur donne.

— Tu as raison... mais enfin, par Nice, on gagne l'Italie, la Grèce, l'Egypte.. Pays nouveaux ! cœurs nouveaux !

— Et quand, dans tous les pays, tu auras vu des chemins de fer, des tramways, bref toute la civilisation moderne — écrasant l'individu comme ici — mais avec moins de confort et de commodité (en plus, les cafards et les punaises), tu reviendras désillusionné. Crois-moi. La meilleure aventure est celle que l'on rêve, Suzanne. A Milan, ô Napoléon ; à Athènes, ô Minerve ; à Rome, ô César ; au Caire, ô Pharaons de toutes les dynasties... enfin, partout, il n'y a en somme que des boîtes de nuit... comme à Montmartre ! Le champagne y est encore plus mauvais et la note plus salée. La seule ville, à bien réfléchir, qui mériterait d'être explorée, c'est Paris, le Paris historique dévoilé

en réalité pour la première fois par Hoffbauer, pillé
et repillé par les historiens de Paris... mais voilà, on
n'y songe pas. Vois-tu, les plus beaux paysages, c'est
encore dans notre pays qu'on les trouve. Toutes les
Flandres sont à Lille; toute la Suisse dans le Jura;
toute l'Algérie et la Tunisie, sur la Côte d'Azur; toute
l'Angleterre dans certains villages normands... il n'y
a de vrai, de sincère et de nouveau que le voyage en
soi... En voilà un pays éternellement inconnu, car
éternellement changeant!... mais y voyager n'est pas
commode...

Suzanne écoutait moins Maurice qu'elle ne le regardait. Les voyages, pour elle, n'étaient qu'un prétexte
à un rapprochement obligatoire. Puisqu'il s'y refusait,
elle aviserait.

— Moi, tu sais, lui dit-elle franchement, je ne
songe à ne voyager que dans ton cœur.

Il esquissa un sourire et eut l'air de ne point comprendre.

L'obscurité régnait, profonde, dans la chambre de
Maurice.

Comme la première fois, Suzanne était entrée et,
comme la première fois, elle était près de son lit,
suppliante mais décidée. Il venait de l'écarter doucement en murmurant :

— Non, il ne faut plus... Ce serait profiter du
crime... Va-t'en... Suzanne, va-t'en.

Elle, grinçant des dents, répliqua :

— Tu es sans force devant moi... et si je voulais...
car je n'en puis plus. Non, n'allume pas surtout. Ce
que je vais te dire ne peut être dit que dans la nuit...
j'aurais plus de force, plus de courage, moins de
honte aussi, mes paroles seront plus vraies et je sais
que tu me comprendras mieux. Ecoute... D'abord, je

ne veux pas plus longtemps porter le poids d'une faute que je n'ai pas commise... Alors, *il* m'aurait tout pris en ayant l'air de tout me donner? Vivant, *il* m'a pris ton cœur, ma fidélité; *il* m'a sali mon amour; et, mort, *il* s'acharnerait encore sur mon amour?... Je me révolte à la fin. Toi, tu ne veux pas que je sois à un autre et tu ne veux plus être à moi!... C'est de la démence, reviens à toi, sois logique?... Si tu savais, depuis huit mois, ce qui se passe en moi, tu serais effrayé. Mais entends-moi, comprends-moi, je suis une amoureuse, moi, Maurice; je souffre de mon amour et encore plus terriblement de la continence que tu imposes à cet amour au nom de je ne sais quel imbécile et niais scrupule; mais je suis obsédée, moi, hantée par le souvenir de ta chair!... Depuis huit mois, je t'espère la nuit et le jour et... la nuit comme le jour, je suis obligée de chercher le calme dans un contentement factice qui ne me laisse que lassitude et regret. Je n'en puis plus. Des mois et des mois, un objet de toi, une odeur qui me rappelait ton odeur, et je tombais presque en pâmoison. J'en suis arrivée, pardonne-moi, à évoquer des images horribles et dans lesquelles — explique cela! — tu n'es pas;... des accouplement raffinés... Non. Je n'en puis plus. Je suis chair et os, je suis l'animale luxurieuse en proie à toutes les imaginations perverses qui me tuent; je suis la femelle aux sens affolés... et jamais contentée. Mon cœur et mon amour ne sont rien dans ces fièvres lubriques dont je suis moi-même l'innocente victime. C'est en ce moment, par ton refus, que tu deviens, toi, criminel, car tu me tues, Maurice, en me refusant tes caresses, en repoussant les miennes; tu me tues avec une impassible cruauté! Songes-y. Tiens, tu me haïrais que tu n'agirais pas avec autant de raffinement. Il faut en finir : ou tu m'aimes et, en ce cas, prends-moi, ou tu ne m'aimes plus et, en ce cas, je n'ai plus qu'à disparaître non seulement de ta vie... mais de la vie! Oui, j'en suis là... Maurice! Tu me connais, tu sais que je ne parle, que je ne m'engage jamais en vain. Réfléchis. Vois, si, pour un scrupule, une idée fixe devrais-je dire, tu dois être la cause de ma mort et de la tienne, car moi morte, tu mourras de chagrin, j'en suis sûre... Et que deviendras-tu, mon pauvre petit? C'est un problème qui, *à priori*, va te sembler effrayant à résoudre et il faut pourtant que ce problème soit résolu. Nous touchons à la fin de l'impasse tragique et nous débouchons à la lumière soit sur l'Amour, soit sur la Mort! Si tu m'échappes, tu sais maintenant la route qui m'est tracée et où je me réfugie. Pense alors à tes regrets, à tes remords, quand je n'y serai plus!... car je n'y serai plus... je te le jure sur l'amour que j'ai pour toi... je te le jure!...

Maurice avait écouté Suzanne d'abord avec un étonnement profond, puis avec une terreur grandissante. Il n'avait pas de peine à reconnaître que la jeune femme parlait comme la logique même et... cependant... cependant...

— Réfléchis?

— Attends... attends. Je sens que je deviens fou... C'est un terrible ultimatum que le tien.

— L'Amour ou la Mort.

— Ecoute, Suzanne, commença-t-il...

— Rien. Inutile. Nous n'avons que trop parlé. Je te répète: l'Amour ou la Mort? Ne te recule pas. Laisse-moi ta main, que je puise en toi la force d'agir. Réfléchis, tu as le temps. Je ne quitterai cette chambre qu'heureuse... ou condamnée.

— Fais un peu de lumière, dis?... J'ai besoin de te voir.

— Non, fit-elle. L'obscurité répond à mes desseins.

Tu me reverras toujours ou tu ne me reverras jamais...
jamais plus.

— Alors... c'est sérieux ?

— Tellement, Maurice, que je te supplie d'en être
effrayé.

— C'est que c'est surtout tellement... romantique !

— Dramatique... tout au plus... et le drame, tu
sais, c'est tout ce qu'il y a de vrai et c'est tout ce qu'il
y a d'épouvantable ici-bas : Pour ne pas souffrir, je
me tue...

— ... et, pour m'aimer, tu vis ?

— C'est simple. A moins que tu ne m'aimes plus ?
ce qui résout la question dans le sens dramatique.

— C'est effrayant, fit Maurice, bouleversé.

— Qu'y a-t-il d'effrayant ? Vaincre une idée fixe,
voilà tout. Pour la vaincre, je t'aide en te mettant au
pied du mur.

Il y eut dans cette obscurité un grand silence. L'un
et l'autre attendaient, Maurice prenait conseil de sa
conscience. Suzanne, résolue et calme, s'efforçait de
puiser dans son amour la force de mourir...

Tout à coup, Maurice dit tout bas :

— « Viens. »

Suzanne s'était agenouillée, avait pris les mains de
Maurice dans les siennes et silencieusement pleurait...

Lorsqu'elle s'était levée, quelque chose comme un
objet était tombé.

Ce n'est qu'au grand jour qu'ils s'éveillèrent en-
lacés...

— ... Reste encore un peu près de moi, que je
jouisse de t'avoir à moi, dans ce matin qui doit être si
beau.

Par les fentes des volets filtrait une lumière dorée.
Docile, il dit :

— Attends, je vais pousser les volets et voir l'heure, veux-tu?

A flots, la lumière s'engouffra dans la chambre. Cette journée d'octobre promettait d'être splendide.

— Tu auras un beau temps pour aller à Triel... à quelle heure partiras-tu, Suzanne?

— J'enverrai tout à l'heure d'ici par téléphone une dépêche annonçant que je prendrai un train sur le soir... pour rester plus longtemps avec toi, de cette façon, l'oncle Jacques et moi, dînant et couchant là-bas, tu pourras te reposer toute la nuit prochaine... et moi aussi... je crois que nous en avons grand besoin, chéri-amour?

— Si je souscris à ce projet, tu ne m'en voudras pas? répliqua-t-il tendrement.

— Bêta, je te le propose...

— Sapristi, sais-tu l'heure? neuf heures!...

— Clémence aura frappé certainement à nos deux chambres... Nous n'avons pas entendu.

Elle se pelotonna contre lui.

— Mon grand amour... je t'adore... Puis, après un silence rompu par un baiser, Suzanne dit :

— Je suis heureuse !... si heureuse!

. . . .

Il les avait entendu partir tous les deux, Suzanne et l'oncle Jacques, et il ne s'était levé, lui, qu'à onze heures. Au pied de son lit, il avait trouvé le coupe-papier de Suzanne, un coupe-papier en forme de poignard. Il l'avait ramassé se souvenant du bruit qu'un objet avait fait, la nuit, en tombant. Seulement, en le regardant, il avait pâli : Le coupe-papier de Suzanne avait deux vrais tranchants et sa pointe avait été effilée. Il se rappela alors que, dans la serre, le père Rougier avait une meule... Cette constatation le plongea dans de sombres réflexions.

VII

Soleil ! je viens te voir pour la dernière fois !

Phèdre (Racine).

Lettre de Maurice Sauvaget,
trouvée sur sa table de travail — après son suicide.

Pour Suzanne Sauvaget.

Il est trois heures du matin.

Je viens d'écrire mon testament olographe. Tu le trouveras sous ce buvard. Il est simple, net et concis. L'oncle Jacques et ta sœur ne sont pas oubliés, et je te nomme ma légataire universelle.

Suzanne, je vais mourir. Ce matin, après ton départ, au pied de mon lit, j'ai trouvé ton coupe-papier et j'ai compris que jamais je ne pourrais m'échapper de ton étreinte que par la mort. Je vais donc me tuer. Je me tuerai à huit heures tapant. De cette façon, à ton retour, il y aura encore un peu de chaleur... si peu !... sur mes lèvres !... La tragédie va finir. Notre unique passion, jusqu'au bout, aura conduit tous nos gestes comme elle aura guidé et nourri toutes nos pensées. Nous avons conquis notre bonheur, mais nous l'avons tellement goûté que moi je ne puis songer à le perdre et pourtant je ne puis songer non plus à le garder. Ne me plains pas. Je meurs ayant réalisé ce rêve admirable : « un amour qui n'a cessé qu'avec ma vie. »

Tu es partie hier en me disant : « Tâche de bien dormir. L'oncle Jacques et moi nous resterons à Triel pour l'affaire de la maison à acheter. Tu passeras une bonne nuit ; et, demain matin, sur les dix heures, nous serons de retour. »

Eh bien, oui, je vais dormir et bien dormir. Ah ! pourquoi dans le dernier baiser que tu m'as donné et dans celui que je t'ai rendu, ai-je si terriblement senti que nous étions liés à jamais, alors que jamais, jamais, nous n'aurions dû nous reprendre. Ce qui s'est passé hier, ne devant plus jamais se renouveler... pour la propreté de nous-mêmes, il faut que l'un de nous disparaisse. C'est moi. Ne va pas me traiter d'exalté. Non. Je ne suis pas fou. Si je revois *son* ombre, c'est dans mon cerveau ; seulement, voilà, j'arrive presque, cette ombre, à la matérialiser en moi. Parbleu ! je sais bien qu'il n'y a pas d'ombre, mais le souvenir de mon père qui me hante se fait ombre. Je la vois donc partout ici, avec ses gestes familiers. Il se penchait sur la rampe de cet escalier que je viens de descendre... pour m'appeler. Il se courbait sur ce lit que je viens de quitter... il s'y courbait plus encore quand ce lit, pour moi, était un lit de douleurs. Je le revois, inquiet, les sourcils froncés, décidé à vaincre la maladie et peut-être la mort !... (Si frêle et si maladive fut mon enfance !) C'est au seuil de cette porte qu'il m'embrassait quand j'étais garçonnet, quand je vivais libre et heureux dans le petit parc... avant d'aller à ses affaires à Paris. On dirait qu'il m'attend par cette nuit encore sombre et dont j'aperçois tout de même pointer l'aube blême... Pourtant, non, Suzanne chérie, je n'ai pas de remords. Non et non. Vois-tu, c'est le chagrin qu'il soit mort par ma faute, par ta faute, par notre faute (et... aussi par *sa* faute, c'est entendu)... Nous tissons sans le savoir nos linceuls et les linceuls de ceux qui nous entourent !

Avant ce maudit mariage, nous n'étions que deux malheureux demi-amants. En devenant plus tard des amants, nous ne pensions, ni l'un ni l'autre, devenir incestueux. Pouvions-nous nous douter que mon père te demandait *réellement* en mariage et pouvions-nous ne pas croire qu'il t'épousait afin de régulariser galamment une situation, comme il le disait lui-même, ou plutôt comme il le laissait croire ! Pardonnons-nous cette faute due à notre crédulité. Pardonnons-nous aussi parce qu'il n'y a personne d'autres que nous pour nous pardonner. A ton retour de Nice, j'ai tout fait pour te fuir parce que tu n'étais plus à moi et que tu ne pouvais prétendre rester ma maîtresse. Mais peut-on fuir longtemps l'Amour ? Tu ne sauras jamais, après la douleur de t'avoir perdue, la rancœur que j'eus de t'avoir reprise. O ce partage maudit dans lequel ta nature licencieuse se complaisait peut-être !...

Mais si je puis te pardonner la mort d'un père et toi, me pardonner la mort d'un mari, il m'est permis à moi de mourir de douleur d'avoir perdu mon ami, — mon grand et mon unique ami. — Hélas ! je me suis aperçu de la tendresse que j'avais pour lui le jour où l'irrémédiable était accompli, le matin fatal où il nous surprit, c'est-à-dire presque au moment où il n'était plus... et c'est pourquoi j'ai pris la fuite. S'il ne m'avait pas si tendrement aimé, mon ami, — mon père ! probablement ne serait-il pas mort brusquement... malgré sa maladie de cœur à laquelle, un peu trop légèrement, nous ne songions pas assez...

Il avait trahi ta confiance, soit ; mais il n'avait pas trahi la mienne. Il était donc en droit de croire à la loyauté de mes intentions, de mes gestes, de mes pensées et de mes actions. En se mariant, il te confiait pour ainsi dire à moi !... Je me tue donc aussi parce que tous les deux, toi et moi, nous avons manqué de bravoure à l'heure décisive. Je m'explique : si, lorsque nous nous sommes aperçus que nous nous aimions, nous étions allés à lui et si nous l'avions supplié de nous donner l'un à l'autre, très certainement, après des refus motivés et des hésitations, légitimes après tout, nous aurait-il unis. Mais nous avons douté de sa mansuétude, de sa bonté et notre silence a tissé son suaire ; notre silence fut coupable ; notre silence et notre lâcheté ont creusé sa tombe.

Evidemment, ce sont là de bonnes raisons pour se tuer, mais ce ne sont pas les seules. Si, dans l'ordre sentimental, les premières dominent, dans un autre ordre, il existe *d'autres raisons* que je vais essayer de te faire comprendre quoique je n'aie pas beaucoup la tête à moi en songeant que, tout à l'heure, je me coucherai et, enfoui sous mes couvertures pour amortir le bruit, je me tirerai une ou deux balles dans le cœur.... (1).

---

(1) C'est ainsi que mourut, en 1900, un jeune littérateur de vingt ans riche et du plus grand avenir : Maurice Léon, auteur d'un livre des plus curieux : *Le Petit Gendelettre.* Paul Adam qui préfaça ce livre écrivait :

« Confessant la tragédie de sa méditation dans *Le Petit Gendelettre* d'un génie hâtif, le jeune Maurice Léon imagina-t-il la mort qui devait clore d'un sceau prématuré son manuscrit où il rappelle d'abord la définition de *Nietsche* ? Craignait-il d'unir à la métaphore la prévision de la réalité ? Je suis tenté de le croire. Cela rend poignante, au delà de tout, la lutte formidable soutenue, le long de cette œuvre, *par l'héroïsme d'un enfant passionné, contre ce qu'il comprenait d'instinctif, de médiocre et de vil parmi ses impressions, les siennes et les nôtres,*

Après nous être aimés comme nous nous sommes aimés, que pourrait-il advenir? D'abord, notre amour, étant donné les circonstances spéciales dans lesquelles il a été conçu et dans lesquelles il s'est développé — aussi audacieusement développé devrais-je écrire — notre amour ayant fait sa ligne ascendante après un moment de stabilité, commencera sa ligne descendante, c'est-à-dire décroîtra. Nous nous rendrons malheureux mutuellement et notre union ne tardera pas à devenir une chaîne. Notre amour était atteint dans sa naissance ; il s'est aussi empoisonné au cours d'un drame poignant, drame dans lequel il n'y a que des innocents, c'est entendu, mais des innocents qui ont des faces de coupables. Jusqu'ici, ton amour a été un de ces rares amours qui font vivre — trop vivre ! — qui tue, car il fut passionnel au-dessus de toutes les amours. Après donc, avoir été aimé comme je le fus par toi et toi par moi, tout autre amour nous est défendu. Le plus beau, à l'examen, ne serait que la caricature

---

celles de quiconque pousse le courage jusqu'à l'examen sévère de son âme.

Léon aima la pensée sincère, comme les Werther ont aimé toutes les Charlotte ; et quand il estima l'absolu de cette sincérité inaccessible par la fougue de sa passion, comme Werther, il demanda le pistolet.

Un matin, le domestique entr'ouvrit sa porte, le crut dormant, referma. On revint plus tard. Les livres étaient béants à travers la table et la lampe baissée. On leva les couvertures sur le revolver et le cadavre.

Le problème de la lâcheté avait été résolu, à la gloire de l'esprit volontaire.

Ainsi mourut Léon, vers l'âge de vingt ans, sans que rien l'y engageât que le désir d'une expérience. Tout lui facilitait l'avenir. Ni les désespoirs de l'amour méconnu, ni les tortures d'une maladie pénible, ni les mécomptes de la fortune ne le menaçaient. Il se tua parce que la sincérité absolue se refusait à la recherche de son intelligence.

Que signifieront les vulgarités de Werther, qui d'ailleurs, réellement, se garda de périr ? »

du nôtre. Et puis, si je relève d'une maladie où ton
dévouement, tes soins, ton courage, ta fermeté, furent
au-dessus de tous les éloges... il n'en est pas moins
vrai que je reste taché et que j'ai le visage atteint.
Infériorité de ma part. Toi, plus splendide, plus forte,
plus resplendissante, plus voluptueuse que jamais, tu
assumes le triomphe.... Je suis faible..., presque
épuisé par le chagrin et la maladie... Ta fougue pas-
sionnelle, tes désirs charnels... qui pourra satisfaire
tout cela?... Un autre?... Ne proteste pas. Toi-même,
tu m'as avoué qu'après huit mois de sagesse tu devenais folle... Tu prendrais donc un autre mâle, non
par amour, mais par besoin...

Soit. Mais que je ne sois pas là. Oh! tu lutteras,
je le sais ; tu serais même capable, dans un moment
d'exaltation amoureuse, de te mutiler en risquant la
mort pour me prouver la vérité de ton grand amour...
Malheureusement, tes sens me laisseraient à la merci
d'une surprise.

Tu vois bien qu'il faut que je parte de la vie !... de
ta vie! Penses-tu que, vivant, je pourrais, moi, jamais
t'oublier? Non, vraiment, je ne me vois pas dans les
bras d'autres femmes. En mes huit mois de voyage,
aucune ne m'a tenté... Ton image obsédante se dres-
serait entre moi et elles. Un autre amour que le tien
ne m'est donc plus permis... *et cet amour, je le main-
tiens, m'est désormais et plus que jamais défendu.*
C'est un scrupule? Soit. Donc, t'aimer? défendu! Ne
pas t'aimer? impossible ! Il n'y a que la mort qui peut
résoudre ce douloureux et tragique problème. Hier,
l'âge de vingt ans, c'était l'âge de l'amour ; aujour-
d'hui, c'est l'âge de la mort. Regarde autour de toi !...
Tout à l'heure, je suis descendu dans le Petit Parc.
Les arbres se dépouillaient lentement de leur ceinture
de feuilles mortes. La fin du jour était d'or et j'ai

pensé à l'inaltérable beauté de la nature et à la pauvre petite chose que nous étions. Le Petit Amour, sur son socle, sous les mousses brunies, commençait à verdir !... Tout s'en allait lentement vers la décomposition fatidique ; seules, quelques roses de septembre, dans cet orchestre de chromes, coquettes, fardées, semblaient encore vouloir lutter en l'honneur de la dernière belle saison. Elle fut belle, par hasard, la belle saison mystérieuse et si pleine d'enseignements. Là, j'ai beaucoup songé à ma mort, décidée à l'instant même où je t'ai dit : « Viens », afin que tu ne te tues pas.

Tu sais, je n'ai pas compris grand'chose à la vie (à la vie telle que les hommes du moins ont eu la folie de la rendre... de la gâcher plutôt). Le peu que j'en ai vu, depuis 1914, m'en a écœuré. Pendant longtemps, il ne va pas faire bon vivre. Le peu encore que j'ai su déduire de tout ce que j'ai appris, vu ou lu, me prouve péremptoirement que l'homme ne pourra plus « vraiment *vivre* ». Lorsqu'une civilisation est arrivée à un perfectionnement aussi formidable que la nôtre, l'indépendance de l'homme ne saurait même être envisagée (1). S'il ne me reste que le droit de pleurer, je prends, moi, le droit de me tuer. J'ai l'amour de ma liberté, la haine de la souffrance et l'horreur des collectivités asservies. Je ne veux souffrir pour personne que je n'aime pas ; je repousse avec colère et honte tout contrat social. Je veux mourir les reins vierges. Te

(1) Dans les notes de Maurice Sauvaget, on trouva ce qui suit : « L'existence même de l'Etat comporte inégalité et oppression et atteste une humanité divisée en classes, en gouvernants et gouvernés, en riches et en pauvres. Toujours et partout le pouvoir de l'Etat est en raison inverse de la liberté et de l'égalité des citoyens. Plus le rôle de l'Etat est réduit, plus grands sont donc la liberté et le bien-être, plus ses attributions sont étendues, davantage se fait sentir l'oppression et la misère. »

souviens-tu d'une conversation avec Lubernier? Il prétendait que l'ombre de Werther régnerait encore sur
le xx° siècle. Cela me semble vrai. Ainsi, moi, je n'ai
pas exactement le dégoût de vivre ; c'est pire : « Je
n'ai pas envie de vivre. » Comprends-tu la nuance et
sens-tu ce qu'elle a d'étrange? Je refuse de me sou-
mettre aux réalités ; je préfère fuir comme le pâle et
malheureux amant de Charlotte, plutôt que stagner
dans le monde stupide dans lequel je suis né et dans
lequel *j'étais* appelé à vivre.

Et pourtant, je suis riche. Du moins, même en
dépensant largement, ma vie est assurée loin de tout
esclavage direct!... *Que les autres sont à plaindre !*...
Avant peu, il me semble que « se tuer » deviendra
presque un devoir pour l'homme qui aura conscience
de sa dignité. On a trop sali la vie. Eh quoi, vivre pour
manger le mieux possible et mettre des filles dans sa
couche... c'est tout ce que vous pouvez offrir aux
hommes de mon âge... Quoi encore? La Gloire?... des
rubans et de la quincaillerie! Vraiment, pour retenir
un homme sur la terre, il me semble qu'il faut autre
chose. Notre époque est celle de la platitude devant
les puissances et le pouvoir; et ceux qui ne s'aplatis-
sent pas envient ceux dont l'échine est plus souple.
Ah ! oui, il y a l'Art ! Elle serait presque divine cette
manifestation, s'il n'y avait pour s'y livrer que des sincères, des sensibles et non des « arrivistes », des
chercheurs de gloire, d'argent... et des exploiteurs.
On a fermé le ciel de l'Idéal dans le même temps probablement qu'on en éteignait les étoiles... Et, au fait,
si je me tuais simplement parce que je sais qu'il n'y a
plus de Dieu! C'est une raison qui en vaudrait une
autre; car, de deux choses l'une : ou « nous sommes
des animaux qui savons faire des machines », comme
le prétend Franklin; ou nous sommes des êtres supé-

rieurs et d'essence divine. Dans le premier cas, n'ennuyez plus les vivants avec tous vos devoirs, vos lois, vos règlements, vos conventions, vos contrats, vos préjugés. Les humains vivront comme ils l'entendront... et n'y perdront point. Nul n'a d'autre supériorité sur eux que la force et, encore, les faibles ont-ils la ruse peut-être qui saura triompher de la force. Oui, le moindre sauvage me paraît plus important, plus grandiose que le plus civilisé d'entre nous... Dans le second cas, j'en suis encore à chercher Dieu..., car ce n'est pas cet Être Suprême admis par exemple par la race blanche et qui, aidé de son fils, a fondé, bien mal à propos, le christianisme. Cet Être Suprême me semble infiniment louche, hypocrite. Ce Dieu-là, « dur au pauvre, au riche s'attendrit ». Non, ce n'est pas ce Dieu. C'est l'anti-Dieu, que le Dieu de l'Eglise et celui de Luther. Est-ce le Dieu qu'en leur fièvre de justice, certains philosophes ont conçu vaguement et qu'on pourrait dénommer alors le Dieu-Inconnu ? le Dieu de l'Idéal encore inexistant en dehors de nos rêves et de notre bonne volonté ? Ce serait alors le Dieu de Socrate et de ses disciples, comme c'est le dieu des Aristes, comme c'est surtout le Dieu qui doit anéantir les croyances en les autres dieux et disperser les religions, causes uniques du désordre actuel des humains. Ce Dieu-Inconnu ne pourrait raisonnablement s'imposer que par l'amour, qui est la loi unique de l'harmonie, la loi universelle qui régit l'univers et les astres dans l'infini. Il ne donne ni n'admet la crainte ; toute souffrance lui est odieuse et toute loi, en dehors de la sienne, absurde. Il n'a point de rancune contre la créature comme Iaveh, son fils Jésus et les autres. En ce cas, c'est l'Athée, dans son catégorique refus de s'agenouiller devant les divinités acceptées — et quelles qu'elles soient — qui est le plus près de ce que *devrait être* la Vérité Divine, Vérité qui n'est que la Grande Hypothèse. Cette Grande Hypothèse est indifférente aux foules raisonnables et pratiques; elle n'est importante que pour les chercheurs et les poètes. Non, va, Suzanne, je ne me tue pas parce que Dieu existe ou n'existe pas. Cela n'a pas, cela n'a plus aucune importance. En t'écrivant, je m'absorbe dans ces profondes pensées ou dans ces profondes niaiseries, afin d'oublier l'heure fatale de ma disparition. Le problème de la mort, pour l'instant, m'intéresse autrement, moi qui vais mourir avant le coucher de ce soleil qui se lève. Je pense comme Deshumbert, que « la Grande Loi de la Nature est inexorable ». Aucune prière, aucune supplication ne saurait la fléchir. Cette Grande Loi, qui fait que le Cosmos ne peut rester éternellement jeune que par la transformation perpétuelle de ses parties. La mort, c'est-à-dire l'anéantissement, est un mot vide de sens. Non. La mort n'existe pas et ne saurait exister. Il y a un perpétuel changement de formes, un continuel regroupement d'ions. Chacun des ions qui, en ce moment, nous constituent a été éternel dans le passé et sera éternel dans l'avenir. Nous avons donc existé sous mille formes différentes et continuerons à vivre pour toujours, sans jamais pouvoir mourir. Nous sommes éternels. Nos ions ont déjà connu un nombre incalculable de fois le plaisir et la douleur. Le soupir que nous exhalons a été bien des fois déjà notre cri ou notre parole. La goutte d'eau qui tombe des nuages a peut-être été bien des fois jadis une de nos larmes. Tout revit éternellement, rien ne disparaît, rien n'est anéanti. La mort n'est nulle part. La vie est partout et pour toujours. Tout est vivant autour de nous. La poussière que nous foulons au pied gémit sous nos pas, mais sera bientôt absorbée par la plante et, au printemps, frémira d'amour, grand frisson de vie. Nos amis — ô mon père! — ne sont donc point morts, mais au contraire participent peut-être déjà à mille vies. Ils sont tous près de nous, car peut-être encore une partie d'eux-mêmes est-elle dans la fleur que nous respirons, dans le vent qui passe sur notre front, dans le nuage qui se colore aux rayons du soleil couchant... Cela, vois-tu, c'est certainement la moins absurde de toutes nos hypothèses. En me tuant, je ne hâte donc que mes transformations...

C'est avec le petit revolver que tu m'as donné que « je trancherai le fil de mes jours », comme disaient poétiquement nos anciens, qui n'avaient pas peur de la mort..., comme moi j'en ai peur!... car j'en ai peur, une peur atroce, folle, et pourtant j'agirai. La seule idée de la douleur m'a fait hésiter.

Et dire qu'il me serait si facile de m'aller tranquillement coucher et d'attendre ton retour! Ah! « *si tout ce qui a été n'avait pas été* »; si j'avais le droit de t'aimer encore, que je serais heureux! Nous serions allés vivre soit sur les bords du lac de Côme, soit sur les bords du lac Manzoni. C'est vraiment un coin de ciel, un morceau de paradis, qui est tombé dans ce lac. C'est l'enchantement des yeux. Je revois tout cela : Sur un fond de paysage éternellement printanier se découpent des oliviers aux feuilles en virgules et des lauriers blancs. Des castels de marbre reflètent dans les eaux limpides et fraîches leurs sveltes colonnettes en les prolongeant encore. On a dit de Venise : « La ville qui a deux ciels, un en haut et un en bas. « On a eu raison de dire de ces lacs : « Là, il y a des heures où l'air est si doux que respirer est un péché d'amour... ».

Je vois. Tu t'approcheras de mon lit, persuadée que

j'ai veillé très tard, étant seul; et tu tenteras — hélas,
en vain ! — de me réveiller... qui sait, en souriant
peut-être ? Comme les volets seront fermés, tu ne
t'apercevras pas que je n'ai plus de sang aux joues, ni
de flamme dans le regard. Tu te pencheras sur mes
cheveux au-dessus du front, à la place où tu aimes !
m'embrasser, et ce n'est qu'en posant, après, tes
lèvres sur ce front, que tu t'apercevras qu'il est
froid..., glacé, peut-être! Mon pauvre grand amour,...
ne t'attendris pas trop! Tant que je vivrai dans ta
mémoire, tu sais bien que je ne serai pas mort. Je ne
te demande qu'une seule chose : Ne me découvre pas. Ne
regarde pas... la plaie au cœur, tout ce sang répandu...
cela sera hideux. Eloigne-toi tout de suite. Dis à Jeséquel de m'arranger proprement pour l'éternité.

J'aimais trop mon « amour défendu » pour vivre. Je
n'avais pas droit à ce bonheur. Nous deux, par notre
lâcheté, nous avions perdu ce droit. J'assassine notre
amour. Je paie pour nous deux cette fois, et cela est
juste. Toi : reste; toi : vis. Songe souvent à la parité
de notre amour et à la communauté de nos idées!

*
* *

· ... Figure-toi qu'en écrivant les dernières lignes qui
précèdent, je me suis mis à pleurer avec tant de
force que pour étouffer mes sanglots, je suis allé
m'étendre sur mon lit... où je me suis endormi. Les
enfants s'endorment ainsi en pleurant. J'ai dormi
deux grandes heures... et voici que le jour se lève,
radieux...

Dans cinq minutes, *ce sera fini.* **Adieu, Suzanne, ma
grande chérie, je vais à la mort...**

Elie-Maurice Sauvaget

Ainsi mourut cet enfant passionné, amant de la pensée sincère, après avoir eu le courage d'examiner son âme avec sévérité.

Le matin, en levant les couvertures, on retrouva le petit revolver sur le cadavre.

TABLE

PREMIÈRE PARTIE

Pages.

La Villa des Sept Péchés.   7

DEUXIÈME PARTIE

L'Impasse tragique.   141

TROISIÈME PART'E

L'Etau.   211

QUATRIÈME PARTIE

La Revanche de l'Idéal.   253

Paris. — L. Maretheux, imp., 1, rue Cassette. — 1925.

www.ingramcontent.com/pod-product-compliance
Lightning Source LLC
LaVergne TN
LVHW021227170726
843501LV00003B/689